古典文學研究輯刊

二八編

第**8**冊

八仙俗文學研究（上）

吳黎朔 著

國家圖書館出版品預行編目資料

八仙俗文學研究（上）／吳黎朔 著 -- 初版 -- 新北市：花木
蘭文化事業有限公司，2023〔民112〕
目 4+170 面；19×26 公分
（古典文學研究輯刊 二八編；第 8 冊）
ISBN 978-626-344-452-2（精裝）
1.CST：俗文學 2.CST：民間故事 3.CST：民間信仰
4.CST：研究考訂
820.8   112010491

ISBN-978-626-344-452-2

古典文學研究輯刊
二八編 第 八 冊   ISBN：978-626-344-452-2

八仙俗文學研究（上）

作　　者　吳黎朔
總 編 輯　杜潔祥
副總編輯　楊嘉樂
編輯主任　許郁翎
編　　輯　張雅淋、潘玟靜　美術編輯　陳逸婷
出　　版　花木蘭文化事業有限公司
發 行 人　高小娟
聯絡地址　235 新北市中和區中安街七二號十三樓
　　　　　電話：02-2923-1455／傳真：02-2923-1452
網　　址　http://www.huamulan.tw 信箱 service@huamulans.com
印　　刷　普羅文化出版廣告事業
初　　版　2023 年 9 月
定　　價　二八編 18 冊（精裝）新台幣 47,000 元　　版權所有·請勿翻印

八仙俗文學研究（上）

吳黎朔　著

作者簡介

　　吳黎朔，二零二一年世新博士班畢業，曾任救國團助理編輯、十八至二十一國家講座暨五十八至六十一屆學術獎採訪撰稿者、雲林科技大學暨世新大學講師，現任世新大學兼任助理教授。

　　以神話、小說、民間文學為主要研究方向，作品：《先秦母神信仰與發展初探》（東吳大學，2011）、《哲學思考》（天空數位圖書，2018）；〈聚舊成新——類書《白孔六帖》初探〉（《有鳳初鳴年刊》2008）、〈丹陽展卷見風骨河嶽開冊憶英靈——殷璠及其選集考析〉（《東吳中文研究集》第十五期，2009）、〈論《斬鬼傳》與鍾馗〉（《東吳中文研究集刊》第十六期，2010）、〈也談唐、宋雜劇〉（《世新中文研究集刊》第十一期，2015）。

提　　要

　　八仙對人們的影響，在日常生活中隨處可見，許多地方都有祭祀八仙的廟宇，民間藝術亦常以八仙為題材，製作成石雕、木雕、竹雕、剪紙等工藝品，裝置在居家顯眼之處，除了美觀，也有祈求八仙庇護意味，所以宗教與民俗領域中，八仙可說是一個極為重要的課題，而宗教與民俗與俗文學關係密切，故本文以「俗文學」為主要材料，探討八仙與民眾間的關係。

　　八仙的出現與「神仙信仰」、「數字崇拜」有關係密切，而八仙事蹟能在民間廣泛流傳，則是借助於俗文學力量。唐宋時期的八仙傳說，皆為短篇形式出現，它們大多為宗教的宣傳品，其中揚善懲惡的故事情節，極具社會教育意義。元代以後，八仙中長篇小說出現，小說家改寫整合舊有傳說、戲曲，雖然情節仍未脫離道教修練、成仙等思想，卻也有部分擺脫宗教束縛，呈現了仙人世俗與鮮活的個性，使他們更平易近人。在戲曲方面，在宋代社火就有八仙小戲出現，元代以降，八仙戲曲倍增，它們性質、功用各有不同，作者藉由它們抒發對神仙世界的嚮往之情，或是對現實生活無常的感嘆。八仙戲曲引人入勝的情節與精彩的肢體表演，使其廣受民眾歡迎，因此許多地方劇種也對它們加以改編、演出，使八仙故事更加普及，與民眾的生活、情感愈加貼近，進而成為華人心中和諧、圓融的象徵。

目

次

第一章 緒 論

　　「神仙」是華人宗教與習俗相當重要的部分，華人大多羨慕且崇拜神仙，因泛神論的影響，所以中國有著成百上千的神仙。出入，有門神；烹飪，有灶神；求財，有文、武財神；求子，有註生娘娘；考試，有文昌帝君；姻緣，則有月下老人、女媧娘娘等。其中對民間影響最大、流傳最廣者為「八仙」。八仙自出現後，經人們口頭傳播、宗教人士的改造及文人的渲染，成為民眾所熟知的神仙團體，更成為華人文化中重要的一環，因此了解八仙在俗文學中的呈現，才能真正瞭解八仙在民眾心中的形象。

第一節　研究動機與目的

一、研究動機

　　每次見到野臺戲演出，筆者總是想起幼時在戲臺下所撿到的零錢（平安錢）與糖果（扮仙糖），那時不懂為何演戲前還要演出八仙，這八人在戲臺上走一走、唱一唱，說些祝福的話有什麼意義？只期待這些「無聊」的環節快點過去，讓臺下的自己可以拿到上面撒下來的禮物。進了研究所之後，因為興趣選擇了與宗教、民俗方面的題目做為碩士論文，在寫作的過程中，除了文獻、文物資料閱讀外，筆者也參訪不少宮廟，當遇上舉行祭典，有機會觀賞野臺戲演出，才了解到扮仙戲是反映民眾對未來的期待，並透過演出向神明祈求護佑。然而，筆者也疑惑，廟宇的扮仙戲為仍多以八仙戲為主？八仙戲為何能歷久不衰？進了博士班後，因修習民間文學而接觸到較多民間文藝，並發現在俗

文學作品中處處皆有八仙的蹤跡。他們的個性不似一般神仙清幽高雅，而多是滑稽詼諧，甚至有衝動、傷人的行為，但民眾卻仍相當尊崇他們。因為這樣的矛盾，讓筆者想要更了解八仙，因此決定以八仙研究為博士論文的方向。

二、研究目的

現今所稱的「八仙」由呂洞賓、鍾離權〔註1〕、鐵拐李、曹國舅、張果老、韓湘子、藍采和、何仙姑八人組成，他們的傳說盛行於民間，曾師永義在《俗文學概論》中稱其為中國最典型的仙話，並言：「八仙故事也可以說是我國流行最廣最能融入民俗生活中的仙話。」〔註2〕八仙戲曲盛行的元代，劇作家以其作為傳播道教思想與教化度人的工具，如今八仙戲曲傳教與教化意味減低，但故事性與娛樂性增加，成為民間戲曲中相當受歡迎的戲目，其中八仙拜壽戲曲，在吉慶場合時常可見。〔註3〕八仙工藝品也相當流行，清代富察敦崇《燕京歲時記》載：「掛千〔註4〕者，用吉祥語鐫於紅紙之上，長尺有咫，粘之門前，與桃符相輝映。其上有八仙人物者，乃佛前所懸也。是物民戶多用之，世家大族鮮用之者。其黃紙長三寸，紅紙長寸餘者，曰小掛千，乃市肆所用也。」〔註5〕此外，如年畫、吉祥圖案、花錢、瓷器、木雕、繪畫、象牙雕、銅鏡、錦緞、刺繡、銀飾、石刻、皮影戲偶等，都可見到以八仙為題材的作品。由此可見，呂洞賓、鍾漢離等八仙雖是道教神仙，但影響卻不局限於宗教，而是遍及各層面，成為一種民間文化。

為何八仙對百姓的影響如此深刻呢？劉守華先生於《八仙文化與八仙文學的現代闡釋：二十世紀國際八仙論叢》序文中說：

> 我以為道教八仙這個仙人群體的強旺的生命力，是基於以下點造成的：他們各自擁有鮮明的個性，又常常聚會在一起演出一場又一場活潑的鬧劇；他們神通廣在，無所不能，性格中含蘊含著充沛的樂觀主義與理想主義；卻又混蹟市井，不僅在外貌而且在生活情趣上

〔註1〕 鍾離權，又稱漢鍾離。本論文除了作者原文所用稱呼外，皆稱鍾離權。
〔註2〕 曾永義：《俗文學概論》（臺北：三民書局，2003 年 6 月）頁 295。
〔註3〕 林國義：〈《醉八仙》在傳統劇種間的文化風貌探討〉，《屏東文獻》第 9 期，2005 年 12 月），頁 38〜103。
〔註4〕 「掛千」即掛錢，以紅或黃綿紙剪成，長尺許，寬四五寸，中間雕錢形或吉祥花紋。
〔註5〕 【清】富察敦崇：《燕京歲時記》（北京：北京古籍出版社，1981 年 8 月），頁 98。

貼近凡夫俗子，給人以無比親切之感；在以驚世駭俗神奇法術濟困
扶貧，滿足民眾祈福消災美好心願的同時，又常常以超脫凡俗的金
玉良言給人以高遠的人生啟迪。這樣，八仙形象就既虛無又實在，
不但是中國各族民眾崇敬的偶像，而且是生活在他們中間的良師益
友了。〔註6〕

大部分的神仙雖然貼近人類，但他們擁有高尚品格，以上對下的方式來救贖百
姓，人們雖崇拜他們，但彼此間仍有距離。八仙雖為仙人，但卻具人性、有缺
點，如鍾離權袒胸露腹、鐵拐李身體殘缺、呂洞賓自負固執等，因此更能貼近
人群，深入民心。

　　唐、宋、元三代是八仙信仰與傳說的發展與成熟期，對於他們身分與事蹟
的考證，則自明代才有，如王世貞、胡應麟、朱權和清代趙翼、翟灝等人，然
這些考證多為隻字片語，並無完整的系統，雖提供不少訊息，但也留下眾多的
疑問。二十世紀三十年代期間，八仙研究出現了幾篇經典，如浦江清先生的〈八
仙考〉與趙景深先生〈八仙傳說〉，皆為八仙研究者必讀文章。四十年代至七
十年代，兩岸因政治因素並不提倡宗教研究，所以相關文章也極為稀少，甚至
出現批判八仙的論文。八十年代後八仙研究再次興起，隨著各種考古成果和文
獻資料的出現，各方面研究進展迅速，無論是人物、宗教、藝術、文學、音樂、
武術等，皆有極為傑出的成果。不過，如同張錦池先生所說：「八仙故事本身
就是個文化王國，它交匯著宗教學、民俗學、民間文學、文化人類學和文藝美
學。」〔註7〕所以八仙文化是一個多元且豐富的有機體，然所涉及的範圍廣大，
其中有不少值得探查與討論的課題。

　　中國能象徵吉祥神仙眾多，然八仙卻是吉祥神中，極受歡迎的神仙團體，
此八人為何聚集？與其他神仙團體差異何在？在宗教、文學、戲劇與民間故事
中，形象是否有異？筆者從曾師永義的教導下，瞭解到戲曲、民間故事、民間
藝術與民間習俗間著相當密切的關係，因此決定以俗文化材料入手，研究八
仙。然在分類整理各種資料，發現它們相當廣泛且複雜，收集與分析皆需要數
年經營，因此在丁肇琴老師的指導下，將研究範圍限定於俗文學，希望能解釋

〔註6〕吳光正主編：《八仙文化與八仙文學的現代闡釋：二十世紀國際八仙論叢》（哈
　　　　爾濱：黑龍江人民出版社，2006年12月），頁1。
〔註7〕張錦池：〈序〉，收入吳光正《八仙故事系統考論：內丹道宗教神話的建構及其
　　　　流變》（北京：中華書局，2006年8月），頁1。

民間文學如何營造與敘述八仙、古今八仙形象與性格有何變化、八仙對民眾信仰與生活的影響等問題。

第二節　研究範圍與方法

　　八仙滲透到國人生活各層面，資料零碎分佈於不同領域，除了古籍文獻、出土文物、宗教經典、地方戲曲外，也需從事田野調查，收集地方傳說、壁畫、磚雕、各式雕刻等，才能更完整呈現八仙對人們的影響。

一、研究範圍

　　此篇論文題名為《八仙俗文學研究》。「八仙」在各地因傳說不同，人物組成也略有差異，本文的「八仙」所指者為張果老、韓湘子、藍采和、呂洞賓、鍾離權、鐵拐李、何仙姑、曹國舅八人。至於「俗文學」，筆者借用曾師永義《俗文學概論》對「俗文學」中「俗」的解釋，也就是「俗文學」與「民間文學」、「通俗文學」為一物之異名，〔註8〕它與士大夫所重視的「雅」相對，不登大雅之堂但卻流行在群眾中，為他們接受且喜愛。俗文學所涵括的內容甚廣，本文據曾師永義《俗文學概論》一書所提內容為資料收集範圍，其中包含：

（1）俗語、諺語、歇後語、慣用語、口頭成語、熟語

（2）謎語

（3）對聯

（4）寓言

（5）笑話

（6）神話、仙話、鬼話、精怪

（7）傳說

（8）童話

（9）故事

（10）歌謠、雜曲

（11）說唱

（12）地方戲曲

（13）少數民族俗文學

〔註8〕曾永義：《俗文學概論》，頁23。

此外，小說、民間信仰、民間藝術也對俗文學創作與傳播有影響，故亦為蒐羅對象。這些資料經筆者整理，將其約略分為近代研究文獻類、小說筆記類、民間傳說類、說唱文學類、古今戲曲類、生活與藝術類。

1. 小說、筆記類

此類資料包括雜錄、瑣談、箚記、隨筆與小說，主要敘述八仙身世與事蹟，以及八仙信仰在當代發展的狀況。這裡的小說，是採用吳同瑞、段寶林、王文寶先生編的《中國俗文學概論》及曾師永義在《俗文學概論》中的說法，將志怪小說、傳奇小說、筆記小說、話本、章回小說皆歸於其中，期待能較完整呈現八仙在不同時期形像與信仰的情況。

筆記小說中有不少關於八仙的記載，如唐代劉肅《大唐新語》、張讀《宣室志》、段成式《酉陽雜俎》、戴孚《廣異記》，宋代李昉《太平廣記》、吳曾《能改齋漫錄》、吳自牧《夢粱錄》、周密《齊東野語》，明王世貞《弇州山人四部續稿》、胡應麟《少室山房筆叢》，清徐應秋《玉芝堂談薈》、趙翼《陔餘叢考》等，書中對於八仙的敘述，除了記錄民間傳說外，也反映八仙與民間信仰、民俗活動的關係。

明、清之後，八仙中長篇小說出現，如明朝吳元泰《東遊記上洞八仙傳》、馮夢龍〈呂洞賓飛劍斬黃龍〉、楊爾曾《韓湘子全傳》、鄧志謨《呂仙飛劍記》，清汪象旭《呂祖全傳》、無名氏《三戲白牡丹》、無垢道人《八仙得道》等。它們雖是作者個人創作，然內容參考當時盛行的八仙傳說，故也將它們歸在此類中。

各類仙史與宗教文獻也有八仙人物生平或事蹟，如唐杜光庭《仙傳拾遺》、五代沈汾《續仙傳》、宋李簡易《玉溪子丹經指要》、元趙道一《歷世真仙體道通鑑》與《歷世真仙體道通鑑後集》、元秦志安《金蓮正宗記》、明張文介《廣列仙傳》、王世貞《列仙全傳》、徐道《歷代神仙演義》等，亦是瞭解八仙形像演變的重要資料。

2. 現代民間傳說類

民間傳說是人民創作的與一定的歷史人物、歷史事實和地方古蹟、自然風物、社會習俗有關的故事。民間傳說與民間故事間有時難以區分，祁連休曾說中國的民間故事，由於講述人與錄寫者等方面的緣故，往往帶有一定的傳說色彩，即使是丁乃通以狹義民間故事編著《中國民間故事索引》，也不免收入帶有鮮明民間傳說色彩的故事，因此多數的民間故事也兼具民間傳說的

特色。〔註9〕程薔《中國民間傳說》則說:「民間傳說的概念,一般有廣義狹義之分。廣義的民間傳說概念,是把一切以口頭形式表達的散文體作品都包括在內,凡是民間口頭上傳傳說說的東西實際上就是神話、民間傳說和民間故事的總和。因此,我們常常遇到像『神話傳說』、『傳說故事』這樣一些連用的術語。狹義的傳說概念,則是把傳說與神話、故事加以區分。凡與一定的歷史人物、歷史事件和地方風物、社會習俗有關的那些口頭作品,可以算是傳說。」〔註10〕本論文據祁連休、程薔的說法,以廣義的民間傳說為主。

古代的民間傳說多被記載於文人筆記中,民國以後,民眾口耳相傳的故事,經專人採錄成篇,收入不同的書籍中,如陳慶浩、王秋桂所編的《中國民間故事集》與中國民間文學集成編輯委員會所編的《中國民間故事集成》兩套叢書,皆收入不少八仙傳說。八仙傳說亦有被輯為專書,如余航《八仙傳說故事集》、郭士宏《好神來了——八仙的故事》、浙江文藝出版社《八仙的故事》等。筆者所見的八仙傳說有近三百則,內容概括神仙、生活、幻想、笑話等類,足見八仙傳說豐富且多元。

3. 說唱、戲曲類

說唱文學、戲曲等,凡是表演故事者皆歸此類。說唱文學方面,有寶卷、鼓詞、彈詞、東北大鼓、牌子曲、時調小曲、評書、蓮花落、木魚歌、道情、評書、東北二人轉等。戲曲則可分小戲與大戲,小戲簡單古樸,如江西崇仁儺戲「跳八仙」、山東鄭家莊「八仙燈」等。大戲可分傳統戲曲與地方戲曲,前者有元、明、清時的八仙戲曲,如馬致遠《呂洞賓三醉岳陽樓》與《開壇闡教黃粱夢》、范康《陳季卿悟道竹葉舟》、岳伯川《呂洞賓度鐵拐李岳》、無名氏《瘸李岳詩酒玩江亭》、谷子敬《呂洞賓三度城南柳》、賈仲明《鐵拐李金童玉女》與《呂洞賓桃柳升仙夢》、朱有燉《瑤池會八仙慶壽》與《呂洞賓花月神仙會》、湯顯祖《邯鄲夢》、李玉《洛陽橋》與《太平錢》等。後者以地方語言及音樂為特色,如浙江溫州的「打八仙」、山東臨淄的「八仙戲」及臨沂蒙陰的「八仙秧歌」(八仙燈),福建莆仙戲「弄八仙」、臺灣歌仔戲「醉八仙」等。

〔註9〕 祁連休:《中國古代民間故事類型研究(上)》(石家莊:河北教育出版社,2007年2月),頁14~16。

〔註10〕 程薔:《中國民間傳說》(杭州:浙江教育出版社,1995年3月第2版),頁10。

4. 近代研究文獻類

二十世紀後學者對八仙文化的專書與論文歸屬此類，如趙景深〈八仙傳說〉、浦江清〈八仙考〉、山曼的《八仙信仰》、王漢民的《八仙與中國文化》、吳光正的《八仙文化與八仙文學的現代闡釋：二十世紀國際八仙論叢》、Birgitta Augustin〈元代八仙及其圖像起源〉等。

二、研究方法

曾師永義曾於課堂上提出從事戲曲研究必須由文獻、文物、田野調查、口頭訪問與觀賞劇場演出五方面進行。其中，文獻與文物可互相印證；田野調查與口頭訪問，則可增補文獻與文物的不足，進而修正文獻的缺誤；觀賞戲曲則藉由演員的唱腔、穿關、科白，以及舞臺佈置與道具使用，對比出一部作品在案頭與場上的差異及藝術價值。除了觀賞劇場演出外，筆者認為文獻、文物、田野調查與口頭訪問這四種方式亦可擴大於所有俗文學的研究，再加上八仙故事是戲曲常見的題材，對八仙的發展及形象有著重大影響，因此曾師永義的治學方法亦是本篇論文所採用的研究方法。

1. 文獻與文物互相印證──二重證據法

文獻的閱讀與理解、文物的觀察與分析，可各自進行，但也需要兩者互相比對驗證，此即二重證據法。利用此種方法治學最著名者莫過於清末民初的學者王國維，他曾在《古史新證》中對「二重證據法」做了一番解釋：

> 吾輩生於今日，幸於紙上之材料外，更得地下之新材料。由此種材料，我輩固得據以補正紙上之材料，亦得證明古書之某部分全為實錄，即百家不雅馴之言，亦不無表示一面之事實。此「二重證據法」，惟在今日始得為之。雖古書之未得證明者，不能加以否定；而其已得證明者，不能不加以肯定，可斷言也。〔註11〕

王國維繼承了清代考據學家求實之嚴正態度，用考古資料印證和補充古籍文獻中記載，亦用文獻記載鑒定和解釋出土文物，有一分證據說一分的話。對於已知的記載，若無相當證據，皆不可予以否定其內容。相對地，若古籍文獻與文物資料能互相印證，從而發現記載有誤，亦可對其提出疑問與修正。如八仙群體到底何時出現，就能藉由宋代文獻記載與金代的八仙磚雕互相應證，推翻明代學者此團體最早出現在元代之說。

〔註11〕王國維：《古史新証》（北京：清華大學，1994年12月），頁3。

2. 田野調查與口頭訪問

田野調查是藉由觀察和訪談來獲得第一手資料的研究方法。有學者認為，田野調查的好處之一，是研究者可以對研究物件有切身的體驗和領悟，最大限度地做到研究主體和客體的統一。〔註12〕進行田野調查所獲得的資料，更可以幫助研究者發現不同地區對於相同事物看法的差異，協助我們發現過去所「視而不見」的問題，補強文獻的不足，進而拓展研究視野與深度。例如，八仙傳說在各地之間是否有所差異，其差異原因為何？寺廟中的壁畫、磚刻是如何呈現八仙信仰？和一般家宅是否相同等等，都是可以利用田野調查來獲得相關資料。

3. 觀賞戲曲演出

此種方法針對的是八仙戲曲。然而在台灣，可到現場觀賞的戲曲有限，其餘地方戲只能藉影音資料瞭解，進而比對各劇種如何闡述八仙故事，服裝、科範及作者所要表達的意義等。

4. 民間故事類型分類

本論文以《中國民間故事集成》與《中國民間故事集》為主，收集了 257 則八仙故事，並將其依人物、地區、題材做整理，之後再故事情節的相似度，分成不同的故事類型。「故事類型」（Type）一詞，依金榮華解釋：「就整個故事的內容和結構作分析，把基本內容和主要結構相同而細節卻或有異的故事歸集在一起，取同捨異，就成為一個故事類型。」〔註13〕祁連休則認為民間故事因長時間的流傳、擴展而產生不同的變化，形成不同的異文，但它們沒有脫離故事最基本的情節。〔註14〕劉爾淑結合二者，進一步說明同一個故事過程發展，除了不脫離原有的故事核心外，情節需三個以上的差異者才能被稱之為異文，而有兩個以上的異文者，可歸納為成一個故事類型。〔註15〕因此本論文以人物為區分，將先分析金榮華《中國民間故事與故事分類》（AT 分類法）及祁連休《中國古代民間故事類型研究》二書已提及的八仙成型故事，回溯形成過

〔註12〕行龍：《走向田野與社會》（北京：三聯書店，2007 年 12 月），頁 75。

〔註13〕金榮華：《中國民間故事與故事分類》，（臺北：中國口傳文學學會，2003 年 3 月），頁 9。

〔註14〕祁連休：《中國古代民間故事類型研究（上）》（石家莊：河北教育出版社，2007 年 2 月），頁 1。

〔註15〕劉爾淑：《元雜劇情節單元與故事類型研究》（臺北：花木蘭出版社，2012 年 3 月），頁 117。

程、分析這些故事在演變過後類型是否產生變化。其餘再依劉爾淑的說法，判斷它們是否成為一個故事類型，再對成型故事的歷史、地理及特色加以探討、比較。

　　八仙資料豐富，演變也複雜，若單以一項資料為主的話，可能會造成誤差，明代王世貞、胡應麟等人認為八仙組合成於元代，〔註16〕但地下文物的出土卻可以將時間前溯至金代，進一步將文物、文獻互相配合，八仙的組成甚至可前推至宋代。另外，鍾、呂八仙信仰的形成離不開道教，而道教生成與發展和中國文化之間關係又十分密切，所以傳統觀念與文化對八仙信仰形成、八仙故事的變化之影響也須考慮。八仙成為眾人所熟識，故事、戲曲、小說的大量傳播所致，然小說於寫定後就少有更改，必須藉由與民間故事、文物比較，才可以發現它們對民間創作的影響。再者，戲曲、民間故事、民間歌謠，易受到地方語言、文化影響產生異動，因此需比較不同省份但內容相似作品，才可發現八仙形象在不同地域的變化。

第三節　八仙研究文獻回顧

　　趙景深〈八仙傳說〉和浦江清〈八仙考〉兩篇文章，為近代八仙研究的代表，亦是八仙研究者需拜讀的作品，如今兩岸學者的研究，多以這兩位先生的說法為基礎再加以擴張、補充，故在此先敘述兩位前賢的研究成果，再分別論述兩岸的研究文獻。

　　趙景深為著名戲曲史專家，他參考筆記、戲小說與曲等資料完成〈八仙傳說〉一文，內容分別論述「八仙名錄」、「八仙的傳承」、「《東遊記》的藝術價值和出處」、「八仙得道的出處」四個主題。在文章中，他提出幾個論點：

1. 八仙成員在元、明時有不同的異說，但自從明代吳元泰的《東遊記》、《上洞八仙傳》和湯顯祖的《邯鄲夢》出世以來，八仙成員似乎就已經確定了。
2. 元雜劇與明小說對於八仙傳承的說法略有不同。元代呂洞賓、藍采和都是

〔註16〕【明】王世貞〈題八仙像後〉：「八仙者，鍾離、李、呂、張、藍、韓、曹、何也。……余所覿仙跡及圖史亦詳矣，凡元以前無一筆。」見王世貞：《弇州山人四部續稿》，收入《景印文淵閣四庫全書》1284 冊（臺北：商務印書館，1983年 6 月），頁 469。【明】胡應麟《莊嶽委談》：「今世繪八仙為圖，不知起自何代，……近閱元人慶壽詞，有鍾、呂、張、韓等八人，信知起自元世人也。」收入胡應麟《少室山房筆叢》（上海：上海書店出版社，2001 年 8 月），頁 414。

由鍾離權點化，而鐵拐李為呂洞賓所度，故鍾離權為當時八仙的領袖。然在《東遊記》中，鍾離權、藍采和、張果老與何仙姑都是鐵拐李下凡遊歷時迄指點或援引者，故鐵拐李的地位逐漸上漲，取代鍾離權成為八仙的領袖。

3. 《東遊記》第三十二回到第四十四回「大破天門陣」的情節，相當於《楊家將演義》的第三十二回至三十八回，其中文字幾近相同，且據謝無量〈平民文學的兩大文豪〉與鄭振鐸的〈羅貫中〉二文，《楊家將演義》應是元代羅貫中的作品，故《東遊記》此段內容應是節錄自《楊家將演義》而來。

4. 蒐羅當時的民間傳說來補充說明八仙的出身，如文中引廣州《民俗週刊》第一〇一期載張志毅的〈何仙姑的故事〉，其大意說：何仙姑不願出嫁，投入古井而死，後有一人從福建來任知事，屍隨其船前進，託夢云已成神。故此處立有仙姑聖廟，香火極盛。〔註17〕

　　趙景深的〈八仙傳說〉是較早提出八仙成員定型於明代者，他點出元、明八仙領袖人物的不同是反應時人對八仙師承的看法。不過此篇文章討論八仙出身時，引用資料多，較少討論與分析。又趙景深言：「元曲裡面的八仙劇有一個特點，就是在一劇將終時，八仙要聚集一次，合唱或分唱一折，對於每一個仙人的特徵加以描摩。」〔註18〕但元雜劇的特色為一人獨唱，戲曲中對於八仙特徵的介紹，是藉由末色唱出，並非合唱或分唱，故此說不妥。再者，他提出馬致遠《三醉岳陽樓》與谷子敬《呂洞賓三度城南柳》都是以曲牌〔水仙子〕來描繪八仙，認為可能是因為八仙有過海的傳說，欲使曲牌名意義與內容相符合之。但元曲中，除了〔水仙子〕外，范康《陳季卿悟道竹葉舟》以〔十二月〕、鄧學可以〔端正好〕寫八仙，可見作者選用曲牌時，應是按音調與內容的需求，與八仙過海傳說無關。

　　浦江清〈八仙考〉一文略晚於趙景深。文章對於「八仙」一名的由來、八仙匯合的原因與時間、八仙個人事蹟與傳說皆有精闢的論證，其重點如下：

1. 「八仙」一名自東漢就出現，六朝時稱「淮南八公」為「八仙」，唐時又有「飲中八仙」，之後出現了「蜀八仙」，所以在唐朝前後「八仙」是道家的，而且非常空泛，隨時隨地可以八人實之。

2. 唐代閻立本有十二真人圖，後蜀張素卿亦畫過十二真人圖，此圖原為道觀

〔註17〕趙景深：〈八仙傳說〉，收入於吳光正《八仙文化與八仙文學的現代闡釋：二十世紀國際八仙論叢》，頁43～56。

〔註18〕趙景深：〈八仙傳說〉，頁43。

壁上裝飾，後來張素卿的真人圖成為蜀主孟昶的壽禮。這些真人圖沒有一定的人選，而是集合畫者所熟悉的仙君所組成，「八仙圖」即是如此。這種神仙圖因寓意而被移借祝壽用，但因全真教興起，道教改變了面目，神仙傳說不再盛行，因此沒有別的真人圖出現，此所以鍾、呂、藍、韓等八仙所以固定且流傳到現在之因。後來，八仙圖失去祝壽意義，成為俗家廳堂懸畫，圖樣也被瓷器、木雕工藝品採用，成為擺設。

3. 在戲劇方面，八仙裝扮的出現，最早可推至南宋社火中的舞隊。《輟耕錄》所載院本〈瑤池會〉、〈八仙會〉、〈蟠桃會〉可能也是演出八仙故事。古劇本雖不存，但周憲王朱有燉去古未遠，其劇本大概是依據元人，故可藉它推測《輟耕錄》中三院本內容與祝壽有關。又元人神仙道化劇本，都可以用來祝壽，故八仙戲與八仙畫的作用是一致的。

4. 照歷史研究，八仙的傳說應該止於兩宋的，然此八人不過是眾多神仙傳說中的八人，他們在宗教、戲劇與繪畫等方面被借重，慢慢演變而成為一個團體，並非一時固定。故此組八仙的形成，正值宋元戲劇產生之際，他們先在戲劇中佔好位置，而後世無以易之。〔註19〕

　　浦江清將「八仙」組成的時間上溯到宋代，並認為它與繪畫與戲劇的關係較密切，但與真正的道教的關係是很淺等結論。浦江清不認同明代王世貞的八仙「要之起自元世，王重陽教盛行，以鍾離為正陽，洞賓為純陽，何仙姑為純陽弟子，夤緣附會，以成此目。」他將八仙組成的時間往前推移許多，不過其所舉的宋代文獻中都只泛稱「八仙」，未提及組成者，故無法有效論證宋代所說的「八仙」與元代「八仙」有關。再者，他否認道教而肯定神仙道化劇對八仙形成的影響，然元代的神仙道化劇是受全真教影響而創作，教中師徒傳承關係亦是劇作家創作時之參考，亦是後來八人能成為一個團體的原因，因此「與道教的關係是很淺」一說值得商議。

一、臺灣專著

　　張俐雯《八仙故事淵源考述》主要探討八仙此一神仙組合的過程，並詳細論述其中人物的生平、事蹟、如何傳說化。她發現張果老、韓湘子在唐朝歷史中確有其人，其餘如藍采和、鍾離權等六人則是來自於民間傳說中。至於他們

〔註19〕浦江清：〈八仙考〉，收入於吳光正《八仙文化與八仙文學的現代闡釋：二十世紀國際八仙論叢》，頁63～93。

的聚合應是出現在元代度脫雜劇裡，經歷過明代慶壽劇，直到明朝小說《八仙出處東遊記》的寫定，八仙人物與故事才真正定型。此外，八仙個人的傳說被採擷入道教仙傳，成為道教神仙世界的一員。其中張果老的確有煉丹著作傳世，韓湘子與藍采和則出於道教徒的立傳，鍾離權、呂洞賓的傳說在北宋盛行，遂為道教徒推崇為道教中內丹祖師。張俐雯此文討論八仙傳說的形成與經過，但對這些傳說的源頭與影響，及由八仙傳說衍生出的各種文學、文藝等方面並無太多敘述，較為可惜。〔註20〕

吳佳驊《臺灣八仙文化內涵與造型藝術研究》採集文獻資料與田野圖像，經彙整、分析後，以它們詮釋臺灣八仙文化與藝術的內涵，並認為八仙有從道教信仰轉型成民間信仰的特質，而且這八位仙人在民間藝術中按其成仙前身分地位而有尊卑位階的排列。〔註21〕論文章節為：八仙探源、八仙信仰、八仙的表演藝術、八仙的造型藝術，內容相當廣泛，但論述未深入，如〈「八仙」釋義〉分別提到「神仙」與「八」，但只說它們與八仙的關係，對兩者在中國文化中的地位及影響著墨不多。〈八仙傳說〉中所收集的八仙故事代表性也不足，無法看出他們與其他神仙不同之處。論八仙造型時，描述了它們裝扮與特色，但這些裝扮有源自戲劇、圖畫或傳說，作者對它們發展與關聯性未深入探索。

吳素娥《八仙故事研究》從民間文學角度分析八仙故事，著力於「情節單元」與「故事類型」兩方面，將其所見的八仙民間故事按情節分類，作成〈八仙故事情節單元索引〉。藉由這些分析，她歸納出八仙故事有四大主題思想：一、「窮」能安貧樂道，二、「病」求仙藥良醫，三、「夢」是枕上功名，四、「仙」是最終歸宿。〔註22〕此論文所收集的民間故事眾多，經整理後，以情節單元作分類，讓讀者對於八仙民間故事的種類與類型有所認識。但此論文以整理、歸納為主，對於傳說本身的因襲，內容反映的思想較少論及。

張逸品《臺灣八仙故事與民眾生活之關係》以臺灣民間流傳的八仙故事為主，研究故事與地方上的關係，進而回溯故事起源，尋找出歷史與地理對它在

〔註20〕張俐雯：《八仙故事淵源考述》，嘉義：國立中正大學中國文學研究所碩士論文，1993年7月。

〔註21〕吳佳驊：《臺灣八仙文化內涵與造型藝術研究》，臺北：臺北藝術大學傳統藝術研究所碩士論文，2007年。

〔註22〕吳素娥：《八仙故事研究》，臺北：中國文化大學中國文學研究所碩士論文，2010年。

口傳流變時的影響。張逸品認為民間故事的內容變化，可以表現民眾的心理，見其文化特質，而民眾的生命經驗，也會影響故事的深度與價值。〔註23〕本書最大的特點是作者親自前往地方採訪，紀錄許多文獻上不曾記載過的八仙傳說與事蹟，如鐵拐李被打鐵業尊為行業神，此說盛傳於臺中一帶，但並沒有任何文獻收入此故事，張逸品結合報紙與口訪，敘述鐵拐李被尊為爐公的原因，並探討其中民眾所反映出心理因素。又商店或民居常懸掛八仙綵，而綜觀八仙故事，尚無提及臺灣懸掛八仙綵習俗的由來，張逸品前往臺南繡莊訪問老師傅，獲知此習俗來自疾病與神仙託夢。此論文藉由大量的訪談，能讓讀者瞭解臺灣民間八仙傳說與習俗由來依據，內容不但豐富且有意義。

　　王晨宇《八仙戲曲研究》以八仙戲曲為主體，分析其源頭、藝術與內涵。他有鑑於戲曲在八仙研究中多居輔助位置，故聚焦於戲曲本身，結合自宋到近代中國戲曲的發展，以不同的章節分述對於雜劇、南戲與傳奇中的八仙戲。過去分析八仙雜劇時，大多著重是在雜劇所展現思想，王晨宇則是進入雜劇本身，對於雜劇呈現的儀式特徵、舞臺藝術等，皆有詳細論述。至於南戲與傳奇，則是著重討論作者們如何踵繼前人，又如何呈現自我特色。此文在傳統戲曲方面，論述與資料都算詳盡，但到了地方戲曲一章，作者資料的審視與論述就略為鬆散。再者，文中所論的八仙戲，是以鍾離權、呂洞賓等八人為主，但作者將邕劇中的《碧天賀壽》、《八仙賀壽》、《小賀壽》和《香山大賀壽》四齣戲也納入其中，然考《碧天賀壽》、《八仙賀壽》、《小賀壽》中的八仙為六男兩女，那這三齣戲八仙與鍾、呂八仙是否有關？若無關係，是否能稱為「八仙戲」呢？又他所舉的地方戲曲，包括儀式戲與故事戲，但兩種八仙戲各有何特色？它們與傳統的八仙戲有何差別？這些是王晨宇所未提及的。〔註24〕

二、臺灣單篇論文

　　臺灣研究八仙的單篇論文較專著豐富，葉程義〈八仙考述〉〔註25〕、向大鯤〈我國民間傳述的八仙傳奇〉〔註26〕探討八仙來源及故事內容，與張俐雯

〔註23〕張逸品：《臺灣八仙故事與民眾生活之關係》，臺南：成功大學中國文學系博士論文，2010年。

〔註24〕王晨宇：《八仙戲曲研究》，臺北：國立臺灣師範大學國文學系博士論文，2017年。

〔註25〕葉程義：〈八仙考述〉，《國立歷史博物館館刊》10期，1979年12月。

〔註26〕向大鯤：〈我國民間傳述的八仙傳奇〉，《藝文誌》182期，1980年11月。

《八仙故事淵源考述》相異不大，後者應是吸收前三者的研究成果而寫成。郭立誠〈八仙故事與戲曲小說〉講述八仙故事與小說戲曲之關係，前者如何影響後者，後者對前者又是如何繼承與改造。〔註27〕

八仙戲劇方面，以陳玲玲研究較早，其〈臺灣扮仙戲中的八仙〉提及臺灣五大劇種（北管、歌仔、布袋、魁儡、皮影）皆有扮仙戲，後四者受北管影響較大。至於北管戲中現存八仙扮仙戲有《醉仙》、《壽仙》（大八仙）、《蟠桃仙》（蟠桃會）三齣與布袋戲中的《醉八仙》。陳玲玲對此四劇中人物、結構與曲牌略作介紹，並分析腳色與裝扮，敘述舞臺搬演的特徵。此文最具特色的部分，是錄寫四劇的劇本與他們演出的實際情況，讓讀者瞭解劇本與場上的差異。〔註28〕

此外，陳玲玲尚有〈元明雜劇中的八仙〉一文，輯有從元至清的八仙劇目三十九種，包含宋院本、明、清雜劇與傳奇。她藉由這些劇本討論八仙個人或全體事蹟，從中勾勒八仙在戲劇中的形象。〔註29〕〈元明雜劇中的八仙〉羅列元、明八仙雜劇有十五齣，其中有些劇目裡的八仙是作為龍套登場，並無唱白，只能藉由穿關瞭解其形象，如《李雲卿得悟昇仙》中張果老作為群仙之一，以白髯白髮登場後，就沒有任何表現；有些只是提及「八仙」或唱名八仙成員，無真人扮演，如《福祿壽仙官慶會》是藉由門神之口介紹八仙，但劇本上卻無人扮演這八人，更別說從中瞭解八仙形象與特色。八仙在這兩類雜劇，或是龍套，或是不曾粉墨登場，它們是否能被視為八仙戲是值得商榷的。

陳萬鼐有〈元佚名《藍采和》雜劇的著作年代及其傳本考〉一文。《藍采和》雜劇即為《漢鍾離度脫藍采和》，陳萬鼐以戲曲劇本中「點戲」提到的七個戲目：《于祐之金水題紅怨》、《張忠澤玉女琵琶怨》、《老令公刀對刀》、《小尉遲鞭對鞭》、《三王定政臨虎殿》、《詩酒麗春園》、《雪擁藍關馬不前》為考證重點，探討它們的作者與內容，並據這些資料推測《藍采和》雜劇的著作年代大致是西元1293年左右，即元世祖忽必烈至元三十年，此說將《藍采和》一劇從嚴敦易《元劇斟疑》說的明代永宣之際（西元十五世紀前半期）的作品前移了一百多年。為了印證所提出的論點，陳萬鼐也分析了《藍采和》雜劇的「宮

〔註27〕郭立誠：〈八仙故事與戲曲小說〉，《國立歷史博物館館刊》第2卷第3期，1984年12月。

〔註28〕陳玲玲：〈臺灣扮仙戲中的八仙〉，收入吳光正《八仙文化與八仙文學的現代闡釋：二十世紀國際八仙論叢》。

〔註29〕陳玲玲：〈元明雜劇中的八仙〉，《中華文化復興月刊》，1979年10月。

調」、「套數」、「曲韻」的特質，發現它們有元人雜劇共同的基因，因此作者應是元代人。〔註30〕此文以《藍采和》提到的戲目與本身的藝術特色推論此雜劇的年代，論述與分析，邏輯十分清楚，令人信服。不過，陳萬鼐以耶律鑄〈為閩俳優諸相贈優歌道士〉詩：「一曲春風踏踏歌，月圓明似鏡新磨。誰遊碧落騎鸞鳳，記姓藍人是采和。」〔註31〕引導出《藍采和》雜劇盛行於當時之說，就略顯牽強了。

　　林國義在〈《醉八仙》在傳統劇種間的文化風貌探討〉中使用實地採訪與文獻資料互為佐證，從文化層面切入，分析扮仙戲與傳統戲劇的差異，進而針對《醉八仙》一劇的音樂、排場，分析扮仙戲如何在不同的劇種中展現出不同的風貌：北管保有絕大部分傳統演出風貌，而子弟團的排場又較北管戲有濃厚原始味，現今布袋戲則是多以錄音方式演出。因社會的變遷導致傳統樂器更迭，影響演員唱腔，使藝人的唱功無法發揮，扮仙戲也因此失去傳統戲劇唱腔的韻味。〔註32〕林國義清楚地分析不同劇種中扮仙戲的特色，也提及扮仙戲在時代變遷下所遭遇的問題，然這些問題並不只是存在於扮仙戲中，也是不少地方戲曲所面臨的難題。

　　陳伯謙〈扮仙戲中《大醉八仙》劇情溯源之研究──以朱有燉的《蟠桃會》及《瑤池會》為探討對象〉先討論扮仙戲與慶壽劇之演出與產生背景，他以自己田野調查所見的《大醉八仙》為主，比較其他學者對此劇的敘述，發現各地《大醉八仙》的演出並無太大差異，這表示扮仙戲的演出多半已「制式化」。做為正戲演出前的儀式劇，《大醉八仙》主要酬神或還願為目的，所以內容情節大致相同。陳伯謙認為現今臺灣《大醉八仙》劇情與朱有燉《群仙慶壽蟠桃會》與《八仙慶壽瑤池會》兩雜劇較為接近，其目的也是慶壽或祝壽神誕，所以他比較三者之異同後發現，《大醉八仙》與《瑤池會》的內容情節較接近，進而有《瑤池會》的劇情可能是《大醉八仙》始祖的說法。〔註33〕

　　扮仙戲為程式化儀式劇的說法，在陳玲玲的〈臺灣扮仙戲中的八仙〉、林

〔註30〕陳萬鼐：〈元佚名《藍采和》雜劇的著作年代及其傳本考〉《國家圖書館館刊》，2005 年 6 月（94 年第 1 期）。

〔註31〕【元】耶律鑄：《雙溪醉隱集》，收入《景印文淵閣四庫全書》第 1199 冊，頁473。

〔註32〕林國義：〈《醉八仙》在傳統劇種間的文化風貌探討〉，《屏東文獻》第 9 期，2005 年 12 月。

〔註33〕陳伯謙：〈扮仙戲中《大醉八仙》劇情溯源之研究──以朱有燉的《蟠桃會》及《瑤池會》為探討對象〉，《東吳中文線上學術論文》第 17 期，2012 年 3 月。

茂賢的〈臺灣扮仙戲的象徵意義〉與林國義〈《醉八仙》在傳統劇種間的文化風貌探討〉等文中已提出，陳伯謙則是將廣義的扮仙戲範圍縮小到《大醉八仙》一劇，其論證結果不離陳玲玲、林茂賢等人之論點。又《大醉八仙》內容雖與《瑤池會》有部分相似，但在《瑤池會》之前並非沒有八仙向王母慶壽的故事，早在元代就有《宴瑤池王母蟠桃會》一劇，朱有燉《瑤池會》酒醉而歸的部分是否對其有所借鑒尚未可知，故《瑤池會》為《大醉八仙》劇情始祖一說，尚須斟酌。

紀家琳〈實效與娛樂的劇場交流中獲得轉變——以扮仙戲《醉八仙》為例〉著重論述儀式對民眾所產生的效果。她分析《醉八仙》演出的過程，發現其宗教儀式與表徵意義非常濃厚，再加上扮仙戲演出地點以廟宇戲台為主，這建築物或是為演出所加蓋的野台，都屬於廟宇建築的一部分，而廟宇為神明的居所，所以整個儀式可視為在神界進行。戲台下的觀眾是被排除在儀式之外的，所以民眾謝神的心意，需要藉由《醉八仙》演員扮仙演出故事來傳達，而演員贈送觀眾物品或與其接觸的行為，則是神明與人世的仲介，此舉打破天上、人間之分界，使全場觀眾成為儀式的一份子，讓虛幻與現實、神聖與世俗合而為一。〔註34〕紀家琳此文以人類表演學理論，說明劇場、演員、觀眾與仲介物之間的關係，特別是仲介物種類與象徵，能讓觀眾能於意識上，感受到神明的寵愛與保護，進而強化他們的信仰與歸屬感，這是其他研究扮仙戲論文中未曾提及的。

除了傳說與戲曲方面，尚有從文學、民俗或藝術等方面探討八仙的文章，如林保淳〈呂洞賓形象論——從劍俠談起〉與〈八仙法器異說考〉是兩篇較有特色的論文。〈呂洞賓形象論——從劍俠談起〉一文認為呂洞賓傳說在宋代出現時，就有劍俠的特色。劍俠在傳說與宗教的影響下有武功高強、舉止神祕、身分多變、行事有度等特色，而呂洞賓的神仙身分與道教所標舉的內煉養心理論，淡化了呂洞賓傳說中劍俠的色彩，但仍對後來的敘事文學產生影響，如元雜劇《呂純陽點化度黃龍》、明代小說《醒世恆言·呂純陽飛劍斬黃龍》等，都是借用呂洞賓的劍俠形象加以衍生作品。呂洞賓在道教正統傳說中，有著純正崇高的地位，但在民間傳說中他卻是一個「酒色財氣」俱全的神仙，譬如在「飛劍斬黃龍」系統與「戲牡丹」系統的故事中，他有著心胸狹窄、動輒嗔怒、

〔註34〕紀家琳：〈實效與娛樂的劇場交流中獲得轉變——以扮仙戲《醉八仙》為例〉，《藝術學報》第 99 期 2016 年 10 月。

色慾未除與樂於御女等人性缺陷。呂洞賓在宗教與民間形象差異甚大，是受到劍俠形象的影響，再加上他在傳說中具神通變化，遊戲人間時會以故作厭穢、違反常情的方式度人，因此即使道德上有瑕疵，人們因功利動機，仍會在心中為他保留一定的位置。〔註35〕此篇文章，以呂洞賓劍俠的形象切入，分析其「嗜」、「色」個性能為民眾所接受的原因，是過去論呂洞賓形象時未曾見過之論點，也能讓人容易理解為何這樣一個德行有缺的神仙，能民間信仰中佔據重要的地位。

〈八仙法器異說考〉論述八仙法器從出現至今，所經歷的轉借、互換、訛傳的情況。作者認為八仙的法器，與傳說、圖像皆有關連，但最重要者還是在戲劇中的展現，故他整理元、明三十多種八仙戲裡的八仙穿關，統計出十位神祇與十幾項的相關法器。其中，鍾離權的扇與張果老的驢兩者古今無變化，但鐵拐李、呂洞賓、韓湘子、曹國舅、藍采和與何仙姑六人的法器，與今人所知頗有歧異。林保淳進一步探討法器變化的原因，發現鐵拐李的葫蘆是從徐神翁手上接過，原因可能是他為乞丐，而乞丐可以葫蘆裝酒禦寒；呂洞賓從雙劍變成單劍，則是受佛教傳說的影響；藍采和因名字中「藍」與「籃」音同，「和」與「禾」亦相近，因此讓藍采和的法器從拍板變成花籃；韓湘子在小說與戲劇中，都始終手提花籃，只在朱有燉《群僊祝壽》雜劇以鐵笛和花籃為穿關，笛本為張四郎法器，當花籃為藍采和所提，且張四郎消失於八仙中時，笛就成了韓湘子的象徵；曹國舅的法器從笊籬變成金牌，又轉換為朝笏，與其傳說和身分有關；笊籬在戲曲本為曹國舅法器，但在小說中則為何仙姑所持，而笊籬變成荷花原因有三：一是《車王府子弟書・八仙慶壽》將笊籬與金蓮巧妙連結在一起；二是是笊籬的長柄圓頭的形狀與蓮蓬相似，故有何仙姑手持蓮蓬的畫像出現；三是「何」與「荷」同音，且何仙姑為女仙，故蓮蓬又轉化為荷花，從此何仙姑法器就定型了。〔註36〕八仙法器變化的考證，讓讀者從中瞭解八仙形象演變過程，其法器特徵與變化不但能校正今人的訛傳，更能藉由他們所持的法器來判定古器物的年代。

林聖智的〈八仙的變身：狩野山雪〈群仙圖襖〉的相關問題〉以狩野山雪

〔註35〕林保淳：〈呂洞賓形象論——從劍俠談起〉，收入吳光正《八仙文化與八仙文學的現代闡釋：二十世紀國際八仙論叢》，頁729～748。

〔註36〕林保淳：〈八仙法器異說考〉，收入《紀念婁子匡先生百歲冥誕之民俗學國際學術研討會論文集》（臺北：萬卷樓圖書股份有限公司，2015年1月），頁387～405。

〈群仙圖襖〉作為考察對象，發現此圖的八仙形像、組合與中國明末清初的八仙圖譜並不完全相同。因此，他依年代順序，重新探討金代山西墓葬中的八仙圖、元代永樂宮純陽殿壁畫〈八仙過海圖〉、元代傳顏輝〈群仙祝壽圖〉、元代漆器「樓閣人物鏍鈿八角盒子」、元代龍泉窯青瓷與明代〈群仙圖〉及〈八仙祝壽圖〉，認為八仙圖因何仙姑加入與否而有兩階段的發展。狩野山雪〈群仙圖襖〉中八仙的組合為：劉海蟾、韓湘子、李鐵拐、徐神翁、鍾離權、呂洞賓、藍采和、曹國舅與壽星，他認為這畫中的八仙成員可追溯到更早的金、元八仙圖像原型，而樹下壽老與八仙的組合則可能出自室町時代〈壽老八仙〉一類的模式。〔註37〕林聖智藉由文獻資料重新判斷八仙圖中的人物，論證〈群仙圖襖〉所用八仙不同於當代其他畫家，顯現出此圖的特殊性。然而，在分析論證過程中，有時過於獨斷，如將元代「樓閣人物鏍鈿八角盒子」中其中一人判斷為劉海蟾，但卻未說明其依據為何？在宋、元八仙傳說與戲曲，皆沒有劉海蟾為八仙的說法，文物上也無相關資料與證據，直至明代《列仙傳》中才將劉海蟾視為八仙，故要將劉海蟾判斷為金、元八仙成員，應需更多資料應證。

三、大陸專著

山曼《八仙信仰》經由田野調查，紀錄了許多八仙文物，並藉由它們探討八仙與民間祭祀、行業、武術、飲食等關係。書中收入大量圖片，如年畫、木雕、民間刺繡，以通俗易懂的語言，幫助讀者瞭解生活中所呈現的八仙文化。〔註38〕與山曼《八仙信仰》類似著作還有馬書田《全像八仙》與盧榮壽《八仙》。前者全面解說「八仙」一詞，分章敘述了上八仙、中八仙、下八仙三種不同的八仙組合，八仙傳說故事和民俗活動亦有涉及，較特別的是，它記載了海內外的八仙廟與呂祖廟，幫助讀者瞭解海外八仙信仰的分佈與流傳情況。〔註39〕後者廣採神仙傳說，先講神仙在道教的地位，再敘述八仙成因與發展，並解說民間八仙文化及藝術的發展。〔註40〕此三書共同特色皆以介紹為主，搭配精采圖片與淺白文字，使讀者對八仙的身世及他們在民間信仰、傳說、藝術、民俗活動等方面，得到基礎認識。

〔註37〕林聖智：〈八仙的變身：狩野山雪〈群仙圖襖〉的相關問題〉，《藝術學研究》
　　　　2016年6月第18期，頁1～44。
〔註38〕山曼：《八仙信仰》，北京：學苑出版社，1995年12月。
〔註39〕馬書田：《全像八仙》，江西：江西美術出版社，2007年01月。
〔註40〕盧榮壽：《八仙》，濟南：山東畫報出版社，2003年12月。

　　王漢民《八仙與中國文化》一書中分〈緒論〉、〈八仙信仰的形成與發展〉、
〈八仙與道教文化〉、〈八仙與民俗文化〉、〈八仙與中國戲曲〉、〈八仙與中國小
說〉、〈餘論〉七個章節，主要探討八仙人物與信仰的由來及其世俗特徵、八仙
形象在雅、俗文化中如何呈現、民間習俗與八仙有關的宗教活動文化藝術等。
〔註41〕此書所用資料多且廣，有獨特的見解，如在〈八仙與道教文化〉中，提
出八仙成員關係與王重陽、全真七子有不少類似之處，因此教徒將王重陽師徒
比擬為八仙。又八仙能突破道教成為民間信仰中的神仙，是因為他們在明清道
教典籍中，為三教合一思想的宣傳者，並且有神蹟盛傳於世，符合民眾有求必
應的心理，因而成為他們共同尊崇對象。此書橫跨層面眾多，然某些章節以介
紹為主，較少深刻論述，如〈八仙與民俗文化〉中八仙民俗活動與文藝，只敘
述舉辦過程或表演內容，並未論及它們的緣由、象徵及影響。此外，書中參考
了許多戲曲、小說、筆記等文獻，較少提及現代民間故事，而民間故事是解釋
古今八仙在民眾心中形象變化最佳資料，沒有得到足夠重視，甚為可惜。

　　趙杏根《八仙故事源流考》以人物作為章結區分，探討八仙的形成與異說
由來、演變。他大量採用筆記小說中的八仙事蹟，來講述每一位神仙故事的形
成、發展、變異。除了介紹一般人熟知的鍾、呂八人之外，對於徐神翁與劉海
蟾這兩位曾為八仙群體的仙人生平事蹟與傳說也有所考證。〔註42〕此書主要
以傳說故事架構八仙的身世背景，並無涉及八仙在其他文學、藝術等方面的表
現，內容雖豐富，但論點不脫前人說法。

　　党芳莉《八仙信仰與文學研究——文化傳播的視角》一書分為序、上、
中、下四編，序編講八仙這個團體的由來與變遷；上編講八仙的原形及仙事
的演變，分析了八仙傳說產生與歷史背景的關係，對人物與相關事蹟有多層
面研究；中編著重八仙文學，論述八仙戲取、小說所呈現的社會、心理等特
點；下編論述常見的八仙傳說，並對傳說呈現出的內涵做了多角度的分析。
〔註43〕此書為八仙文化的綜論，與《八仙與中國文化》中論題有不少相似之
處，因此它可說是以王漢民的研究成果為基礎進行更細膩的考述、發揮，這
也導致此書部分論述與王漢民相同。然此書仍有自己亮點，如對「藍采和」
一名的考證，党芳莉以關中方言「藍（爛）參（散）合」意為破碎骯髒，又

〔註41〕王漢民：《八仙與中國文化》，北京：中國社會科學出版社，2000 年 11 月。
〔註42〕趙杏根：《八仙故事源流考》，北京：宗教文化出版社，2002 年 11 月。
〔註43〕党芳莉：《八仙信仰與文學研究》，哈爾濱：黑龍江人民出版社，2006 年 1 月。

藍采和最初是以乞丐形象出現在傳說中，故她推斷「藍采和」與「藍參合」間可能有音轉關係。

　　吳光正《八仙故事系統論——內丹道宗教神話的建構及其流變》，以常見的八仙故事作為章節，將全書區分為十三章，分別為：〈八仙慶壽故事考論〉、〈八仙慶壽故事探源〉、〈呂洞賓飛劍斬黃龍故事考論〉、〈松（柳）樹精故事考論〉、〈呂洞賓黃粱夢故事考論〉、〈呂洞賓戲白牡丹故事考論〉、〈鍾離權故事考論〉、〈鐵拐李故事考論〉、〈張果老故事考論〉、〈藍采和故事考論〉、〈何仙姑得道故事考論〉、〈雪擁藍關故事考論〉。〔註44〕作者藉著文獻、文物與田野調查，蒐集大量資料，並互相參證，以填補、闡發各資料間的歧異與斷裂。研究八仙者，多以宗教切入，吳光正更進一步以內丹思想為主軸，提出不同前人的觀點，如藉由敦煌文獻及筆記中所載的傳道活動，判斷鍾離權為唐代丹道大家，且藉由他的傳承譜系與大量丹學著作，解釋他為何成為丹道祖師與八仙領袖。

　　吳光正也主編了《八仙文化與八仙文學的現代闡釋：二十世紀國際八仙論叢》，此書搜羅六十餘篇重要的八仙研究代表作，是他多年收集的八仙研究成果。全書分為上、中、下三篇此，上篇以八仙傳說傳播、形象演變及他們對民間文化、民間信仰影響為主題，收入了趙景深的〈八仙傳說〉、浦江清〈八仙考〉、車錫倫〈八仙故事的傳播和「上中下」八仙〉及楊富斗〈金墓八仙磚雕叢探〉等，讓讀者從不同方面了解八仙。中篇著重於宗教，收入李遠國〈鍾離權生平事蹟略考〉、孟乃昌〈張果考〉、盧國龍〈試析張果內丹道的思想奧秘〉、胡中孚〈道教內丹學的研究價值及鍾呂丹派的基本特徵〉與張廣保〈鍾、呂內丹道及其特色〉等論文，涉及八仙人物考證、內丹宗派南宗及鍾、呂丹派的教旨與哲理，是研究八仙與宗教思想者重要參考資料。下篇主題為小說、戲曲，收入王漢民〈八仙戲曲作品考述〉、張穎與陳速〈《呂純陽三戲白牡丹》的原作、改編和成書年代〉、党芳莉〈呂洞賓黃粱夢傳說考論〉、陳玲玲〈八仙在臺灣扮仙戲中的現況〉及簡濤〈山東民間皮影戲《八仙過海》初探〉等，展現了八仙在古、今敘事文學的情況與發展。此書最特殊之處，選譯了不少國外學者的文章，有英國葉慈〈八仙考論〉、美國楊富森〈八仙傳說探源〉、法國洪怡沙〈南宋時期的呂洞賓信仰〉、日本柳獺喜代志〈韓湘子故事的源流〉等十八篇，除了告知我們「八仙」已成為一個世界性的課題，也讓我們看到各國學人以何種

〔註44〕吳光正《八仙故事系統考論：內丹道宗教神話的建構及其流變》，北京：中華書局，2006 年 8 月。

視角研究分析八仙。〔註45〕

四、大陸單篇論文

　　大陸的單篇論文過去仍是以八仙與文學、文化或宗教間的關係為主，近年來則較著重於八仙與藝術方面的探討。

　　車錫倫在〈八仙故事的傳播和「上中下」八仙〉一文認為，宋元以來，實際上存在著兩種「八仙」：一是道教的偶像，一是群眾口頭傳承的仙人。兩者大相逕庭，卻又互相影響。作為群眾口頭傳承的仙人時，八仙的道教色彩並不濃厚，當他們在宋代會合時，就已經被民眾作為祝壽迎賽、逢場作戲的仙人，但中國的仙人數量不少，八仙能在眾仙脫穎而出，現身於迎賽和祝壽場合，是多方面原因所導致，但最重要是八仙傳說與他們在祝壽、迎賽場合中展現出的形象與寓意，符合人民的期待與願望，同時達到向神祈福、娛樂觀眾的雙重效果。再加上八仙成員有著廣泛的代表性，讓社會各階層皆能在八仙中找到自己可親近的人，所以他們才會如此受歡迎。不過，民眾不滿足只有八位仙人，所以將其他出現在慶壽劇中的神仙組織起來，進而出現上、中、下三組八仙。不過其他兩組八仙成員成員不甚穩定，多是作為呂洞賓等八仙的陪襯。〔註46〕此文以社火、院本與元、明雜劇入手，論述八仙為何成為受歡迎的吉神，並整理出明、清時出現的另外兩組八仙，一一考證這些仙人的身分，發現這些仙人的特點都與祈福或祝壽有關，因此與鍾、呂八仙成為中國的吉祥神代表。

　　尹蓉有〈元雜劇中的八仙〉、〈八仙的組合及其文化內涵〉、〈「暗八仙」的來源〉三文。〈元雜劇中的八仙〉認為八仙故事和其他唐宋筆記中的鬼神故事一樣，雖經過層層的加工後去除神仙的光環，但仍可發現他們身上保留「巫」的痕跡，所以八仙戲多在迎神賽社時演出。此文以「巫」來解釋八仙原型，觀點看似新穎，但「仙」的觀念就是巫覡們所創，他們自然會將自身特點投射在「仙」身上，如擁有特殊能力，為神與人之間的溝通橋梁等，所以神仙們或多或少都有巫覡的特點，八仙當然也不例外，並不能因為他們出現於賽社的場合，就認為這就是巫特點的展現。〔註47〕

〔註45〕吳光正：《八仙文化與八仙文學的現代闡釋：二十世紀國際八仙論叢》，哈爾濱：黑龍江人民出版社，2006 年 12 月。

〔註46〕車錫倫：〈八仙故事的傳播和「上中下」八仙〉，收入於吳光正《八仙文化與八仙文學的現代闡釋：二十世紀國際八仙論叢》，頁 149〜161。

〔註47〕尹蓉：〈元雜劇中的八仙〉，《藝術百家》2003 年第 3 期。

〈八仙的組合及其文化內涵〉認為宋代社火中的八仙社與鍾、呂八仙出現有直接影響。八仙社演出的八仙故事常與喬三教連在一起，雖然尚未確定當時八仙成員為何，但從金代墓雕磚圖形來看，其形象與後代的八仙已相當接近。〔註48〕

〈「暗八仙」的來源〉分析金代畫像磚上八仙人物手中所持的器物，多為人民日常用器具，因此八仙的法器最初應是社火表演者的道具，後來出現在各種八仙戲曲和傳說中，並隨著戲曲與傳說的發展逐漸固定下來。明末清初時，受到佛教「八吉祥」的影響，法器從八仙手中獨立出來成為「暗八仙」，並被賦予了各種祈福禳災的宗教功能，成為民間的吉祥圖文。〔註49〕此文以社火道具作為八仙法器的源頭，可信度相當高，但文中只描述八仙法器的功能與作用，未提及它們如何發展與轉變，是不足之處。

王永寬〈八仙傳說故事的文化底蘊探析〉探討八仙團體定型於明代中期的原因的。王永寬認為八仙成員的固定與嘉靖皇帝崇信道教的歷史背景有直接關係，嘉靖皇帝狂熱於道教、崇信女仙，所以何仙姑取代徐神翁與張四郎成為八仙之一。〔註50〕皇帝個人喜好與信仰的確會引領臣民們的追隨，信仰女仙的群眾也可能因此增加，增加他們的知名度。然而，這可能增加道教女仙的數量或提升她們在宗教裡的地位，說明為何明代後期民間宗教以女神為宇宙主神情況，卻不能合理解釋何仙姑成為八仙固定成員之因。

艾曉飛〈從「八仙」的定型看通俗文學對傳說的影響〉探討八仙傳說形成與流傳，是因為他們被作為通俗文學記載下來，而通俗文學因其樣式質樸，語言直白，而容易為普通民眾所接受，這使八仙成為民間傳說與戲曲的重要題材，讓他們始終與民眾保持著密切關係。後代小說家塑造八仙人物時，除了參閱前人文獻，同時也從民間吸取大量的傳說做為創作新故事的養分，他們的作品促使新的通俗文學產生，也為民間傳說的再次形成提供了底本。〔註51〕以通俗文學為載體的確有助於八仙傳說的傳播，除了八仙外，道教中有許多神仙傳說皆是如此，因此載體只是八仙傳說盛行的原因之一，應該還有其他因素促使民眾樂於親近八仙。又艾曉飛從筆記小說中分析八仙的身分多為文人與官宦之後，

〔註48〕尹蓉：〈八仙的組合及其文化內涵〉，《民族藝術》2005 年第 1 期。

〔註49〕尹蓉：〈「暗八仙」的來源〉，《文史知識》2008 年第 03 期。

〔註50〕王永寬：〈八仙傳說故事的文化底蘊探析〉，《中州學刊》2007 年 9 月第 5 期。

〔註51〕艾曉飛：〈從「八仙」的定型看通俗文學對傳說的影響〉，《濮陽職業技術學院學報》2011 年 10 月第 24 卷第 5 期。

而這些人家與民眾有一定的距離，因此引導出民眾不具備創造八仙傳說的動機與能力。然檢閱唐、宋的八仙傳說，為「文人與官宦之後」者只佔一半，分別為：鍾離權、呂洞賓、韓湘子與曹國舅，至於張果老為道士、藍采和是位乞丐、何仙姑為巫女，鐵拐李身分不一（有劉野夫、無名跛仙等說），後四人或許能文識字，但卻不能將其歸屬為「文人與官宦之後」。再者，筆記小說中八仙的故事是文人聽聞後所記，仙人們的身分或許是口傳者附會已有的歷史人物，或許是經記錄者修飾、改動而產生，若以八仙的身分就認為民眾不具備創造八仙傳說的動機與能力，不但武斷且也輕視古代人民創作與表達的能力了。

張靈〈八仙故事的民間化重構──基於寶卷的研究視角〉認為寶卷編寫者借助「八仙」在民間的形象與影響力，對佛、道兩教經典中深奧的教義和繁縟的修持作簡化處理，使其簡單明瞭、通俗易懂，拉近了宗教與世俗的距離。八仙寶卷因出於民間，內容折射出豐富多彩的民俗文化，如對市井習俗、民間曲藝的描寫與記錄皆能在寶卷中見到。八仙是中國的吉祥神，寶卷中也將他們作為象徵性的符號人物，藉由說唱八仙形象與事蹟，展現「福祿壽延」的美好心願，然而這種方式但卻使八仙群體剝離了敘事功能，削弱了八仙故事的敘事文學特性。〔註52〕張靈以八仙寶卷為主，提出了寶卷中的「八仙」故事在寶卷中的主題表現、文化內涵以及藝術手法等方面皆被做了明顯的民間化重構，這些做法雖削弱八仙傳說的故事性，但卻能凸顯八仙人物象徵意義，使其象徵的宗教思想更容易為民眾所接受。

除了八仙文學、思想的論文外，藝術方面也出現不少關於考證與分析八仙圖象的文章，如葉倩的〈元代瓷器八仙紋飾考釋〉將元代瓷器上的八仙紋與元明八仙戲以及同時期墓葬壁畫、磚雕、緙絲上的圖像互相對比，發現八仙成員的身分，在形成過程中因更替、反覆、混用，使他們的形象和身分產生錯位，其中又以韓湘子、藍采和、曹國舅、何仙姑四位神仙表現的最明顯。〔註53〕Birgitta Augustin〈元代八仙及其圖像起源〉將國內外收藏的八仙圖像相互對比，認為八仙人物雖然與道教有關，但形成時可能有佛教的影響，另外他藉由金代的磚雕與銅鏡推測八仙群體可能形成與北宋。〔註54〕熙方方的〈民間美術圖案

〔註52〕張靈：〈「八仙」故事的民間化重構──基於寶卷的研究視角〉，《上海師範大學學報（哲學社會科學版）》，2018年02期。

〔註53〕葉倩：〈元代瓷器八仙紋飾考釋〉，中國國家博物館館刊2015年10期。

〔註54〕Birgitta Augustin原著，白楊翻譯：〈元代八仙及其圖像起源〉，《美成在久》2017年02期。

「八仙過海」的圖像學探析〉是根據圖像學將八仙過海圖分成「再現式的圖像」與「象徵式的圖像」，前者主要展現表達八仙傳說故事的情節，後者則是反映民間圖像中所反射出的文化觀念內涵與民族文化的自覺。〔註55〕羅曉歡、羅楠〈四川地區清代墓葬建築中的八仙雕刻裝飾研究〉認為在中國所擁有的靈魂觀念下，身為道教神仙的八仙，被賦予了「壽」的象徵，所以在墓葬建築八仙雕刻的配置，是認人們對於即「長壽」和「成仙」的信仰，及追求熱鬧、豐富、多樣文化內涵。〔註56〕這些論文，都是經由圖畫、工藝品或建築等方面來討論八仙成員的組成、八仙故事的意義、八仙在民眾心中的象徵等，雖未能建構出全面的系統，但在單一作品與論題的細節上，提供寶貴的觀點。

古今八仙資料龐雜，然經分析、對照，發現各類資料關係密切，如八仙的傳說與故事、戲曲、小說互相取材，彼此間情節相似性高；八仙的俗語與對聯，雖屬於文字遊戲，卻是以八仙傳說為基礎所創作。至於八仙的研究，涵括眾多領域，無論從文化或文學面著手，皆有不凡的成就，且文章中時見精闢之論，讀者可從不同層面瞭解、認識八仙。然而中國文化與文學所包含的範圍太廣，資料的搜羅與處理耗時費工，甚至會產生顧此失彼的情況，因此筆者將從俗文學入手，輔以其他相關資，將論文分為〈八仙信仰的孕育、成型與發展〉、〈小說中的八仙〉、〈八仙民間傳說〉、〈八仙與韻文學〉及〈結論〉五部分，分析八仙的由來及他們與俗文學間的關係。

〔註55〕熙方方：〈民間美術圖案「八仙過海」的圖像學探析〉，《民族藝術研究》2017年03期。

〔註56〕羅曉歡、羅楠：〈四川地區清代墓葬建築中的八仙雕刻裝飾研究〉，《中國美術研究》2018年01期。

第二章　八仙信仰的孕育、成型與發展

　　八仙信仰是龐雜且牽涉面廣的命題，其中鍾、呂等八仙由來與八仙團體的形成與演變，更是古今研究八仙者所重視的課題。在前輩學者們的分析中，八仙信仰的形成，離不開內丹道興起與元代全真教的發展，但不能忽略的是，神仙信仰與數字崇拜對八仙的影響。「八仙」團體出現後，經過歷代的發展、演變，才成為今日的鍾、呂等人，因他們吉神的象徵深受人們喜愛，故民間又以其他吉神另組上、下八仙，使八仙團體擴大許多。

第一節　神仙信仰的孕育、形成與發展

　　「八仙」是華人社會家喻戶曉的仙人們，有學者更將他們視為中華文化共同心理結構意象之一。〔註1〕人們對八仙如此崇拜，除了道教推波助瀾外，神仙信仰亦是重要原因。

一、神仙信仰的孕育

　　信仰神靈是宗教的核心，〔註2〕如猶太人對耶和華、基督徒對耶穌、穆斯林對阿拉、佛教徒對佛陀等，對華人則是受到道教影響較為深刻。許地山於《道教史》說：「從我國人日常生活的習慣和宗教的信仰看來，道的成分比儒的多。

〔註1〕謝聰輝：〈八仙形象特徵、故事主題與文物藝術〉，《新北市醫誌》2012 年第 14
　　　期。
〔註2〕呂大吉：〈宗教是什麼？——宗教的本質、基本要素及其邏輯結構〉，《世界宗
　　　教研究》1998 年 02 期。

我們簡直可以說支配中國一般人的理想與生活的乃是道教的思想；儒只不過是佔倫理的一小部分而已。」〔註3〕儒家文化一般被認為是中國文化的主體，然而許地山認為，相對於儒，道教對中國人的生活支配性更大，它不但影響人們的思考，在民間宗教與生活習俗中，處處可見道教的影子。道教文化內涵豐富而深刻，神仙信仰則是它的特質與核心，無論是道經創作、道士修行、齋醮儀式等，皆是立基於此。〔註4〕

神仙信仰淵源為何？各家說法不一，〔註5〕但共同點是人們相信神仙並認同他們。不過，先秦時有相當長的一段時間，人們心中是有神而無仙。遠古人民為了生活與自然界抗爭，必須面對地震火災、旱澇蟲疫、寒冬酷暑、毒蛇猛獸等各種自然災害，他們抵禦的災難同時，也思考著這些災難為何產生？先民以現有的經驗尋找答案，卻無法合理解釋這些問題，因此將造成災難的主體，看成同人類般是能思考、有情緒的存在，並將其異己化為崇拜對象，認為能藉由祈禱、祭祀等方法與它們溝通，進而得到保佑與賜與，對自然神與圖騰神的信仰也就出現了，如《山海經》中的山神、水神、風伯、雨師、日神、月神、人面虎身的西王母、人面鳥身的九鳳等。當人類適應自然且接受「神」的存在後，隨著智慧與經驗的增長，開始思考自我生命，「生從何來？死又何去？」成為他們首先面對的問題。

〔註3〕許地山：《道教史》（上海：華東師範大學出版社，1996 年 12 月），頁 177。

〔註4〕蔣朝君：「對神仙世界的信仰是道教信仰的核心，神仙信仰貫穿其始終。」見《道教生態倫理思想研究》（北京：東方出版社，2006 年 12 月），頁 119。張澤洪：「中國道教是以神仙信仰為特質的宗教，其信仰與儀式在道教中的體現，則是神仙信仰與齋醮儀式的有機結合。」見《道教神仙信仰與祭祀儀式》（臺北：文津出版社，2003 年 1 月），頁 4。

〔註5〕不少學者對於神仙思想的起源已進行研究，如聞一多先生指出中國的神仙思想是來自西方羌族的火葬儀式以及靈魂不死觀念，這些觀念流寓齊地，並與當地海市蜃樓景象結合後產物。詳見聞一多：〈神仙考〉收入聞一多《神話與詩》（上海：上海人民出版社，2006 年 5 月），頁 128～147。梅新林先生認為神仙思想有的源頭有崑崙系統的神話、「羽化登天」的神話、中國古人對氣功的體驗、不死藥等五個源頭，他們彼此間似乎沒有什麼內在的聯繫，但在實質上則都不約而同地指向長生不死與自由飛行兩個聚光點上，這就為以此二者為核心的神仙思想的最終生成打下了基礎。詳見梅新林：《仙話——神人之間的魔幻世界》（上海：上海三聯書店，1992 年 6 月）頁 1～22。鄭土有認為神仙思想起於燕、齊東部的沿海地區，這也是陳寅恪、許地山等學者所持之觀念。詳見鄭土有：〈仙話：神仙信仰的文學〉，《中外文學》第十九卷第七期。吳天明利用墓葬朝來分析中國神仙思想的起源對於生命循環的信仰。詳見吳天明：〈神仙思想的起源和變遷〉，《海南大學學報（人文社會科學版）》2004 年第 2 期。

　　人類面臨生與死抉擇時，本能地選擇生存、抗拒死亡。法國人類學家列維‧布留爾（Levy-Bruhl，Lucien）在《原始思維》中說：

> 原始人關於生和死的觀念實質上是神祕的，它們甚至不顧邏輯思維
> 所非顧不可的那個二者必居其一。對我們來說，人要不是活的，就
> 是死的：非死非活的人沒有。但對原邏輯思維來說，人儘管死了，
> 也以某種方式活著。〔註6〕

「人儘管死了，也以某種方式活著。」這種思維具體呈現於先民靈魂不滅的觀念上。中國靈魂不滅的觀念起於何時無法考證，不過考古學家在北京山頂洞人的遺蹟中，發現他們會埋葬亡者，並以石珠、骨墜與石製的生產工具作為隨葬品，且在骸骨上及其周圍撒上紅色赤鐵礦粉。隨葬品是供死者靈魂繼續使用，而赤鐵礦粉則被認為是血液的象徵。人死血枯，先民撒上同色物質，是希望死者重新獲得血液，復活於另一個世界中。〔註7〕赤鐵礦粉與隨葬品，皆表達生者對死者的留戀，也能說明當時已有靈魂不滅和死後世界的觀念。在靈魂不滅的思想下，人死後離開軀體的靈魂稱之為「鬼」，《禮記‧祭法》云：「大凡生於天地之間者皆曰命，其萬物死皆曰折，人死曰鬼，此五代之所不變也。」〔註8〕同書〈祭義〉云：「眾生必死，死必歸土，此謂之鬼。」〔註9〕許慎《說文解字》曰：「人之所歸為鬼。」〔註10〕對人們來說，人鬼同天神、地祇般有禍福生人、賞善罰惡的能力，且人鬼又較天神、地祇難纏，特別是與自身有血緣關係的鬼，影響力更大。由於對人鬼的尊敬與恐懼，導致鬼魂（祖先）崇拜產生。〔註11〕

〔註6〕【法】列維‧布留爾著，丁由譯：《原始思維》（北京：商務印書館，1985年5月），頁298。
〔註7〕關於山頂洞人在骸骨撒上赤鐵砂的說法，一說紅色是石器時代人們最常用的顏色，且有驅除野獸的作用；一說則將紅色視血液，人死是因為血液流盡之故，故撒上赤鐵砂能使死者生命延續或再生。此二說以後者較常見。詳見裴文中：《裴文中史前考古學論文集》（北京：文物出版社，1987年11月），頁171。賈蘭坡：《中國大陸上的遠古居民》（天津：天津人民出版社，1978年9月），頁121。高志偉：〈考古資料所見赭石、朱砂、鉛丹及其應用〉，《青海民族大學學報（社會科學版）》2011年第1期。
〔註8〕【漢】鄭玄注，【唐】孔穎達疏：《禮記正義》李學勤主編《十三經注疏》（北京：北京大學出版社，2000年12月），頁1514。
〔註9〕【漢】鄭玄注，【唐】孔穎達疏：《禮記正義》李學勤主編《十三經注疏》，頁1545。
〔註10〕【漢】許慎：《說文解字》（上海：上海古籍出版社，1981年10月），頁434。
〔註11〕蕭福登：《先秦兩漢冥界及神仙思想探原》（臺北：文津出版社，2001年1月二版），頁147。

　　三代中，商朝最重視祭祀祖先，然而當它面對西方弱小的周部落進攻時，卻潰敗而亡國。周人鑒於商朝滅亡的事實，進行反思，發現商受命於天而取代夏，以敬鬼尊神來祈求無限延續人間的統治，但如今政權被同樣受命於天的周所取代，因此天命對朝代的眷顧並非永久不變，而是要看百姓們的意願，因為「天」是為民做主，只有得到百姓支持的君王曾能長保天命、穩固江山，而這就是周代「敬天保民」的宗教觀。周代的天道思想沒有否定宗教信仰的本質與作用，但在「皇天無親，惟德是輔」〔註12〕人本思想下，周人雖敬天尊神，但更重視個體的生命與精神，所以他們先禮而後鬼神，不刻意以祭祀討好鬼神，而是重視其道德面的教化功能，強調敬天法祖和忠君孝親的信念，這也是所謂的「神道設教」。當神的地位下降、人的地位上升時，人們對於鬼神存在與否產生懷疑，特別是在春秋戰國這種諸子蜂起、百家爭鳴的時代，鬼神的存在與信仰更是受到劇烈挑戰。《禮記‧郊特牲》云：

　　　　祭祀之相，主人自致其敬，盡其嘉，而無與讓也。腥肆爓腍祭，豈知神之所饗也？主人自盡其敬而已矣。〔註13〕

同書〈檀弓下〉亦云：

　　　　唯祭祀之禮，主人自盡焉爾，豈知神之所饗，亦以主人有齊敬之心也。〔註14〕

祭祀時準備豐富的祭品，但無法證實這些東西是否真為鬼神所享用，人們之所以仍在祭祀時準備它們，是因為祭品象徵著祭祀者虔誠的心態，就像是先祖們仍然存在一般。由此看來，周代祭祀重視的是誠敬之心，而非透過祭祀來與鬼神交流，以達到驅凶納吉的目的，也就是說，在祭祀中鬼神本身的作用逐漸弱化，轉變為政治性、社會性濃厚的禮儀。在重活人輕鬼神的風氣下，靈魂不滅與死後世界的觀點也受到質疑，再加上社會生產力進步，上層統治者們的現世生活越來越舒適，對他們來說，與其寄望於虛幻飄渺的死後生活，不如活在世間享樂，因此開始尋找永存於世的方法。至於一般百姓，處於天下各諸侯相互攻伐環境中，讓他們隨時面臨死亡威脅，在生命朝不保夕的日子下，懼怕所有導致死亡的行為，進而轉化成對生命的執著，期望藉由肉體長生或不死來保存生命。先秦神仙思想就在貴族對榮華的不捨與平民對生存的渴望下產生。

―――――――――――――――――――――――――

〔註12〕【漢】孔安國傳，唐孔穎達等正義：《尚書正義‧蔡仲之命》（臺北：藝文印書館，2001 年 12 月），頁 253。

〔註13〕【漢】鄭玄注，【唐】孔穎達疏：《禮記正義》，頁 955。

〔註14〕【漢】鄭玄注，【唐】孔穎達疏：《禮記正義》，頁 313。

　　神話學家袁珂認為珍愛生命、盼望長生不死是人類共通的心理，〔註15〕「不死」對先民來說並不陌生，神話中的黃帝、帝江、炎帝、少昊、帝嚳、顓頊等領袖與原始信仰中的自然神等，皆是不死不滅的存在。《山海經》亦有許多關於「不死」或「長壽」的記載，如〈海外南經〉的「不死民」〔註16〕、〈海外西經〉的「軒轅之國」〔註17〕、〈海內西經〉的「不死樹」與「不死藥」〔註18〕、〈大荒南經〉中的「不死之國」〔註19〕、〈大荒西經〉中「顓頊之子」〔註20〕、〈海內經〉的「不死山」〔註21〕等。無論是神話中的天神、地祇與人王，或由原始信仰所產生出來的神靈，他們與《山海經》中的不死族都屬於先天不死者，此為天地宇宙之造化，非人力可及。戰國中後期時，因醫藥、方技學的發展，時人壽命較前人增加不少，加上養生觀念的出現與方士人物的推動，出現了靈肉合一、靈魂肉體同時永存的追求，這種對無盡生命崇拜，就是「長生信仰」。「長生信仰」不否定鬼神的存在，但卻堅信一般人可以通過修煉或服藥達到不死長存境界而成「仙」。仙與神不同，許慎《說文解字》釋「神」曰：「天神引出萬物者也，從示，申聲。」〔註22〕其中「引」有創發之意，這是說天即神，先萬物而生，為創造自然界萬物的力量，故從「示」從「申」。「示」，據《說文解字》云：「天垂象。見吉凶。所目示人也。從二。三垂，日、月、星也。觀乎天文目察時變。示神事也。」〔註23〕此意味「神」掌控自然，能利用天文現象對人類

〔註15〕袁珂：《中國神話通論》（成都：巴蜀書社，1993年4月），頁19。

〔註16〕《山海經・海外南經》：「不死民在其東，其為人黑色，壽，不死。一曰在穿匈國東。」見袁珂校譯：《山海經校譯》（上海：上海古籍出版社，1985年9月），頁184。

〔註17〕《山海經・海外西經》：「軒轅之國在此窮山之際，其不壽者八百歲。」袁珂校譯：《山海經校譯》，頁192。

〔註18〕《山海經・海內西經》：「開明北有視肉、珠樹、文玉樹、玗琪樹、不死樹。……開明東有巫彭、巫抵、巫陽、巫履、巫凡、巫相，夾窫窳之屍，皆操不死之藥以距之。窫窳者，蛇身人面，貳負臣所殺也。」袁珂校譯：《山海經校譯》，頁226。

〔註19〕《山海經・大荒南經》：「有不死之國，阿姓，甘木是食。」袁珂校譯：《山海經校譯》，頁259。

〔註20〕《山海經・大荒西經》：「大荒之中，有山名曰大荒之山，日月所入。有人焉三面，是顓頊之子，三面一臂，三面之人不死。是謂大荒之野。」袁珂校譯：《山海經校譯》，頁273。

〔註21〕《山海經・海內經》：「流沙之東，黑水之間，有山名不死之山。」袁珂校譯：《山海經校譯》，頁297。

〔註22〕【漢】許慎：《說文解字》，頁3。

〔註23〕【漢】許慎：《說文解字》，頁2。

產生警示或預告。至於「仙」，在《說文解字》中有二篆文：一為「僊」，一為「仚」。前者釋曰：「僊，長生僊去，从人从䙴，䙴亦聲。」段玉裁注云：「《釋名》曰：『老而不死曰仙。仙，遷也，遷入山也，故其制字人旁作山也。』」後者釋曰：「仚，人在山上。从人从山。」〔註24〕此謂仙者是入山且不死之人，因為當死而未死，且擴充人類自身神性，使其如「神」般能超越時空的拘束，給人玄妙莫測之感，故以「神」字形容，稱之為「神仙」。〔註25〕

二、神仙信仰的形成與發展

　　神仙觀（神仙思想）與神仙信仰，是兩種完全不同的理念。觀念（或是思想）可藉由論證來引導產生正、反兩面的認同，而信仰是一種精神行為，它顯現出人對於某事物無條件、終極且絕對地相信，猶豫不決的心態根本就不可能出現。觀念與信仰兩者內涵雖然不同，但卻有著相當密切的關係——某種觀念產生後，對它抱持著絕對的認同，進而達到不需要認證與解釋便能相信它的存在與正確，這就是信仰。所以神仙觀與神仙信仰也是不同，中國的神仙觀經過漫長的孕育和發展，在春秋戰國時期終於成型，此時人們有豐富的神仙知識，或許相信神仙存在，但並不一定信仰神仙，如《老子》有「谷神不死」〔註26〕、「長生久視」〔註27〕等神仙思想，但也提出「天地不仁，以萬物為芻狗」〔註28〕、「天地尚不能久，而況於人乎」〔註29〕的現實論點。莊子〈逍遙遊〉有「藐姑射之山，有神人居焉，肌膚若冰雪，淖約若處子，不食五穀，吸風飲露。乘雲氣，御飛龍，而遊乎四海之外。」〔註30〕〈在宥〉假託廣成子對黃帝所傳授的長生之法：「必靜必清，無勞女形，無搖女精，乃可以長生。目無所見，耳無所聞，心無所知，女形將守形，形乃長生。」〔註31〕兩者皆是取材於當時的神仙傳說。然在〈大宗師〉中他說出「死生，

〔註24〕【漢】許慎：《說文解字》，頁383。
〔註25〕劉見成：《修道成仙：道教的終極關懷》（臺北：秀威資訊，2010年6月），頁11。
〔註26〕朱謙之撰：《老子校釋》（北京：中華書局，2000年8月），頁72。
〔註27〕朱謙之撰：《老子校釋》，頁159～160。
〔註28〕朱謙之撰：《老子校釋》，頁59。
〔註29〕朱謙之撰：《老子校釋》，頁110。
〔註30〕【清】郭慶藩撰，王孝魚點校：《莊子集釋》（北京：中華書局，1985年8月），頁28。
〔註31〕【清】郭慶藩撰，王孝魚點校：《莊子集釋》，頁381。

命也,其有夜旦之常,天也。人之有所不得與,皆物之情也。」〔註32〕「夫
大塊載我以形,勞我以生,佚我以老,息我以死。故善吾生者,乃所以善吾
死也。」〔註33〕這樣去神仙已千億里矣的話。這種情形,盧國龍解釋是因為
道家諸子將神仙思想作為自己貴生、全生的材料,並非完全相信或認可神仙
的存在。〔註34〕然從諸子的取材來看,當時的神仙觀與神仙知識應已成熟且
豐富。不過時人的神仙觀有著明顯的彼世色彩,〔註35〕無論《莊子》提及的
「神人」、「至人」、「真人」或屈原〈遠遊〉中「仍羽人於丹丘兮,留不死之
舊鄉。……載營魄而登霞兮,掩浮雲而上征。」〔註36〕、〈涉江〉中「登崑
崙兮食玉英,與天地兮同壽,與日月兮同光。」〔註37〕皆是描寫仙人形貌、
灑脫與自在,與現實人生連結性並不深。

　　將神仙世俗化並發展成為宗教信仰最大的推手為神仙方士。神仙信仰形
成前,巫覡們是人神之間的媒介,其職能就是「通神」,然在他們祈求神靈保
佑同時,也關注著人們的生命,進而尋找各種抵抗疾病和死亡的方式,故巫師
也是早期醫藥學知識的掌握者,因此古人將「巫」、「醫」並稱。周代人文色彩
濃厚的宗教觀導致巫覡們地位與影響力下降,失去代神立言的資格,然他們接
受過專業訓練與傳承,不但通曉文字,也有著一定稱宗教與歷史知識,於是走
入民間成為「方士」,為民眾行祭神、驅鬼、治病、祛災、占卜等事,以維持
自身的生活與影響。〔註38〕戰國時,因社會眷念現世、執著生命的風氣,讓民
間方士們看到重新崛起的機會。他們利用人們對生命與精神自由的渴望,結合

〔註32〕【清】郭慶藩撰,王孝魚點校:《莊子集釋》,頁241。
〔註33〕【清】郭慶藩撰,王孝魚點校:《莊子集釋》,頁242。
〔註34〕詳見盧國龍:《道教哲學》(北京:華夏出版社,1997年10月),頁446～
　　　　447。
〔註35〕趙雷:〈神仙觀念的由來、變遷和在秦漢的傳播〉,《青海社會科學》2007年第
　　　　1期。
〔註36〕【宋】朱熹撰,蔣立甫校點:《楚辭集注》(上海,上海古籍出版社,2001年
　　　　12月),頁106～107。
〔註37〕【宋】朱熹撰,蔣立甫校點:《楚辭集注》,頁77～78。
〔註38〕方士不等於神仙方士,方士又被稱為方術士,其中「方」指方技,「術」指數
　　　　術,因此也有人簡稱他們為「術士」,代表這些人有著某種專業能力。因此方
　　　　士與神仙方士不同,神仙方士專指神仙說的鼓吹者,又是神仙方術的實踐者,
　　　　同時也是仙話故事的編造者。姚聖良在其博士論文《先秦兩漢神仙思想與文
　　　　學》中認為神仙方士的產生,大致經歷了從原始巫師到早期方士、由早期方士
　　　　再到神仙方士這樣一個逐漸發展演變的過程。詳見姚聖良:《先秦兩漢神仙思
　　　　想與文學》(濟南:山東大學,2006年9月),頁59～64。

自身專長與當時流行的道家、陰陽五行思想，建立神仙理論，編撰神仙故事並鼓吹神仙存在，激起人們求仙的慾望，造就出「方仙道」。這些改造自身「通神」的形象為「通仙」的神仙方士，藉由巧言與各種術數讓人對神仙深信不疑，當人們以成仙為目的來追隨、奉養他們時，神仙信仰可說是成形了。

當神仙信仰形成後，神仙方士又借助神話中的「不死藥」、「不死民」等傳說，編織出長生不死和自由飛升等仙話，並針對擁有權力、享盡榮華的帝王與貴族進行遊說，利用其權勢與財富提高自身地位。在仙話的影響下，渴望不死的帝王，資助方士展開尋找仙山與不死仙藥的活動，而目前典籍所記載最早求仙行動發生於戰國時齊、燕兩國，《史記·封禪書》記載：

> 自威、宣、燕昭使人入海求蓬萊、方丈、瀛洲。此三神山者，其傳在勃海中，去人不遠，患且至則船風引而去。蓋嘗有至者，諸僊人及不死之藥皆在焉。其物禽獸盡白，而黃金銀為宮闕。未至，望之如雲；及到，三神山反居水下。臨之，風輒引去，終莫能至云。世主莫不甘心焉。〔註39〕

此段描述了齊威王、齊宣王和燕昭王派方士入三神山求藥功敗垂成的過程。相傳三神山在渤海之中，路程並不遙遠但卻不容易到達，不過仍有人登島，見過島上金碧輝煌的建築、毛色皆白的動物、眾多仙人及長生不死藥。齊、燕因瀕臨海洋，時見海市蜃樓之景，當地居民在受其影響引發想像，出現了海上三神山的傳說，這也是為何戰國以後的求仙活動多以齊、燕海域為主要場所，秦始皇〔註40〕或漢武帝〔註41〕也皆將蓬萊、方丈、瀛洲視為能求得不死仙藥的地方。

〔註39〕 【漢】司馬遷撰，【宋】裴駰集解，【唐】司馬貞索隱，【唐】張守節正義：《史記》（北京：中華書局，2000年1月），頁1171。

〔註40〕 【漢】司馬遷《史記》：「及至秦始皇並天下，至海上，則方士言之，不可勝數。始皇自以為至海上而恐不及矣，乃使人齎童男女入海求之。」【漢】司馬遷撰，【宋】裴駰集解，【唐】司馬貞索隱，【唐】張守節正義：《史記》，頁1171。

〔註41〕 【漢】司馬遷《史記》：「其春，樂成侯上書言欒大。……大為人長美，言多方略，而敢為大言，處之不疑。大言曰：「臣嘗往來海中，見安期、羨門之屬。顧以為臣賤，不信臣。又以為康王諸侯耳，不足予方。臣數言康王，康王又不用臣。臣之師曰：『黃金可成，而河決可塞，不死之藥可得，仙人可致也。』臣恐效文成，則方士皆掩口，惡敢言方哉！」……其後治裝行，東入海，求其師云。大見數月，佩六印，貴振天下，而海上燕齊之閒，莫不扼掔而自言有禁方，能神仙矣。」【漢】司馬遷撰，【宋】裴駰集解，【唐】司馬貞索隱，【唐】張守節正義：《史記》，頁1185～1186。

　　齊威王、齊宣王、燕昭王的求仙活動，有效地促進神仙信仰的發展，亦使神仙方士的勢力迅速壯大。秦始皇與漢武帝求仙活動亦是由方士進行，在上有所好下必甚焉的情況下，神仙信仰從上層階級往平民蔓延，於社會上奠定了穩固基礎。帝王們為了成仙，耗費不斐人力、物力出海求藥，最終以失敗收場，這結果讓人們不再將長生不死寄託於仙山的不死藥，而是轉向自我的努力，欲以煉藥或修煉方式成仙，中國煉金術與養生術因此取得長足的進步。求仙活動由上而下盛行於各階層，特別是在漢代，仙人與長生觀念盛行，樂府有「仙人騎白鹿，髮短耳何長」〔註42〕、「卒得神仙道，上與天相扶」〔註43〕等句，王莽時銅鏡銘文有：「尚方作鏡真大好，上有仙人不知老，渴飲玉泉飢食棗，浮由（遊）天下敖四海，壽如金石為國保」〔註44〕等等，這些都能說明當時人相信仙人的存在，並期待自己成能仙。至於仙人們的身分也各異，劉向《列仙傳》載有七十一位仙人，涵蓋階層上至帝王下至乞丐，男女老幼皆有之，相較於先秦的仙人身分不是統治者近臣就是不可捉摸之隱士，《列仙傳》裡的人物更近一般百姓的生活，也較容易得到認同，對神仙信仰普及化有一定的作用。

　　道教成立後，吸收了神仙思想，並以神話與傳說建構其宇宙觀，成就自身理論系統與宗教內涵。唐代以前，道士或得道之人，大多自幼好道，或生而有異相異行，或高人逸士受神仙接引而成仙。唐代時，道教吸收禪宗「人人皆有佛性」的理論，出現人皆有自然之靈氣，皆能由修行而成仙的觀念，成仙者也不再限於好道之人，當時「身懷異術、逃於形骸，合光混俗，隱於市廛」〔註45〕者也都成為民間傳頌的神仙人物。這種利人濟物的仙人較「隱於山中，高尚其事，精修至道，不求聞達」〔註46〕的隱士及「精究方術，全性保真、或煉丹合藥，服食長生」〔註47〕的好道者更受人們喜好，仙人世俗化與務實化成為時代風尚，張果老、韓湘子、藍采和等早期八仙傳說就是在這樣的情況下出現。

〔註42〕古辭〈長歌行〉，收入【宋】郭茂倩：《樂府詩集》（北京：中華書局，1998年11月），頁442。

〔註43〕古辭〈步出夏門行〉，收入【宋】郭茂倩：《樂府詩集》，頁545。

〔註44〕孔祥星、劉一曼：《中國古銅鏡》（北京：文物出版社，1984年12月），頁75。

〔註45〕任繼愈：《中國道教史》（上海：上海人民出版社，1990年6月），頁437。

〔註46〕任繼愈：《中國道教史》，頁436。

〔註47〕任繼愈：《中國道教史》，頁436～437。

第二節　數字崇拜及影響

　　數字原是一種符號,先民使用它記錄事物的數量或順序,在物質與文明不斷進步下,數字在不同層面被賦予不同的象徵,使其在本有的記數意義外,兼有非數字的性質,也在哲學、宗教、神話等方面產生出褒貶、吉凶的意涵,進而形成數字崇拜。在數字崇拜影響下,人們生活各方面出現對某些數字的喜惡與習俗,使數字成為社會生活現象的符號化形式,出現特有的數字民俗學。八仙中的「八」,就是在中國生活與哲學方面影響巨大的慣用數字。

一、神祕數字與數字崇拜

　　中國數字的來源,郭沫若先生認為:「數生於手,古文一二三是手指的象形。」〔註48〕根據出土文物發現,在距今六千多年前,先民就使用結繩或契刻的方式來表達數的觀念,如 1952 年出土於陝西西安半坡村(距今約六、七千年前)與山東城子崖(距今四千多年前)的陶器(見圖一、圖二),有一些符號蘊含數字意義。後來在商代甲骨文中,發現一片龜甲上刻有由一到十的全部數字,最特別的是當時的十進位記數方法,因此甲骨文的數字可說是目前所知中國最早的完整記數系統。學者認為這些記數符號對後來文字的出現有著一定的啟迪性,甚至有些刻劃符號如 1、11、111、1111 等,為後來的數字所繼承,變成文字,所以中國最早的文字能追溯至六千年前的數字。〔註49〕

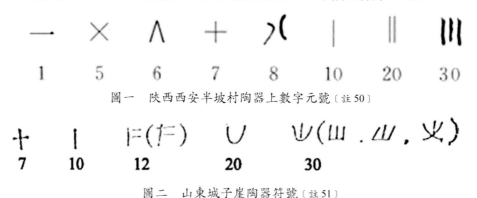

圖一　陝西西安半坡村陶器上數字元號〔註50〕

圖二　山東城子崖陶器符號〔註51〕

〔註48〕郭沫若:《甲骨文字研究》,收入《郭沫若全集》考古編第 1 卷(北京:科學出版社,2002 年 10 月),頁 115。

〔註49〕富嚴:〈史前時期的數學知識〉,《史前研究》1985 年 02 期。

〔註50〕徐品方、張紅:《數學符號史》(北京:科學出版社,2006 年 9 月),頁 16。

〔註51〕徐品方、張紅:《數學符號史》,頁 17。

當數字形成後，除了基本的計算數量外，也被用於生活各個層面，做為查點數目、統計數據和衡量時間與距離的工具，《山海經·海外東經》有：「帝命豎亥步，自東極至於西極，五億十選九千八百步。」〔註52〕《史記·夏本紀》中的：「（禹）陸行乘車，水行乘船，泥行乘橇，山行乘檋，左準繩，右規矩，載四時，以開九州，通九道。陂九澤，度九山。」〔註52〕等，皆是對數字的具體應用。隨著文明發展，古人將數字結合現實存在與抽象思維，以奇、偶排列或然率反映神意、占卜吉凶，〔註54〕數字逐漸脫離記數的實用性質，被賦予了某種抽象意義。在成書於西周的《易經》裡，作者已使用數字運算探討宇宙萬物變化的精微道理，〔註55〕如書中共有六十四卦，每卦有六爻，其初爻表像事物初始的變化，二爻表像事物變化初顯成效，三爻表像事物發展到一定階段，四爻表像變革，五爻表像興盛，上爻表像變化發展到終極開始衰微，〔註56〕由此來看，爻辭中數字的順序（爻位）代表著自然萬物發展變化的過程。此外，《易經》每一爻的稱呼皆由數字表示陰陽和卦位，而如革卦為初九、六二、九三、九四、九五、上六（見圖三），其中「九」與「六」分別陽爻與陰爻的代稱，使二者失去了數字本身的記數意義而完全成為陽與陰的代表了。

圖三　革掛

當數字有象徵性且與生活上的吉凶禍福相聯繫後，人們就對某些數字產生偏好，甚至賦予其文化、哲學上的意義，使其有著神祕或神聖的蘊含而受人

〔註52〕袁珂：《山海經校譯》，頁212。
〔註53〕【漢】司馬遷：《史記》，頁38。
〔註54〕此種以數字排列來占卜吉凶的卦被稱為數字卦。
〔註55〕詳見鄭吉雄：〈中國古代形上學中數字觀念的發展〉，《臺灣東亞文明研究學刊》，第2卷第2期，2005年12月。
〔註56〕陳樹文：《周易與人生智慧》（北京：清華大學出版社，2010年11月），頁2。

崇拜，這些數字被人類學家稱為「神祕的數字」。〔註57〕世界許多民族與宗教都存在著數對神祕數字的崇拜，如巴比倫人、埃及人、希臘人、羅馬人、希伯來人及基督教、佛教、薩滿文化，他們均有著屬於自己的神祕數字。在數字中，特別是十以內的數字，是所有數組成的基礎，它們被廣泛地使用，與人類的日常生活聯繫也最密切，所以神祕數字多在十以內或不過十餘個，列維·布留爾解釋這種情形：

> 每個數都有屬於它自己的個別的面目、某種神祕的氛圍、某種力場。因此，每個數都是特別地、不同於其他數那樣地被想像（甚至可說是被感覺）。……這樣被神祕氣氛包圍著的數，差不多是不超過頭十個數的範圍。原始民族也只知道這幾個數，它們也只是給這幾個數取了名稱。在已經上升到關於數的抽象概念的民族中間，正是那些形成了最古老的集體表像的一部分的數，才真正能夠十分長久地保持著數的真義的神祕力量。〔註58〕

雖然人類學家認為神祕數字多在十以內，但中國人崇拜或常用的數字中，有不少超過十的數，如「十二」、「三十六」、「七十二」、「八十一」等對中國文化也有不小影響。葉舒憲先生認為，這些數字中的「十二」，是從日月變化的循環週期數中自發地成為神祕數字，至於「十八」、「三十六」、「七十二」、「一零八」等幾個數，則是因為某種特殊文化因素或人為計算結果而被列入神祕數字之中。〔註59〕

中國十以內的數字崇拜，各有其特殊的意涵，先秦典籍中對此有豐富的記載，如在《左傳·召公二十年》晏嬰論「和」：「一氣、二體、三類、四物、五聲、六律、七音、八風、九歌，以相成也。」〔註60〕、《尚書·洪範》中天帝所賜的九疇大法：「初一曰五行，次二曰敬用五事，次三曰農用八政，次四曰協用五紀，次五曰建用皇極，次六曰乂用三德，次七曰明用稽疑，次八曰念用庶徵，次九曰嚮用五福，威用六極。」〔註61〕與《黃帝內經》岐伯所答黃帝的「夫九鍼者，應天地之大數。一以法天，二以法地，三以法人，四以法四時，

〔註57〕 葉舒憲、田大憲：《中國古代神祕數字》（北京：社會科學文獻出版社，1996年2月），頁1。

〔註58〕 【法】列維·布留爾：《原始思維》，頁201～202。

〔註59〕 葉舒憲、田大憲：《中國古代神祕數字》，頁273。

〔註60〕 【晉】杜預注，【唐】孔穎達疏：《春秋左傳正義》（臺北：藝文印書館，2001年12月），頁859～861。

〔註61〕 【漢】孔安國傳，唐孔穎達等正義：《尚書正義》，頁168。

五以法五音，六以法六律，七以法七星，八以法八風，九以法九野。正以聖人
起天地之數，一以至九，故分天下為九野。」〔註62〕等，均兼有數字本身記數
與被賦予的象徵意義。〔註63〕這些十以內的數字，經過長期發展，有些象徵意
義仍與先秦有關，有些則因文化與語言的變遷而產生變化，〔註64〕但人們以數
字代表禍福吉凶想法則是古今相同的。

二、數字崇拜的影響

　　數字崇拜是世界性的，不同民族、地域在歷史背景、宗教信仰和風俗習慣
影響下，其數字崇拜的內涵亦不相同。在西方具有特殊意義的數字多與宗教有
關，例如「七」在西方社會中是一個相當受崇尚的數字，他們認為七是神聖的，
《聖經》中也有不少與「七」有關的神蹟傳說：上帝用七天的時間創造了世間
萬物；大洪水時，諾亞帶上方舟的各種動物各有七對；聖靈有七件禮物；耶穌
告誡人們要饒恕所有的人七十乘個七次等，這也導致了西方常用七來規範信
徒的行為與品德。此外，「七」在西方代表的是「極限方位」，即東、西、南、
北、上、下、中，包括了深度與廣度，這或許也是他們喜歡將事物湊成「七」
的原因，如七種美德、七宗罪、人生有七時期等。與七完全相反的則是「十三」，
十以外的數字就以它因禁忌性而相當受人重視，《聖經》耶穌受刑前最後晚餐
的日期是十三日，背叛耶穌的猶大，因遲到而成為餐桌上的第十三人。在西方
人日常生活中忌諱使用十三，在不少建築沒有十三樓，醫院、旅館裡沒有十三
號房，極力避免十三人同席進餐等，可見西方人對十三避之唯恐不及的態度。

　　中國所數字崇拜雖然有不少十以外的數字，不過以重要性和普遍性來
看，仍是十以內的影響層面較廣。例如數字「一」，是自然數列生成的第一個
數，也是表示客觀事物的一種數量詞，學者認為這是一種抽象的理解，但當
人類尚未具有抽象思維能力時，會將物和數交織融合而成為一個概念，此時
的「一」不能算是真正的數字，只能說是一種整體、未分化的感知。當人類
智慧發展到出現將「一」作為數列順序與計算單位時，最初以「一」表達整

〔註62〕【明】馬蒔撰：《黃帝內經靈樞注證發微》，《續修四庫全書》第 980 冊，第九
　　　　卷〈九鍼論第七十八〉（上海：上海古籍出版社，1995 年 3 月），頁 268。
〔註63〕詳見劉方：〈中國古代數字神祕崇拜文化初探〉《自貢師範高等專科學校學報》，
　　　　2000 年第 2 期。
〔註64〕「四」在中國文化中原是能蓋括空間與時間的數字，如四時、四方，它原本是
　　　　個吉利數字，但因為與「死」諧音，如今被認為是不祥的數字，因此某些建築
　　　　物特通常不會有四樓，對四有忌諱的人，也會刻意避免使用含四的號碼。

體的概念仍然保存著，它在神話中的表現就是混沌。《莊子・應帝王》曾記載混沌鑿七竅一事〔註65〕，神話學家袁珂認為它包含著開天闢地的神話概念〔註66〕，之後《三五曆紀》描寫盤古開天前的世界就是以混沌稱之〔註67〕，因此「一」除了可以代表整體外，也能當作世界最初的狀態。老子論「道」常以「一」作為「道」的代稱〔註68〕，莊子沿用老子「一」的基礎，亦將一事為萬物之本，〔註69〕進而在「一」之前加上「大」、「太」等修飾詞，以「太一」、「大一」表現「道」能包容一切、至大至極的特性。「一」的文化與哲學內涵對人們的生活、語言、習俗等都有所影響，在敦煌寫卷中，可以發現當時民間相當崇拜「一」，認為「一」是圓滿的概念，「一」能使人長壽；〔註70〕一般說話時會以「一」表示有全體或相同特質的人、事、物，如「一家人」、「一丘之貉」、「一團和氣」等；《楚辭・九歌》中最高神祇稱為「東皇太一」；每年的第一天（正月初一）都要前往廟宇祈福，以求神靈一整年的庇護。社會習俗中也有關於「一」的禁忌，如華人喜慶送禮金時，因「好事成雙」心理，所以禮金都避諱尾數含一的單數。

　　至於「八仙」的「八」則是華人社會中最受歡迎的數字之一。在一般百姓生活中，常能見到數字「八」的身影。在語言上「八」與「發」諧音，俗話中

〔註65〕《莊子集釋・應帝王》：「南海之帝為儵，北海之帝為忽，中央之帝為渾沌。儵與忽時相與遇於渾沌之地，渾沌待之甚善。儵與忽謀報渾沌之德，曰：『人皆有七竅以視聽食息，此獨無有，嘗試鑿之。』日鑿一竅，七日而渾沌死。」見郭慶藩撰，王孝魚點校：《莊子集釋・應帝王》，頁309。

〔註66〕袁珂：《中國神話傳說》（北京：人民文學出版社，1988年10月），頁64。

〔註67〕「天地混沌如雞子，盤古生其中。萬八千歲，天地開闢，陽清為天，陰濁為地，盤古在其中。一日九變，神於天，聖於地，天日高一丈，地日厚一丈，盤古日長一丈，如此萬八千歲，天數極高，地數極深，盤古極長，故天去地九萬里，後乃有三皇。」見【唐】歐陽詢撰，汪紹楹校：《藝文類聚》（上海：上海古籍出版社，1985年3月），頁2。

〔註68〕《老子・十四章》：「視之不見名曰夷，聽之不聞名曰希，搏之不得名曰微。此三者不可致詰，故混而為一。」這是敘述「道」在原始未分化時，無所不在但卻無法感官察覺，這樣混沌恍惚的狀態，就如同世界形成初。但當「道」開始作用時，它則是萬物之源，暢其流，使其自生自長者，更是天地事物成就的核心，〈四十二章〉云：「道生一，一生二，二生三，三生萬物。」、〈三十九章〉「昔之得一者，天得一以清，地得一以寧，神得一以靈，谷得一以盈，萬物得一以生，侯王得一以為天下貞。」所以說在《老子》中「道」與「一」可互為注腳。

〔註69〕莊子〈天下篇〉云：「神何由降？明何由出？」「聖有所生，王有所成，皆源於一。」見郭慶藩撰，王孝魚點校：《莊子集釋》，頁1065。

〔註70〕高國藩：《敦煌俗文化學》（上海：三聯書店，1999年11月），頁13。

「要得發、不離八」，所以人們喜歡使用含「八」數字，將它視為財源廣進的吉祥數字，特別是車牌號碼全使用「八」，更讓人覺得有「一路發」的意涵，因此兩岸數字「八」的車牌屢屢高價售出。〔註71〕東南亞的華人對於「八」亦是相當喜愛，在一九八八年八月八日時，因為「八八八八」連讀象徵好運不斷，故他們在當天有著熱烈的慶祝活動。〔註72〕民間信仰與傳說中說到數字「八」，直接聯想到的就是「八仙」，而「八仙」所展現出的是熱鬧吉祥的氣氛，不過讓人質疑的是，「六」與「九」在也是吉祥數字，但「八仙」自出現後，這個神仙團體人數卻不曾增減為「六仙」或「九仙」，究其因，則與數字「八」文化與哲學意涵有關。

　　葉舒憲於《中國古代神祕數字》表示，相對於日本，「八」對中國的影響力並不存在任何的優勢，若不是有《周易》八卦影響，「八」能否成為聖數是很值得考慮的。〔註73〕所以瞭解「八」的深層意涵，必須從《周易》八卦來看。八卦是遠古時期的占卜符號，是以陰爻、陽爻作三重排列組合而成的八種圖形，分別為：乾、坤、震、離、巽、坎、艮、兌，在《周易‧說卦傳》中將自然萬物的特質分配於這八種卦象，如下表：〔註74〕

卦　名	乾	坤	震	離	巽	坎	艮	兌
卦象	☰	☷	☳	☲	☴	☵	☶	☱
陰陽	老陽	老陰	少陽	少陰	少陰	少陽	少陽	少陰
自然	天	地	雷	火	風	水	山	澤
方位	西北	西南	東	南	東南	北	東北	西
特質	健	順	動	麗	入	陷	止	說
人	父	母	長男	中女	長女	中男	少男	少女
動物	馬	牛	龍	雉	雞	豕	狗	羊
身體	首	腹	足	目	股	耳	手	口

〔註71〕〈浙江「9999」車牌拍出 500 萬，土豪人馬怒丟瓶又砸椅〉檢自 ETtoday 新聞雲 https://www.ettoday.net/news/20151101/589029.htm；〈北市 8888～88 六連號超級車牌 358 萬天價售出〉檢自 ETtoday 新聞雲：https://www.ettoday.net/news/20111013/1282.htm。瀏覽時間：2019 年 08 月 12 日。

〔註72〕詳見林寶卿：〈閩臺民俗和諧音〉，《民間文學論壇》1992 年第 5 期。

〔註73〕葉舒憲、田大憲：《中國古代神祕數字》，頁 196。

〔註74〕【魏】王弼、【晉】韓康伯注，【唐】孔穎達疏：《周易正義》（臺北：藝文印書館，2001 年 12 月），頁 184～186。

　　一般認為卦象產生原因是「古者包犧氏之王天下也,仰則觀象於天,俯則觀法於地;觀鳥獸之紋,與地之宜,近取諸身,遠取諸物,於是始作八卦,以通神明之德,以養萬物之情。」〔註75〕所以八卦取象之物並不固定,只要能表達出其特質,所取之象則會因時、地、物而異,故八卦可說是蘊含了天地萬物形成與運行之法則,它的變化是萬物化生之展現。在地理上,八卦上的八個方位,是平面上東、西、南、北、東北、西北、東南、西南八個方位,但筆者認為這樣的說法尚可補充立體空間的部分。在現實生活上,人們以自我為中心,見太陽運行而有東、西、南、北四方位的概念,〔註76〕若將方位平面化,再加上天、地(上、下)兩平面,就成為包圍人們的盒子,所以中國古籍喜歡用「六」來表示人們生存的空間,如《莊子‧應帝王》:「以出六極之外,而遊無何有之鄉。」〔註77〕屈原《遠遊》:「經營四方兮,周流六漠。」〔註78〕《淮南子‧墬形訓》:「墬形之所載,六合之間,四極之內。」〔註79〕但盒子中的任一點向其他平面極點則可得八條無限延伸的直線,引申來說這八條線是生活在「六合」中的人走向無限宇宙的八個方向,因此「八」成為古書上代表宇宙空間構成的常用數字,如《莊子‧田方子》:「夫至人者,上窺青天,下潛黃泉,揮斥八極,神氣不變。」〔註80〕《荀子‧解蔽》:「明參日月,大滿八極,夫是之謂大人,夫惡有蔽矣哉。」〔註81〕《尸子》:「八極之內,有君長之。」〔註82〕《淮南子‧墬形訓》則依距離而有八殯、八紘、八極之分:

> 九州之大,純方千里,九州之外,乃有八殯,亦方千里。自東北方曰大澤,曰無通;東方曰大渚,曰少海;東南方曰具區,曰元澤;南方曰大夢,曰浩澤;西南方曰渚資,曰丹澤;西方曰九區,曰泉澤;西北方曰大夏,曰海澤;北方曰大冥,曰寒澤。……八殯之外,

---

〔註75〕【魏】王弼、【晉】韓康伯注,【唐】孔穎達疏:《周易正義》,頁166。

〔註76〕邢玉瑞:《黃帝內經理論與方法論(第二版)》(西安:陝西科學技術出版社,2005年12月),頁129。

〔註77〕【清】郭慶藩撰,王孝魚點校:《莊子集釋》,頁293。

〔註78〕【宋】朱熹撰,蔣立甫校點:《楚辭集注》,頁110。

〔註79〕【漢】劉安等人,何寧撰:《淮南子集釋》(北京:中華書局,1998年10月),頁311。

〔註80〕【清】郭慶藩撰,王孝魚點校:《莊子集釋》,頁725。

〔註81〕【清】王先謙撰,王星賢點校:《荀子集解》(北京:中華書局,1988年9月),頁397。

〔註82〕尸佼著,李守奎、李軼譯注:《尸子譯注》(哈爾濱:黑龍江人民出版社,2004年1月第二次印刷),頁58。

　　而有八紘，亦方千里，……八紘之外，乃有八極，……八極之雲，
　　是雨天下；八門之風，是節寒暑。八紘、八殯、八澤之雲，以雨九
　　州而和中土。〔註83〕

從八殯到八極，概括了人們所能想像的地理空間極限，它是以八卦的八個方位
輻射而出，故八卦上的八方獨自存在時可代表方位，結合八者後便能引申為整
塊土地，甚至整個宇宙。所以「八」不但能指八個單獨的個體，又因這些個體
有其同質性，所以也能代表這八個單體所組成的團體，進而引申出「全」的意
思，因此中國有「八靈」、「八神」、「八音」、「八風」等代表多或全的語詞出現。
「八仙」一詞也有這個涵義，如「淮南八仙」指八位擁有不同神通的仙人，他
們相同點皆是淮南王門客；「酒中八仙」則是稱唐代李白等八位都曾在長安生
活過文人，他們之中有皇族、丞相、官僚、布衣、詩人和藝術家，可說各自身
世與經歷都不同，但在嗜酒、開放、曠達這些方面彼此相似。現代民間所熟知
的「八仙」也非隨意拼湊而成，鍾、呂等八位仙人分別有男、女、老、少、富、
貴、貧、賤不同的象徵，但他們皆是凡人成仙，且彼此間有引渡關係，因此才
能組成一個神仙團體。

第三節　宋代以前的八仙

　　民間廣為流傳八仙信仰與文化基本上以鐵拐李、鍾離權、張果老、呂洞
賓、何仙姑、藍采和、韓湘子、曹國舅這組仙人為主，然而「八仙」一詞早
在漢代就已有記載，此神仙團體到底是哪八位神仙，眾說不一。目前所知以
八仙為名的團體有：漢代八仙、唐代八仙、飲中八仙、蜀中八仙、宋元八仙
等。宋元八仙經過全真教、劇作家與小說家的推廣，到明代定型為我們所熟
知的鍾、呂等道教八位仙人，清代以後則又衍生出上八仙、中八仙、下八仙
三個八仙團體。既然歷史上有這麼多以「八仙」為名的團體，要瞭解他們的
形成與後起的八仙團體演變是否有所關聯，必須先釐清歷代「八仙」的成員
與演化過程。

一、淮南八仙

　　「八仙」一名，根據浦江清的考證，最早見於漢末牟融的《理惑論》中：

〔註83〕何寧撰：《淮南子集釋》，頁 330～336。

「王喬、赤松，八仙之籙，神書百七十卷，長生之事，與佛經豈同乎？」〔註84〕
王喬為王子喬，赤松為赤松子，兩人為先秦時傳說人物，《戰國策》中曾經提及
「喬松之壽」，但並未說明兩人是仙，只能說他們代表著長壽。然而在〈遠遊〉
中的「聞赤松之輕塵兮，願乘風乎遺則……軒轅不可攀援兮，吾將從王喬而娛
戲。……見王子而宿之兮，審一氣之和德。」〔註85〕則已經將其視為修煉有成、
悠遊虛空的仙人，《淮南子》亦有兩處同時記載王喬與赤松子，將他們視為可以
移形去智、上通雲天的存在。〔註86〕《淮南子》之後，亦有不少文獻提及二仙，
《史記》中甚至記載張良致仕的理由為「願棄人間事，欲從赤松子遊耳」〔註87〕。
由此可知王喬與赤松子是漢代凡人成仙的代表，而《理惑論》就以兩人作為當
時神仙們的代稱。「王喬赤松八仙之籙」並非指記載八個仙人的圖書典冊，而是
有著多或全的意思，如浦江清所說「『八仙』似泛指列仙。八仙之籙，即《列仙
傳》等類書。」〔註88〕至於「神書百七十卷」，是指當時道教經典《太平經》，
「王喬赤松八仙之籙，神書百七十卷。」兩句並舉則是泛指當時道教神仙之書，
牟融不相信長生成仙之術，故舉此例來表達道書和佛經無法相提並論。

　　「八仙之籙」中的「八」為表示「多」的虛數，那「八仙」在何時成為表
示八位仙人的實數呢？浦江清認為是在六朝時期。陳朝沈炯〈林屋館記〉描繪
江蘇洞庭山林屋洞時以「斯蓋寂寥官冥，希微恍惚。故非淮南八仙之圖，賴鄉
九井之記。」等句來稱讚此山景致及道教宮觀狀況。因〈林屋館記〉為駢文，
講求句式整齊、對偶工整，所以「淮南八仙」必與「賴鄉九井」相對。「賴鄉」
據《水經注》載為瀂水流經的厲鄉，據傳為神農自帶九口井水降生於此，〔註89〕

〔註84〕【梁】釋僧佑撰，李小榮校箋：《弘明集校箋》（上海：上海古籍出版社，2013
　　　　年11月），頁50。

〔註85〕【宋】朱熹撰，蔣立甫校點：《楚辭集注》，頁103～106。

〔註86〕「今夫王喬、赤誦子，吹嘔呼吸，吐故內新，遺形去智，抱素反真，以遊玄眇，
　　　　上通雲天。」、「王喬、赤松，去塵埃之間，離群慝之紛，吸陰陽之和，食天地
　　　　之精，呼而出故，吸而入新，虛輕舉，乘雲遊霧，可謂養性矣，而未可謂孝子
　　　　也。」見【漢】劉安等人，何寧撰：《淮南子集釋》，頁797、1395。

〔註87〕【漢】司馬遷：《史記·留侯世家》，頁1634。

〔註88〕浦江清〈八仙考〉，收入吳光正《八仙文化與八仙文學的現代闡釋：二十世紀
　　　　國際八仙論叢》（遼寧：黑龍江人民出版社，2006年8月），頁63～93。

〔註89〕【北魏】酈道元《水經注·瀂水》：「瀂水北出大義山，南至厲鄉西，賜水入焉。
　　　　水源東出大紫山，分為二水，一水西逕厲鄉南，水南有重山，即烈山也。山下
　　　　有一穴，父老相傳云是神農所生處也，故《禮》謂之烈山氏。水北有九井，子
　　　　書所謂『神農既誕，九井自穿』，謂斯水也。又言汲一井，則眾水動。井今堙
　　　　塞，遺跡髣髴存焉。亦云賴鄉，故賴國也，有神農社。」收入《景印文淵閣四

故「九井」為實數，其對句「淮南八仙」也應是實指八人。浦江清認為「淮南八仙」即是「淮南八公」，而這「淮南八公」到的是誰呢？《史記索隱》引《淮南要略》云：

> 安養士數千，高才者八人：蘇非、李尚、左吳、陳由、伍被、毛周、
>
> 雷被、晉昌，號曰：「八公」也。〔註90〕

《淮南要略》稱「八公」為蘇非、李尚、左吳、陳由、伍被、毛周、雷被、晉昌八人，他們是存在於歷史上的真實人物，曾協助淮南王劉安編撰《淮南子》一書。〔註91〕在《史記索隱》所引用的文字中並未敘述蘇非、李尚等八人神奇的事蹟，但劉安喜談神仙、好方技，他與八公合著的《淮南子》也涵藏著極為豐富道家哲學與養生思想，故後人常將《淮南子》作者們與長生、丹藥結合，仙化這些人物並衍生出不少的神奇事蹟，如王充《論衡·道虛》：「儒書言：淮南王學道，招會天下有道之人，傾一國之尊，下道術之士，是以道術之士，並會淮南，奇方異術，莫不爭出。王遂得道，舉家升天，畜產皆仙，犬吠於天上，雞鳴於雲中。」〔註92〕《風俗通義》卷二〈正失〉「淮南王安神仙條」云：「淮南王安招致賓客方術之士數千人，作《鴻寶》、《苑秘》、枕中之書，鑄成黃白，白日升天。」〔註93〕雖然《論衡》與《風俗通義》皆無記載這些術士的身分，

庫全書》第 573 冊，頁 484。「厲」古音與「賴」同，故古籍中「賴」有時作「厲」，如魯昭公四年楚靈王滅賴國一事，《左傳》云：「秋七月，楚子以諸侯伐吳，……遂以諸侯滅賴，賴子面縛銜璧，士袒輿櫬，從之，造於中軍。」《公羊傳·昭公四年》：「遂滅厲。」《穀梁傳·昭公四年》：「遂滅厲，遂繼事也。」見【晉】杜預集解，【唐】孔穎達等正義，清·阮元校勘：《左傳》（臺北：藝文印書館，2001 年 12 月初版 14 刷），頁 732。【漢】何休解詁，【唐】徐彥疏，【清】阮元校勘：《公羊傳》（臺北：藝文印書館，2001 年 12 月初版 14 刷），頁 276。【晉】范甯集解，【唐】楊士勛疏，【清】阮元校勘：《穀梁傳》（臺北：藝文印書館，2001 年 12 月初版 14 刷），頁 166。

〔註90〕 【漢】司馬遷撰，【宋】裴駰集解，【唐】司馬貞索隱，【唐】張守節正義：《史記》，頁 2346。

〔註91〕 據高誘《淮南鴻烈解·序》言協助編書的八公為蘇非、李尚、左吳、田由、雷被、毛被、伍被、晉昌，此二說有兩人不同，據白化文、李鼎霞的解釋是因為田、陳在古時常通用，故記陳由為田由，至於毛周被記為毛被，則是因他位在伍被、雷被之中，書寫者未注意而誤寫了。詳見白化文、李鼎霞〈讀八仙考後記〉，王元化主編《學術集林》卷十（上海：上海遠東出版社，1997 年 8 月），頁 265～293。

〔註92〕 黃暉：《論衡校釋》（北京：中華書局，1990 年 2 月），頁 317。

〔註93〕 【漢】應劭撰，王利器校注：《風俗通義校注》（北京：中華書局，1981 年 1 月），頁 115。

但從《論衡》同篇所提及「八公之傳」，可知他們應為蘇非、李尚等人。

八公煉藥說被晉代葛洪襲用，其《抱朴子》云：

> 昔仙人八公各服一物，以得陸仙，各數百年，乃合神丹金液而升太
> 清耳。若合八物，煉而服之，不得其力，是其藥力有轉相勝畏故也。
> 〔註94〕

《抱朴子》是道教奠定理論體系和修鍊方術的重要典籍，書中的煉丹理論對於後代煉丹者影響極大。這則敘述旨在說明煉丹材料因人而異，好的藥物被混合食用，反而會因藥力互相抵銷而失去原本的效果。葛洪以八公為「合神丹金液而升太清」的成仙者，故後人視他們為煉丹有成的神仙人物，也是煉丹術法的重要傳承者。〔註95〕今人校釋《抱朴子》時，多將此八公釋為蘇非、李尚等八人，〔註96〕然在同為葛洪所作的《神仙傳》中，這八位仙人卻另有其人。《神仙傳・劉安》云：

> 淮南王安，好神仙之道，海內方士從其遊者多矣。一旦，有八公詣
> 之，容狀衰老，枯槁傴僂，閽者謂之曰：「王之所好，神仙度世，長
> 生久視之道，必須有異於人，王乃禮接。今公衰老如此，非王所宜
> 見也。」拒之數四，公求見不已，閽者對如初。八公曰：「王以我衰
> 老不欲相見，卻致少年，又何難哉。」於是振衣整容，立成童幼之
> 狀，閽者驚而引進。王倒屣而迎之，設禮稱弟子，曰：「高仙遠降，
> 何以教寡人？」問其姓氏，答曰：「我等之名，所謂文五常、武七德、
> 枝百英、壽千齡、葉萬椿、鳴九皋、修三田、岑一峰也，各能吹噓
> 風雨，震動雷電，傾天駭地，回日駐流，役使鬼神，鞭撻魔魅，出
> 入水火，移易山川，變化之事，無所不能也。」
> 時王之小臣伍被，曾有過，恐王誅之，心不自安，詣闕告變，證安
> 必反。武帝疑之，詔大宗正持節淮南，以案其事，宗正未至，八公

〔註94〕王明著：《抱朴子內篇校釋》（北京：中華書局，1996年9月），頁208。

〔註95〕《黃帝九鼎神丹經訣・卷八・明化石為水並硝石法》：「昔太極真人以此神經（《五靈神丹上經》），及水石法，授東海青童君，君授金樓先生，先生授八公，八公授淮南王劉安，安升天之日，授左昊。」收入張繼禹主編：《中華道藏》第18冊（北京：華夏出版社，200年1月），頁101。

〔註96〕王明《抱朴子內篇校釋》（北京中華書局出版）與陳飛龍《抱朴子內篇今註今譯》（臺灣商務書局出版）兩書皆將「八公」解釋為蘇非、李尚、田由、雷被、毛被、伍被、晉昌八人。

謂王曰：「伍被人臣，而誣其主，天必誅之，王可去矣。此亦天遣
王耳，君無此事，日復一日，人間豈可舍哉？」乃取鼎煮藥，使王
服之，骨肉近三百餘人，同日升天，雞犬舔藥器者，亦同飛去。八
公與王駐馬於山石上，但留人馬蹤蹟，不知所在。宗正以此事奏
帝，帝大懊恨，命誅伍被。自此廣招方士，亦求度世之藥，竟不得。
其後，王母降時，授仙經，密賜靈方，得尸解之道。由是茂陵玉箱
金杖，丹出人間，抱犢道經，見於山洞，亦視示武帝不死之蹟耳。
〔註97〕

相較於《抱朴子》只簡略記載八公服食丹藥成仙，《神仙傳》中故事情節與人
物形象都豐滿許多，文中能取鼎煮藥的八位仙人為：文五常、武七德、枝百英、
壽千齡、葉萬椿、鳴九皋、修三田、岑一峰，他們不但能隨意變化外貌，更有
召喚風雨、使役鬼神等神奇能力，後來劉安因伍被的背叛而獲罪，這八位仙人
則賜藥予劉安及其家人，讓三百多餘人及雞犬同時升天。事實上，背叛劉安的
並非伍被，而是雷被與劉安之孫劉建，且劉安最終畏罪自殺身亡，但《神仙傳》
作者葛洪為何忽略這些事實呢？葛洪一生中著作很多，《晉書‧葛洪傳》言：
「凡所著撰，皆精核是非，而才章富贍。」〔註98〕「洪博聞深治，江左絕倫，
著述篇章，富於班、馬。」〔註99〕可見葛洪並非不學無術之人，他應知道淮南
王有門下客「八公」，但卻不認為他們是仙人。再者，《神仙傳》的故事中，有
劉安升天後，武帝懊悔求藥、王母授仙經賜靈方及茂陵中玉箱、金杖之事，可
見這故事應是葛洪遊歷天下訪道時，採集民間相關傳說而寫成，其中文五常、
武七德等八人也只是傳說人物，他們的名字應是民間各種附會而形成。〔註100〕
雖然葛洪的八公並非歷史上的真實人物，但《抱朴子》與《神仙傳》皆為葛洪
作品，且《抱朴子》的八公又與丹藥有關，故《抱朴子》與《神仙傳》八公應
是同一組人物。此外，《神仙傳》中八公與劉安的故事雖不合乎史實，對民間
文化有著一定的影響，俗語中的「一人得道，雞犬升天」、草木皆兵的八公山、

〔註97〕【晉】葛洪撰，胡守為校釋：《神仙傳校釋》（北京：中華書局，2010年9月），
　　　　頁201～202。
〔註98〕【唐】房玄齡等撰：《晉書》（北京：中華書局，2000年1月），頁1269。
〔註99〕【唐】房玄齡等撰：《晉書》，頁1270。
〔註100〕對於《神仙傳》中「八公」之名，胡守為先生認為是各種假託之名，如文五
　　　　常的「五常」是儒家的仁義禮智信。張志哲則以丹道釋之，認為「文五常」
　　　　為煉丹須文火常行。詳見胡守為《神仙傳校釋》頁203、張志哲《道教文化
　　　　辭典》（江蘇：江蘇古籍出版社，1994年6月）頁791。

豆腐的發明等,都與他們有或多或少的關係。〔註101〕

　　編撰《淮南子》的蘇非、李尚、左吳、陳由、伍被、毛周、雷被、晉昌、李尚與《神仙傳》中的文五常、武七德、枝百英、壽千齡、葉萬椿、鳴九皋、修三田、岑一峰皆被稱為「淮南八公」,前者與後者皆有神異事蹟傳世,故無法確認沈炯所言的「淮南八仙」所指何人,但他們的出現,可稱為中國文化上最早的八仙。這兩組八仙有名有姓,又有神奇事蹟,也一再被文人引作典故,但為何後代流傳不廣呢?據党芳莉解釋,是因為「淮南八仙」沒有個人仙蹟,不見其個性特徵,而且他們不過是權門的清客和謀士,與百姓們的關係並不密切,所以後人提及時,多是文人學士作詩為文典故,至於老百姓則很少論及。〔註102〕還有一種解釋,是外丹道的衰微。自秦以來,神仙方士就精於煉丹術,以服食養生方式為成仙主要途徑,文五常、武七德等人既以丹藥助劉安成仙,應屬於外丹道的代表,但唐代後外丹道衰微,內丹道興起,這些煉丹成仙者的影響逐漸減弱,自然也被世人所遺忘了。

二、唐八仙

　　此處所討論的唐八仙,是指出現於李唐與南唐時期的人,計有江積《八仙傳》中謝沖寂、侯道華、王可交、厲歸真、馬自然、薛玄同;杜甫〈飲中八仙歌〉裡的賀知章、李璡、李適之、崔宗之、蘇晉、李白、張旭、焦遂;馬永易《實賓錄》提及的遊閒、言陽悅、江文蔚、李夷業、朱葦、常夢錫、王仲連、張義方。這三組「八仙」,除了第一組與道教關係密切,是傳統意義上不死的仙人外,另外兩組皆是當時有名的文人。

　　江積,宋釋贊寧《宋高僧傳·唐明州大梅山法常傳》曾提及「進士江積為碑云爾」〔註103〕,陳思《寶刻叢編·卷十三·明州》記此碑為〈唐大梅山常祖師還源碑〉,並引《諸道石刻錄》云:「江積撰並正書,開成五年七月。」〔註104〕其著作只有《新唐志·藝文志》瑣著錄的「江積《八仙傳》一卷。大

〔註101〕「一人得道,雞犬升天」所指為劉安家中的雞犬因舔舐裝藥器皿而與其同升天;八公山據傳說則是劉安與八公升天之處;豆腐則是劉安八公煉丹時意外將石膏掉入豆漿中而形成。

〔註102〕党芳莉:《八仙信仰與文學研究》(哈爾濱:黑龍江人民出版社,2006年1月),頁6。

〔註103〕【宋】釋贊寧撰:《宋高僧傳》(北京:中華書局,1987年8月),頁259。

〔註104〕陳思:《寶刻叢編》《景印文淵閣四庫全書》682冊,頁400。

中後事。」〔註105〕在目前所見文獻中，無江積此人隻字片語的記載，他生平事蹟、是否有其他著作皆無從得知，因此也無法判斷其《八仙傳》中八仙的身分。不過，胡應麟曾說：「唐人所謂《八仙傳》者，決非鍾呂之儔明矣。」〔註106〕

　　《八仙傳》人物未明的情況直至近年來終於有所突破，羅寧〈唐代《八仙傳》考〉一文中認為：《仙苑編珠》中所記載的《八真傳》應該就是江積《八仙傳》。〔註107〕他說《新唐書》所云「大中後事」所指應為唐宣宗大中以後升仙或遇仙的故事，而在《仙苑編珠》前兩卷裡所記載的神仙均為唐前之人，卷下六條十二人則皆為唐代道士，且最後一條文字的末尾「十二真君事盡於此」，可見卷下所描述的是《十二真君傳》的內容，其中「婁慶雲舉韋俊龍躍」、「洞玄騰身道合蛻殼」、「法善月宮果老北嶽」三條，講述了婁善慶、韋善俊、邊洞玄、婁道合、葉法善、張果六人，他們皆生活於初唐與盛唐時期，羅寧認為這些應為《靈驗傳》的內容。之後的「沖寂焚香道華偷藥」、「可交登舟歸真畫鵲」、「馬真升天馮妻降鶴」三條所提及的六人：謝沖寂、侯道華、王可交、厲歸真、馬自然、馮徽妻薛氏（薛玄同），他們的事蹟均發生在唐大中以後（見表一）。羅寧亦考述《仙苑編珠》外的其他文獻，發現即使典籍中對於謝沖寂、侯道華等人的升仙時間與《仙苑編珠》不同，但此六人得道或遇仙的時間皆在唐大中之後，這也符合《新唐書》對江積《八仙傳》「大中後事」的描述，因此謝沖寂、侯道華、王可交、厲歸真、馬自然、薛玄同可以被確定是《八仙傳》裡的六人。〔註108〕可惜的是，根據其他文獻資料，大中之後成仙的人數並不少，

〔註105〕【宋】歐陽修、宋祁撰：《新唐書》（北京：中華書局，2001年1月），頁993。

〔註106〕【明】胡應麟：《少室山房筆叢》（上海：上海書店出版社，2001年8月），頁414。

〔註107〕羅寧：〈唐代《八仙傳》考〉，《宗教學研究》，2006年年第3期。以下關於羅寧對唐八仙的論述皆出於此。

〔註108〕關於羅寧的說法大致可信，然謝沖寂升仙時間卻是在梁開平三（909）年，《八仙傳》中若真有謝沖寂事蹟，定是成書於梁開平三年之後。但是根據陳思《寶刻叢編》中所記，江積作〈唐大梅山常祖師還源碑〉時為唐代開成五年（西元840年），距謝沖寂、厲歸真升仙時間皆有近七十年差異，江積此時是否活著是有疑問的。羅寧自己也就這個問題提出撰碑的江積與寫《八仙傳》的江積並非同一人之說，或是江積原書可能被五代人修改為《八真傳》的可能答案，但答案若是後者的話，那麼是否有可能江積《八仙傳》與《八真傳》根本不是同一本書呢？而且唐代社會所認知的八仙還是以淮南八仙為主，為何江積《八仙傳》中的八仙人物並非唐代社會熟悉的八位？這些問題都只能待更多資料出現才可得知。

但於《仙苑編珠》中除卻此六人外，並無其他修者升仙的記載，可能是《仙苑編珠》所要描述是十二真君的事蹟，所引用的資料也以這十二人為主，因此江積《八仙傳》中的二仙與其仙人傳說就被王松年捨棄了。

表一 唐《八仙傳》中六人於《仙苑編珠》記載〔註109〕

《仙苑編珠》條目	人　　物	書中升仙時間	其他著錄典籍
沖寂焚香	謝沖寂	梁太祖開平三年（909年）二月上帝召去。	
道華偷藥	侯道華	唐宣宗大中五年（851年）五月上升。	《續仙傳》、《三洞群仙錄》、《歷世真仙體道》等多本道教典籍皆錄之。
可交登舟	王可交	唐僖宗咸通十年（869年）十一月遇仙。	《續仙傳》、《三洞群仙錄》、《歷世真仙體道》《神仙感遇傳》、《雲笈七籤》、《太平廣記》。
歸真畫鵲	厲歸真	唐昭宗天佑三年（906年）十一月白日沖天。	《三洞群仙錄》、《歷世真仙體道》、《玉堂閒話》、《圖畫見聞志》、《赤城志》、《葆光錄》、《太平廣記》。
馬真升天	馬自然	唐僖宗咸通（860～874年）末白日沖天。	《續仙傳》、《三洞群仙錄》、《歷世真仙體道》、《雲笈七籤》、《太平廣記》、《葆光錄》。
馮妻降鶴	薛玄同	唐僖宗中和三年（883年）三月尸解。	《三洞群仙錄》、《墉城集仙錄》、《雲笈七籤》。

除了江積《八仙傳》外，唐代許多詩文中也都提到八仙，如李白〈白毫子歌〉：「八公攜手五雲去，空餘桂樹愁殺人。」〔註110〕盧綸〈和裴延齡尚書寄題果州謝舍人仙居〉中的「飄然去謁八仙翁，自地從天香滿空。」〔註111〕盧照鄰〈益州至真觀主黎君碑〉：「冕旒多事，有慚七聖之遊；幾杖不朝，未遑八仙之術。」〔註112〕等，這些作品提到的「八仙」，據前後文推斷可知所指是淮南八

〔註109〕此表據羅寧〈唐代《八仙傳》考〉整理而來。
〔註110〕【唐】李白：〈白毫子歌〉，收入【清】彭定求編：《全唐詩》第5冊（北京：中華書局，1979年8月），頁1718。
〔註111〕【唐】盧綸：〈和裴延齡尚書寄題果州謝舍人仙居〉，收入【清】彭定求編：《全唐詩》第9冊，頁3143～3144。
〔註112〕【唐】盧照鄰：〈益州至真觀主黎君碑〉收入【清】董誥、戴衢亨、曹振鏞等輯：《全唐文》第2冊（北京：中華書局，1983年11月），頁1707。

公。「神仙」成為唐人詩文中相當重要的題材，主要是受道教的影響。道教在南北朝經改造與充實後，成為較成熟的宗教，亦邁入了發展的鼎盛期，統治者狂熱崇道求仙的行為，使道教與神仙對社會上的人們產生極大的誘惑力。以當時的文人為例，他們與道士交往、創作遊仙詩，並在詩中將仙話與心緒相糅合，或藉神仙意象來抒寫超凡脫俗的情感，或排遣現實煩惱之心跡。在眾多仙人中，文人好以「八仙」入詩，這可能是因為當時煉丹風氣盛行，從皇帝、貴族、大臣到平民百姓，熱衷以服丹達到長生不老目的，〔註113〕而淮南八仙於魏晉時就是道教外丹派的代表人物，因此受到唐代文人的推崇，進而常出現於詩、文中。

除了宗教方面，唐代文壇也有八仙，杜甫〈飲中八仙歌〉云：

> 知章騎馬似乘船，眼花落井水底眠。汝陽三斗始朝天，道逢麴車口流涎，恨不移封向酒泉。左相日興費萬錢，飲如長鯨吸百川，銜杯樂聖稱避賢。宗之瀟灑美少年，舉觴白眼望青天，皎如玉樹臨風前。蘇晉長齋繡佛前，醉中往往愛逃禪。李白一斗詩百篇，長安市上酒家眠，天子呼來不上船，自稱臣是酒中仙。張旭三杯草聖傳，脫帽露頂王公前，揮毫落紙如雲煙。焦遂五斗方卓然，高談雄辯驚四筵。〔註114〕

〈飲中八仙歌〉描寫賀知章、汝陽王李璡、李適之、崔宗之、蘇晉、李白、張旭、焦遂八人醉態，但卻沒有提及八人的交遊，這八人之間也只有李白、李璡兩人與杜甫有所往來，其餘人物和事蹟則是他以長安當時街頭巷語入詩。除了杜甫之外，李陽冰在《草堂集·序》言天寶年間李白「與賀知章、崔宗之等自為八仙之遊，謂公『謫仙人』。」〔註115〕范傳正改葬李白時作〈唐左拾遺翰林學士李公新墓碑並序〉則云：「時人又以公及賀監、汝陽王、崔宗之、裴周南等八人為酒中八仙。朝列賦謫仙歌百餘首。」〔註116〕李陽冰說「自為八仙之遊」，可見「八仙」封號是李白、賀知章等人自封，而杜甫的「飲中八仙」、范傳正的「酒中八仙」則為時人稱呼，因此李白等人的八仙之名，可能是文人對

〔註113〕蒙紹榮：《歷史上的煉丹術》（上海：上海科技教育出版社，1995 年 1 月），頁 6。

〔註114〕【唐】杜甫著，【清】仇兆鰲注：《杜詩詳注》（北京：中華書局，1999 年 9 月），頁 81～85。

〔註115〕【唐】李白著，【清】王琦注：《李太白全集》（北京：中華書局，1999 年 7 月），頁 1466。

〔註116〕【唐】李白著，【清】王琦注：《李太白全集》，頁 1465。

這個小團體的戲稱，後來傳了出去，漸成時人對他們的美稱。然李陽冰、范傳正留下的文字裡，並無說明全部成員的身分，甚至范傳正所舉的裴周南是杜甫所未提及之人，是以我們無法確定當時流傳「酒中八仙」成員到底是哪八人，不過因杜甫〈飲中八仙歌〉盛傳，故今人多以杜甫詩中人物當之。

在杜甫詩中的八人聚合的主因在於酒，而酒與飲酒文化在中華民族五千年的文學史中一直有著重要的地位，如《詩經·豳風·七月》中的「為此春酒，以介眉壽」〔註117〕、曹操的「對酒當歌，人生幾何？……何以解憂，唯有杜康。」〔註118〕劉伶的「唯酒是務，焉知其餘？」〔註119〕陶淵明的「悠悠迷所留，酒中有真味。」〔註120〕等，可見酒與文人間有著不解之緣。唐代社會上飲酒之風盛行，日常人情往來的活動中處處都少不了酒，唐代文人更鍾情於酒，幾乎到了如癡如醉的程度，不論身分地位皆好飲酒，留下許多與酒有關的詩文與逸事，而杜甫就是據此完成此詩。「飲中八仙」中八人身分各異，有王爺、宰相、高官、平民與書法家，他們如何能往來、切磋而成為一個團體呢？胡旭認為是這些人都具有一些相同特質，茲整理如下：

一、以酒為名、酣飲無常的酒徒。

二、性情狂蕩，特立獨行，不可方物，性情相近使他們相互吸引、時相過從。

三、容止、風度，亦為一時之表。

四、才藝過人，在音樂、書法、文學方面造詣尤深，共同的愛好，使得他們惺惺相惜，結成一體。〔註121〕

因為有著嗜酒、狂放、風神舉止、才藝這些共同的特質，李白、賀知章等八人在交遊互動中形成自我認同感，此促使「飲中八仙」的形成，也因他們行為或才華卓然於世，《新唐書》給予「酒八仙人」之美稱。〔註122〕

〔註117〕 【漢】毛亨傳、鄭玄箋，【唐】孔穎達疏：《詩經》（臺北：藝文印書館，2001年12月），頁285。

〔註118〕 【漢】曹操：〈短歌行〉，收入【宋】郭茂倩編：《樂府詩集》，頁447。

〔註119〕 【魏】劉伶：〈酒德頌〉，收入葉楚創主編，陸維釗編註，胡倫清校訂：《三國晉南北朝文選》（臺北：正中書局，1991年4月），頁159。

〔註120〕 【晉】陶淵明：〈飲酒〉，收入【晉】陶潛著，龔斌校箋：《陶淵明集校箋》（上海，上海古籍出版社，1999年12月2刷），頁238。

〔註121〕 胡旭：〈飲中八仙之聚散與天寶文學走向〉，《中華文史論叢》2011年第3期。

〔註122〕 《新唐書》：「白自知不為親近所容，益鷔放不自脩，與知章、李適之、汝陽王璉、崔宗之、蘇晉、張旭、焦遂為『酒八仙人』。」見【宋】歐陽修、宋祁撰：《新唐書》，頁4411。

另一組「唐八仙」出現於《實賓錄》。《實賓錄》有十四卷,為北宋徽宗
(1101~1125 年)時人馬永易編,文彪續補。馬永易字明臾,揚州(今屬江
蘇省)人,曾任石埭(今安徽石台縣)尉,著有《唐職林》、《元和朋黨錄》、
《壽春雜誌》諸書。《實賓錄》初名《異名錄》,採古人殊名別號匯為一編,後
經文彪增廣,取莊子「名者實賓」之意而改題今名。自元以來,其書久佚,《說
郛》收入數條,范氏天一閣藏本亦從《說郛》輯初出,直至清代編纂四庫全書
時,館臣們從《永樂大典》搜輯《說郛》所未載六百餘條,重為編綴,刪除重
複,訂正訛誤,以類相從,釐為十四卷,以存宋時傳本之舊。〔註123〕《實賓
錄》卷五曰:

> 五代南唐保大中,有翰林學士八員,遊間、言陽悅、江文蔚、李夷
> 業、朱筆、常夢錫、王仲連、張義方謂之八仙。〔註124〕

書中的八人,在《南唐書》中僅江文蔚、常夢錫、張義方三人有專傳,王仲連
則在〈李金全傳〉中提及,其餘四人皆不見載,也無法知道這八人因何故匯聚
成一個團體。然在《南唐書》有專傳的三人皆博學善文,且不畏權臣寵倖,言
論凜然守正,推測是其性格與文才使他們匯聚而被讚為八仙。

三、蜀中八仙

「蜀中八仙」依其名稱可知這組八仙是因地域關係而組成,此組八仙,明
代楊慎《升庵集》卷四十八中「蜀八仙」條引譙秀《蜀記》曰:

> 蜀之八仙者,首容成公,云即鬼容區,隱於鴻崕青城山也。次李耳,
> 生於蜀,今之青羊宮也。三董仲舒,亦青城山隱士,非三策之仲舒
> 也。四張道陵,今大邑鶴鳴觀。五莊君平,卜肆在成都。六李八百,
> 龍門洞在新都。七范長生,在青城山。八爾朱先生,在雅州。有手
> 書石刻《五經》在洞中。好事繪為圖。〔註125〕

《蜀記》中的蜀八仙,不是道士就是道教傳說中的神仙,他們皆於蜀地出沒,
故被匯聚成一個團體。此則資料,浦江清認為可信度不足,他舉出文中爾朱先
生即為唐末道士爾朱洞,在《東坡志林》、《歷世真仙體道通鑑》皆有此人事蹟,

〔註123〕 祝鴻熹、洪湛侯主編:《文史工具書辭典》(杭州:浙江古籍出版社,1990 年
12 月),頁 348。

〔註124〕 【宋】馬永易:《實賓錄》,《景印文淵閣四庫全書》第 920 冊,(臺北:商務
印書館,1983 年 6 月),頁 342。

〔註125〕 【明】楊慎:《升庵集》,收入《景印文淵閣四庫全書》第 1270 冊,頁 398。

且據文獻所載，爾朱先生的確隱居於蜀地，然唐昭宗王建圍成都時他亦在城中，東晉的譙秀又如何能述及。〔註126〕另一與蜀中八仙有關的記載則是《太平廣記》中「八仙圖」條：

> 西蜀道士張素卿，神仙人也。曾於青城山丈人觀，繪畫五嶽四瀆真形並十二溪女數堵。筆蹟遒健，精彩欲活。見之者心竦神悸。足不能進。實畫中之奇絕也。蜀主累遣祕書少監黃筌令取模樣。及下山，終不相類。因生日，或有收得素卿所畫八仙真形八幅，以獻孟昶。觀古人之形相，見古人之筆妙。歡賞者久之。且曰。非神仙之人，無以寫神仙之質也。賜物甚厚。一日，令偽翰林學士歐陽炯次第讚之，又遣水部員外郎黃居寶八分題之。每觀其畫，歎筆蹟之縱逸；覽其讚，賞文詞之高古；視其書，愛點畫之宏壯。顧謂八仙。不讓三絕。（原注）八仙者，李已、容成、董仲舒、張道陵、嚴君平、李八百、長壽、葛永璝。〔註127〕

此條採錄自五代末景煥《野人閒話》，宋代郭若虛《圖畫見聞志》「八仙真」條紀載亦出自此。但在宋人黃休復的《益州名畫錄》中，蜀帝孟昶的壽禮並非八仙圖，而是十二仙真形十二幀：

> 甲寅歲十一月十一日，值蜀主誕生之辰，安公進素卿所畫十二仙真形十二幀，蜀主耽玩欲賞者久，固命翰林學士禮部侍郎歐陽炯次第贊之，令翰林待詔黃居寶八分書題之。〔註128〕

在此條之前，黃休復有言：「簡州開元觀畫容成子、董仲舒、嚴君平、李阿、馬自然、葛玄、長壽仙、黃初平、葛永璝、竇子明、左慈、蘇耽十二仙君像。」〔註129〕相較於《太平廣記》所著注中同者有：容成子、董仲舒、嚴君平、長壽仙、葛永璝兩者有相當高的重複性。浦江清考察《宣和畫譜》發現只載張素卿畫的十二真人圖，且宋徽宗時御府所藏張素卿真人圖十幅也與《益州名畫錄》的十二仙真形敘述符合，故他不認為張素卿畫過八仙圖。筆者推測最初獻

〔註126〕 浦江清：〈八仙考〉，收入吳光正《八仙文化與八仙文學的現代闡釋：二十世紀國際八仙論叢》，頁65。

〔註127〕 【宋】李昉：《太平廣記・畫五・八仙圖》（北京：中華書局，1986年3月三刷），頁1641。

〔註128〕 【宋】黃休復：《益州名畫錄》，收入《景印文淵閣四庫全書》812冊（臺北：商務書局，1983年），頁485。

〔註129〕 【宋】黃休復：《益州名畫錄》，收入《景印文淵閣四庫全書》812冊，頁485。

給孟昶的應是十二真形圖，然當時張素卿繪有不少神仙像，或有人特意收集其中八幅合稱為八仙，故使後人誤解成張素卿曾繪八仙圖。如《圖畫見聞志》載張素卿「嘗於青城山丈人觀畫五嶽、四瀆、十二溪女等，兼有《老子過流沙》、並《朝真圖》、八仙、九曜、十二真人等像，傳於世。」〔註130〕

　　張素卿的真仙圖中，組成人物廣泛，有軒轅黃帝臣子、西漢文學大儒、道教高人或傳說人物等，此八人中有飛升者、有長壽者，其聚集時呈現出富貴且長生的氣氛，而且圖為神仙道士張素卿所繪，又被大臣獻予皇帝作為壽禮，因此這幅「八仙圖」有著吉祥、祝壽之意涵。

　　上述的八仙組合，只有「淮南八仙」或「蜀中八仙」與神仙信仰有關，但這兩組八仙的成員，不是傳說神仙就是達官貴人，雖然有長壽吉祥的意涵，但對市井小民而言，這些人物身分高貴，讓人無法企及，這導致這些仙人傳說與信仰無法被民眾廣泛接受而湮沒於世。

第四節　宋代以後八仙的組成

　　若將葛洪《神仙傳》中的「淮南八公」視為一個受崇拜的神仙團體的話，那八仙信仰與傳說在魏晉時在民間就已廣為流傳，然而現今流傳於民間的八仙成員既不是「淮南八仙」也非「蜀中八仙」，而是以鍾離權、呂洞賓等人組成的八仙。這個團體的成員亦是元代後道教所通稱的「八仙」，清代以降因對人民對八仙的喜害，民間又衍生出「上八仙」、「中八仙」、「下八仙」之說。

一、宋代──鍾、呂八仙團體的出現與象徵

　　一般我們所稱的「八仙」所指為鍾離權、呂洞賓、鐵拐李、張果老、藍采和、韓湘子、曹國舅、何仙姑這八位仙人，這組八仙最初形成時成員並非與今日相同。文獻中較早稱鍾離權、呂洞賓為八仙者為元雜劇，在《呂洞賓度鐵拐李岳》、《呂洞賓三度城南柳》曲文中有「隨八仙赴蓬萊」〔註131〕、「今日設下蟠桃宴，請八洞神仙都來赴會咱。」〔註132〕且兩本雜劇皆有一一敘述仙人們

〔註130〕【宋】郭若虛：《圖畫見聞志》（上海：人民美術版社，1963年7月），頁37。
〔註131〕王季思主編：《全元戲曲（三）》（北京：人民文學出版社，1999年2月），頁165。
〔註132〕王季思主編：《全元戲曲（五）》（北京：人民文學出版社，1999年2月），頁313。

的身分，只是組成略有不同。或許是上述的原因，明代王世貞將八仙團體的形成時間判斷在元代，他於《弇州山人四部續稿》卷一百七十一〈題八仙像後〉曰：

> 八仙者，鍾離、李、呂、張、藍、韓、曹、何也。不知其會所繇始，亦不知其畫所由始。余所覩仙蹟及圖史亦詳矣，凡元以前無一筆，而我明如冷起敬、吳偉、杜菫稍有名者亦未嘗及之，意或妄庸畫工，合委巷叢俚之談，以是八公者，老則張，少則藍、韓，將則鍾離，書生則呂，貴則曹，病則李，婦女則何，為各據一端作滑稽觀耶！〔註133〕

這則記載明白的點出當時民間畫像中的八仙為鍾離權、鐵拐李、呂洞賓、張果老、藍采和、韓湘子、曹國舅、何仙姑八者，並說明八位仙人分別象徵「將、病、書生、老、少、貴、婦女」七種身分。然這八位仙人何時成為一個團體？王世貞認為應不早於元朝，他以明初畫家冷謙、明孝宗時的「畫狀元」吳偉及明中葉時人物畫大家的杜菫，未曾以這八位仙人為題作畫，推測應是民間畫工以畫面有趣、滑稽為考量，才將這八位仙人聚合在一起。王世貞雖言之有理，但其元前八仙圖「凡元以前無一筆」之說則有可議之處。以八仙單人畫像來說，宋代筆記小說已不少皆提及民眾恭奉呂洞賓畫，在《宣和畫譜》中也載有道士李得柔所繪的鍾離權、呂洞賓畫像，《秘苑珠林》內載乾清宮藏有宋劉松年的〈鐵拐圖〉、宋李得柔的〈藍采和圖〉，金代有董明墓和侯馬65H4M102的八仙墓磚雕。或許王世貞所言是針對八仙共一幅畫的情況，但根據文物，八仙同幅的圖像在宋、金時已有，現存較早的八仙圖有《群仙拱壽圖》、《八仙祝壽軸》，此二畫時間據推測分別為金代、金元之際的作品，〔註134〕可見王世貞的「凡元以前無一筆」並非正確。

其實，據現存文獻所記，八仙在宋、金時的確不曾同時出現於一個故事中，但個別神仙的事蹟在唐、五代時就已經出現，如張果老、韓湘子、藍采和，不過當時尚未將他們視為一個團體。到了宋代，「八仙」則常出現在社火中，耐

〔註133〕【明】王世貞：《弇州山人四部續稿》，收入《景印文淵閣四庫全書》第1284冊（臺北：商務印書館，1983年6月），頁469。

〔註134〕詳見國立故宮博物院編輯委員會編輯：《緙絲特展圖錄》（臺北：國立故宮博物院，1989年4月），頁30～31。中國美術全集編輯委員會：《中國美術全集（工藝美術編七——印染織繡（下冊）》。金梁等編：《盛京故宮書畫錄》（臺北：世界書局，2008年11月），頁6。

得翁在《都城紀勝》中「社會」條曾載：

> 每歲行都神祠誕辰迎獻，則有酒行。錦體社、八仙社、漁父習閒社、
> 神鬼社、小女童像生叫聲社、遏雲社、奇巧飲食社、花果社；七寶
> 考古社，皆中外奇珍異貨；馬社，豪貴緋綠；清樂社，此社風流最
> 勝。〔註135〕

宋代因商業繁榮，城市娛樂生活相當發達，民間藝人自行組織行會，如遏雲
社是唱賺行會，好紋身花繡者匯聚成「錦體社」，需要注意的是「社會」條
中同時列出了「八仙社」與「神鬼社」，以名稱來看這兩者皆是民間裝神扮
鬼的社團，但為何耐得翁將其區分為二？這可能是八仙舞隊與一般鬼神舞隊
象徵涵義並不同。「裝鬼神」屬於宋代百戲之一，《東京夢華錄·駕登寶津樓
諸軍呈百戲》中的「抱鑼」〔註136〕、「硬鬼」〔註137〕、「舞判」〔註138〕、
「啞帳」〔註139〕等皆屬之，此應是將儺儀舞隊化的表演，故仍保留儺儀中
較為恐怖猙獰的扮相，以動作或爆竹來使觀眾產生訝異甚至驚恐的感覺。南
宋時「裝神鬼」仍極盛行，「神鬼社」就是流行於民間的裝神鬼社團。至於
「八仙社」，吳曉鈴先生疑心八仙社是「裝婦人鬼神」的「三教」之類的組
織〔註140〕，然這樣的說法並沒有根據，也無法將說明「八仙社」與「神鬼
社」的差異。筆者以為「八仙社」不同於「鬼神社」兩者扮演的人物與目的

〔註135〕【宋】耐得翁：《都城紀勝》，收入孟元老等著《東京夢華錄（外四種）》（上
海：古典文學出版社，1957 年 6 月），頁 98。

〔註136〕《東京夢華錄·駕登寶津樓諸軍呈百戲》：「煙火大起，有假面披髮，口吐狼
牙煙火，如鬼神狀者上場。著青帖金花短後之衣，帖金皂褲，跣足，攜大銅
鑼隨身，步舞而進退，謂之『抱鑼』。」見【宋】孟元老：《東京夢華錄》，收
入孟元老等著《東京夢華錄（外四種）》（上海：古典文學出版社，1957 年 6
月），頁 43。

〔註137〕《東京夢華錄》：「又一聲爆仗，樂部動《拜新月慢》曲，有面塗青碌，戴面
具金睛，飾以豹皮錦繡看帶之類，謂之『硬鬼』。」見【宋】孟元老：《東京
夢華錄》，收入孟元老等著《東京夢華錄（外四種）》，頁 43。

〔註138〕《東京夢華錄》：「爆仗一聲，有假面長髯展裹綠袍靴簡如鍾馗象者，傍一人
以小鑼相招和舞步，謂之舞判。」見【宋】孟元老：《東京夢華錄》，收入孟
元老等著《東京夢華錄（外四種）》，頁 43。

〔註139〕《東京夢華錄》：「忽有爆仗響，又復煙火出，散處以青幕圍繞，列數十輩，
皆假面異服，如祠廟中神鬼塑像，謂之啞帳。」見【宋】孟元老：《東京夢華
錄》，收入孟元老等著《東京夢華錄（外四種）》，頁 43。

〔註140〕吳曉鈴：《吳曉鈴集》第五冊（石家莊：河北教育出版社，2006 年 1 月），頁
81。

不同，它應該類似漢代的「總會仙倡」。「總會仙倡」於張衡〈西京賦〉描繪
為：

> 戲豹舞羆，白虎鼓瑟，蒼龍吹箎；女媧坐而長歌，聲清暢而蜲蛇；
> 洪涯立而指麾，被毛羽之襳襹。度曲未終，雲起雪飛，初若飄飄，
> 後遂霏霏。……李善注：「仙倡，偽作假型，謂如神也。」〔註141〕

曾師永義稱「總會仙倡」應是演員化妝成神仙，以歌舞搬演一場神仙聚會的故
事，也能稱之神仙歌舞劇。〔註142〕這種以舞隊表演神仙歌舞的場面，在宋代
在宮廷慶壽時亦得見，如《東京夢華錄・宰執親王宗室百官入內上壽》：

> 第七盞御酒慢曲子，……女童皆選兩軍妙齡容艷過人者四百餘人，
> 或戴花冠，或仙人髻鴉霞之服，或捲曲花腳襆頭，四契紅黃生色銷
> 金錦繡之衣，結束不常，莫不一時新妝，曲盡其妙。杖子頭四人，
> 皆裹曲腳向後指天襆頭，簪花，紅黃寬袖衫，義襴，執銀裹頭杖子。
> 皆都城角者，當時乃陳奴哥、俎姐哥、李伴奴、雙奴，餘不足數。
> 亦每名四人簇擁，多作仙童丫髻，仙掌執花，舞步進前成列。〔註143〕

演員在宮廷的慶壽場合中扮神仙獻舞，所以此類舞隊演出應有吉祥祝壽的目
的。宮廷有神仙舞隊，民間應該也會出現，不過民間舞隊無法如宮廷般動則上
百人，故他們選擇當時頗負盛名的神仙團體，扮演其中的人物來祝福、娛樂觀
眾，《都城紀勝》中的「八仙社」應是這樣的存在。也因如此，八仙舞隊裝扮
應不同於神鬼社「假面披髮，口吐狼牙」的怪異驚奇，而是親民且符合節慶氣
氛的扮相。吳自牧《夢粱錄》卷二「諸庫迎煮」條：

> 次以大鼓及樂官數輩，後以所呈樣酒數擔，次八仙道人、諸行社隊，
> 如魚兒活擔、糖糕、麵食、諸般市食、車架、異檜奇松、賭錢行、漁
> 父、出獵、臺閣等社。〔註144〕

周密《武林舊事》卷三「迎新」條中記：

〔註141〕【漢】張衡：〈西京賦〉，收入【梁】蕭統編，【唐】李善注：《文選》（臺北：
　　　　　五南圖書出版公司，1991年10月），頁50。
〔註142〕詳見曾永義：〈先秦至唐代「戲劇」與「戲曲小戲」劇目考述〉，收入曾永義：
　　　　　《戲曲與歌劇》（臺北：國家出版社，2004年10月），頁373〜456。
〔註143〕【宋】孟元老：《東京夢華錄》，收入孟元老等著《東京夢華錄（外四種）》，
　　　　　頁55。
〔註144〕【宋】吳自牧：《夢粱錄》，收入孟元老等著《東京夢華錄（外四種）》，（上海：
　　　　　古典文學出版社，1957年6月），頁149。

雜劇百戲諸藝之外，又為漁父習閒、竹馬出獵、八仙故事。〔註145〕
宋吳文英〈畫錦堂〉：

> 綺縠圍成，珠璣搬就，極目燈火樓臺。七子八仙三教，耍隊相挨。
> 管簫笙簧相間鬥，遠如聲韻碧霄來。環千炬，寶柵絳紗，雲球霧毳
> 交加。千里人笑樂，遊妓合，脂塵香靄籠街。盡道今宵節物，天與
> 安排。晚來風陣全收了，夜闌還放月兒些。休辭醉，長願每年時候，
> 一樣情懷。〔註146〕

這些都顯示宋代除了神祠誕辰外，每逢新年、元宵等重大節日或重要慶典
之際，街頭舞隊中都會出現「八仙道人」裝扮或演出「八仙故事」。雖然，宋
代文獻並無詳載「八仙」組成，也沒有敘述八仙故事的演出內容，不過這些八
仙舞隊都是出現於吉慶場合中，所以它呈現出的氣氛應是正面且歡愉。

雖然無法從南宋文獻中得知八仙舞隊中神仙的身分，然在金代的董明墓
和侯馬 65H4M102 墓中卻有八仙磚雕畫，學者根據磚雕人物的裝扮與手持物
推測出下列兩組八仙人物：〔註147〕

董明墓	鍾離權	鐵拐李	呂洞賓	張果老	韓湘子	曹國舅	徐神翁	何仙姑	
侯馬墓	鍾離權	鐵拐李	呂洞賓	張果老	韓湘子	曹國舅	徐神翁		藍采和

磚雕上的人物相同者有七，輪替者則為何仙姑、藍采和二人。尹蓉由磚
雕的人物造型和所持器物的種類判斷，認為這兩組圖樣所呈現的應是當時社
火中的八仙造型，〔註148〕換言之，金代社火中所出現的八仙已有幾位固定
成員，分別為鍾離權、鐵拐李、呂洞賓、張果老、韓湘子、曹國舅、徐神翁。
侯馬 65H4M102 墓約在金章宗太和年間（1201～1208）建成，董明墓的墓主
卒於金衛紹王大安二年（1210 年），南宋與金是並存的政權〔註149〕，而《都

〔註145〕【宋】周密：《武林舊事》，收入孟元老等著《東京夢華錄（外四種）》，（上海：
　　　　古典文學出版社，1957 年 6 月），頁 378。

〔註146〕【清】唐圭璋編：《全宋詞》（北京：中華書局，1988 年 3 月），頁 2746。

〔註147〕楊富鬥、楊及耕：〈金墓磚雕叢探〉《文物季刊》，1997 年 04 期。此推測的人
　　　　物，多是作者以傳說中八仙的形象附會而來，但若與文獻上社火有「八仙社」
　　　　「八仙道人」等記載來看，得知宋金時期的社火中的八仙已有後來八仙形象
　　　　的雛型。

〔註148〕尹蓉：〈「暗八仙」的來源」〉《文史知識》，2008 年第 03 期。

〔註149〕兩座墓皆建於西元 1201 至 1210 年間，此段時間亦是宋寧宗（1168～1224）
　　　　在位期間。

城紀勝》、《夢梁錄》、《武林舊事》所記皆為南宋都城生活及其風土民情，那麼三書中南宋社火中的八仙，其成員組成應與金代墓磚雕中的人物差異不大。

　　藉由金代墓磚雕與南宋文獻，推測鍾、呂等人所組成的八仙在當時已出現，金院本中也可能已有與八仙相關的戲曲，譚正璧據陶宗儀《輟耕錄》記載，考證《瑤池會》、《蟠桃會》、《王母祝壽》、《八仙會》、《白牡丹》等劇應都有八仙成員蹤蹟。〔註150〕這些院本今已亡佚，但由前三本的題名來看，知它們皆以祝壽長生為目的，代表當時八仙與吉慶長壽有關，這也能解釋為何宋代節日的慶典活動會八仙舞隊來熱鬧氣氛。八仙吉慶的象徵也被宋人應用於命名中，如《東京夢華錄》「酒樓」條中提到「八仙樓」〔註151〕、《武林舊事》「歌館」條有「八仙茶坊」〔註152〕等。

二、元代——鍾、呂八仙成員聯繫與發展

　　元代八仙成員是承宋、金社火而來，當時的度脫雜劇常以他們為題材，宣

〔註150〕 《瑤池會》、《蟠桃會》、《王母祝壽》三者根據名稱，應是敘述以西王母為對象的慶壽故事，王漢民據元明時期《蟠桃會》、《群仙祝壽》的劇情判斷，這些劇中也許有八仙上壽的情節。詳見王漢民《八仙與中國文化》（北京：中國社會科學出版社，2000年11月），頁115。譚正璧認為《八仙會》應是演出八仙故事；《菜園孤》疑演唐李復言《續玄怪錄》中的張老事；〈白牡丹〉則為呂洞賓度化妓女白牡丹故事。詳見譚正璧：《話本與古劇》（上海：上海古典文學出版社，1956年6月），頁177、181、183。《菜園孤》故事若據《續玄怪錄》中的張老故事來看，它與八仙中的張果老並沒有關係，直到馮夢龍的《古今小說》中〈張古老種瓜取文女〉將《續玄怪錄》中的張老成為張古老，清李玉又據此故事做《太平錢》，將故事發生的時代設定為唐代，並將張古老視為張果老，導致之後學者認為此故事與八仙有關，但《太平錢》是李玉刻意將種瓜張老與張果老故結合所導致，所以筆者認為將金院本《菜園孤》中張老視為張果老，而認為此故事中有八仙出現，似乎略為牽強，故在本文不列此劇。

〔註151〕 《東京夢華錄·酒樓》：「大抵諸酒肆瓦市，不以風雨寒暑，白晝通夜，駢闐如此。州東宋門外仁和店、薑店，州西宜城樓、藥張四店、班樓，金梁橋下劉樓，曹門蠻王家、乳酪張家，州北八仙樓，戴樓門張八家園宅正店，鄭門河王家，李七家正店，景靈宮東牆長慶樓。」見【宋】孟元老：《東京夢華錄》，收入孟元老等著《東京夢華錄（外四種）》，頁16。

〔註152〕 《武林舊事·歌館》：「外此諸處茶肆，清樂茶坊、八仙茶坊、珠子茶坊、潘家茶坊、連三茶坊、連二茶坊，及金波橋等兩河以至瓦市，各有等差，莫不靚妝迎門，爭妍賣笑，朝歌暮弦，搖蕩心目。」見【宋】周密：《武林舊事》，收入孟元老等著《東京夢華錄（外四種）》，頁443。

傳道教教義。以現存元代雜劇觀之，同時提及八仙且敘述姓名者有：《呂洞賓三醉岳陽樓》、《呂洞賓度鐵拐李岳》、《陳季卿悟道竹葉舟》、《呂洞賓三度城南柳》四劇。《呂洞賓三醉岳陽樓》（《岳陽樓》）為馬致遠的作品，其第四折【水仙子】唱：

> 這是個漢鍾離現掌著群仙籙（郭云）這位拿著拐兒的不是皂隸？（正末唱）這一個是鐵拐李髮亂梳。（郭云）兀那位著綠襴袍的不是令史哩？（正末唱）這一個是藍采和板撒雲陽木。（郭云）這老兒是誰？（正末唱）這一個是張果老趙州橋倒騎驢。（郭云）這位背葫蘆的是誰？（正末唱）這一個是徐神翁身背著葫蘆。（郭云）這位攜花藍的是誰？（正末唱）這一個是韓湘子韓愈的親姪。（郭云）這位穿紅的是誰？（正末唱）這一個是曹國舅宋朝的眷屬。（郭云）敢問師父你可是誰？（正末云）貧道姓呂名岩字洞賓，道號純陽子。（唱）則我是呂純陽，愛打的簡子魚鼓。〔註153〕

此劇以呂洞賓之口，一一介紹眾仙身分：漢鍾離、鐵拐李、藍采和、張果老、徐神翁、韓湘子、曹國舅。漢鍾離為引仙者，且現管著群仙籙，可見鍾離權為戲曲中群仙之首。

岳柏川《呂洞賓度鐵拐李岳》（《鐵拐李》）：

> 【二煞】漢鍾離有正一心。呂洞賓有貫世才。張四郎曹國舅神通大。藍采和拍板雲端裏響。韓湘子仙花臘月裏開。張果老驢兒快。我訪七真遊海島。隨八仙赴蓬萊。〔註154〕

此處是以李岳（鐵拐李）的視角，唱出前來前來相迎仙人們的身分：漢鍾離、呂洞賓、張四郎、曹國舅、藍采和、韓湘子、張果老，加上李岳自己正好八人，是為八仙。與《岳陽樓》不同的是此八仙是以張四郎取代徐神翁的位置。

范康《陳季卿悟道竹葉舟》（《竹葉舟》）：

> （沖末扮東華帝君執符節引張果、漢鍾離，李鐵拐、徐神翁、藍采和、韓湘子、何仙姑上）（陳季卿云）呀，許多大仙來了。弟子一個也不認得，望師父說與弟子知道。（正末指張科）（唱）
>
> 【十二月】這一個倒騎驢疾如下坡，（陳季卿云）元來是張果大仙。

〔註153〕 馬致遠：《呂洞賓三醉岳陽樓》，收入王季思主編《全元戲曲（二）》（北京：人民文學出版社，1999年2月），頁185。

〔註154〕 岳柏川：《呂洞賓度鐵拐李岳》，收入王季思主編：《全元戲曲（三）》，頁165。

（做拜科）（正末指徐科唱）這一個吹鐵笛韻美聲和。（陳季卿云）
是徐神翁大仙。（做拜科）（正未指何科唱）這一個貌娉婷笊籬手把，
（陳季卿云）是何仙姑大仙。（做拜科）（正夫指李科唱）這一個蓬
鬆鐵拐橫拖。（陳季卿云）是李鐵拐大仙。（做拜科）（正末指韓科唱）
這一個籃關前將文公度脫，（陳季卿云）是韓湘子大仙。（做拜科）
（正末指藍科，唱）這一個綠羅衫拍板高歌。

（陳季卿云）是藍采和大仙。（做拜科）（正末指鍾離科，唱）

【堯民歌】主塵一個是雙丫髻常吃的醉顏酡，（陳季卿云）是漢鍾離
大仙。〔註155〕

《竹葉舟》中的八仙，除了度脫陳季卿的呂洞賓外，其餘由東華帝君引領上場，
其分別為：張果、漢鍾離，李鐵拐、徐神翁、藍采和、韓湘子、何仙姑。此劇
是元雜劇中唯一出現何仙姑者。

谷子敬《呂洞賓三度城南柳》（《城南柳》）〔註156〕：

……（正末背劍，打漁鼓、簡子，孤、眾人各改扮眾仙上）（正末云）
弟子如今省了也。……〔正末云〕這七人是漢鍾離、鐵拐李、張果
老、藍采和、徐神翁、韓湘子、曹國舅。〔唱〕

【水仙子】這個是攜一條鐵拐入仙鄉，這個是袖三卷金書出建章，
這個是敲數聲檀板遊方丈，這個是倒騎驢登上蒼，這個是提笊籬不
認椒房，這個足背葫蘆的神通大，這個是種牡丹的名姓香。〔註157〕

《城南柳》八仙組成與《岳陽樓》成員相同，但穿關上稍有差異，如在《岳陽
樓》只說曹國舅穿紅衣，但此處他則是以笊籬為道具。

除了上述四劇外，馬致遠《邯鄲道省悟黃粱夢》（《黃粱夢》）、賈仲明《鐵
拐李度金童玉女》（《金安壽》）與《呂洞賓桃柳升仙夢》（《升仙夢》）、無名氏
《瘸李岳詩酒玩江亭》（《玩江亭》）、無名氏《漢鍾離度脫藍采和》（《藍采和》）
五劇也有八仙人物出現，茲將元雜劇中八仙出現的情況列表如下：

〔註155〕王季思主編：《全元戲曲（四）》（北京：人民文學出版社，1999年2月），頁
665～666。
〔註156〕谷子敬與賈仲明二人為元末明初時人，此二人的雜劇有學者視為元雜劇，亦
有學者視為明雜劇，筆者使用兩人雜劇作品資料，皆出於套書《全元劇曲》，
故將兩人視為元代劇作家。
〔註157〕王季思主編：《全元戲曲（五）》，頁312。

人物〔註158〕 劇　目	鍾	呂	李	果	藍	韓	曹	徐	何	張
岳陽樓	✓	✓	✓	✓	✓	✓	✓	✓		
黃粱夢	✓	✓								
鐵拐李	✓	✓	✓	✓	✓	✓	✓			✓
竹葉舟	✓	✓	✓	✓	✓			✓	✓	
城南柳	✓	✓	✓	✓	✓	✓	✓			
金安壽〔註159〕	✓	✓		✓	✓			✓		
升仙夢	✓	✓								✓
玩江亭	✓		✓							
藍采和	✓	✓		✓						

　　由表可知元雜劇中八仙人選有：鍾離權、李鐵拐、呂洞賓、張果老、藍采和、韓湘子、曹國舅、徐神翁、何仙姑、張四郎共十人。除了雜劇，在元散曲亦能見八仙同時出現者，如鄧學可〔正宮‧端正好〕〈樂道〉套曲中的漢鍾離、藍采和、懸壺翁、鐵拐李、賀蘭仙、曹國舅、韓湘子、呂洞賓；〔註160〕無名氏〔雙調‧水仙子〕亦分別詠嘆鍾離權、呂洞賓、藍采和、徐神翁、張果老、曹國舅、李岳、韓湘子八人。〔註161〕

〔註158〕鍾、呂、李、果、藍、韓、曹、徐、何、張分別為：鍾離權、呂洞賓、鐵拐李、張果老、藍采和、韓湘子、曹國舅、徐神翁、何仙姑、張四郎。

〔註159〕貫仲明的《鐵拐李度金童玉女》（《金安壽》）有元曲選、古名家雜劇及繼志齋本，元曲選本中，第四折【鴛鴦煞】唱：「唱道漢鍾離綠蟻醺酣，唐呂公紅顏不改，韓湘子頃刻花開，張果老倒騎的驢兒快，藍采和達道詼諧，李先生四海雲遊，全憑著這條拐。」但在其他版本中則為：「去胡仙咫尺成，韓湘子頃刻花開。唱道漢鍾離綠蟻醺酣，唐呂公紅顏不改。張果老驢背上飄然，赤松子興攬遍終南界。藍采和達道詼諧，李先生四海雲遊，全憑著這條拐。」詳見王季思：《全元戲曲（五）》，頁511～512。兩版本比較下，後者較前者多出胡仙與赤松子兩者。「胡仙」可能為「葫仙」或「壺仙」，意味著以葫蘆為法器，而元雜劇中葫蘆大多伴隨著徐神翁，因此此「胡仙」可能是徐神翁，若是「壺仙」則可能是鄧學可所稱的「懸壺翁」。

〔註160〕【元】鄧學可〔正宮‧端正好〕〈樂道〉：「【太平年】漢鍾離原是個帥首。藍采和本是簡俳優。懸壺翁本不曾去沽油。鐵拐李險燒了屍首。賀蘭仙引定曹國舅。韓湘子會造逡巡酒。呂洞賓三醉岳陽樓，度了數千年的緣柳。」收入隋樹森：《全元散曲》（北京：中華書局，1964年2月），頁697。

〔註161〕【元】無名氏〔雙調‧水仙子〕〈鍾離〉：「超凡入聖漢鍾離，沉醉誰扶下玉梯。扇圈一部胡鬚力，絳雲般紅肉皮。做伴的是茶藥琴棋。頭綰著雙䯼髻，身穿著百衲衣。曾赴閬苑瑤池。」〈呂洞賓〉：「醉魂別後廣寒宮，飛下瑤臺十二峰。

在元雜劇中，八仙同場時皆有鍾離權、李鐵拐、呂洞賓、張果老、藍采和、韓湘子，散曲中重複者提及者則為鍾離權、呂洞賓、藍采和、鐵拐李、曹國舅、韓湘子，對比散曲與劇曲固定出現的人物有：鍾離權、李鐵拐、呂洞賓、藍采和與韓湘子，至於張果老只缺席於鄧學可的散曲中，但在金代兩組墓雕磚畫中皆有張果老，故推測他也是當時較常見的八仙成員。戲曲與散曲的八仙組合雖有不同，但卻有某些人物會固定出現，這代表著元代時八仙團體雖未完全穩定，不過已有基本成員，如戲曲中若八仙齊登場時，必有鍾離權、李鐵拐、呂洞賓、藍采和、韓湘子與張果老六人，至於曹國舅、徐神翁、何仙姑、張四郎、懸壺翁與賀蘭仙等人則輪替出現。

三、明、清兩代——八仙成員的定型

明代是八仙故事相當盛行的時代，在雜劇、筆記、小說、道經等文獻中，皆可以看到八仙的身影，但集體出現的情況還是在雜劇中較常見，現將其所見劇目人物與關係整理如下：

人物 劇目	鍾	呂	李	果	藍	韓	曹	徐	何	張
沖漠子獨步大羅天	∨	∨	∨							
東華仙三度十長生		∨				∨				
呂洞賓花月神仙會	∨	∨	∨	∨	∨	∨	∨	∨		

只因一枕黃粱夢，得神仙造化功。左右列玉女金童。採仙藥千年壽，煉丹砂九轉功。每日價伏虎降龍。〈藍采和〉：「西風寬舞綠羅袍，每日階前沉醉倒。頭邊歪裏烏紗帽，金錢手內拋。鬧爭奪忙殺兒曹。狂歌唱檀板敲，子是待要樂樂淘淘。」〈徐神翁〉：「不為賊盜戀妻奴，獨向煙霞冷淡居。金銀財寶無心顧，渾身上破落索。繼繼縷縷衣服。冷清清為活路，閒遙遙走世途。脊樑上背定葫蘆。」〈張果老〉：「駝腰曲脊六旬高，皓首蒼髯年紀老。雲遊走遍紅塵道，駕白雲驢馱高。向趙州城壓倒石橋。挂一條斑竹杖，穿一領粗布袍。也曾醉赴蟠桃。」〈曹國舅〉：「玉堂金馬一朝臣，翻作崑崙頂上人。腰間不掛黃金印，閒隨著呂洞賓。林泉下養性修真。金牌腰中帶，笊籬手內存。更不做國戚皇親。」〈李岳〉：「筆尖吏業不侵奪，跳入長生安樂窩。皂綃衫身上都穿破，鐵拐向手內拖。亂哄哄髮似鬆科。豈想重裀臥，不戀皓齒歌。每日價散誕蹉跎。」〈韓湘子〉：「藥爐經卷作生涯，不戀王侯宰相家。亂紛紛瑞雪藍關下，凍傷韓相馬。半空中亂糝長沙。黑騰騰形雲布，冷颼颼風又刮。山頂上開花。」【元】鄧學可：〔正宮‧端正好〕〈樂道〉，收入隋樹森：《全元散曲》，頁 1891～1893。

瑤池會八仙慶壽	V	V	V	V	V	V	V	V	
群仙慶壽蟠桃會	V	V	V	V	V	V	V		
紫陽仙三度長椿壽	V	V	V	V	V	V	V		
河嵩神靈芝慶壽	V	V	V	V	V	V	V		
福祿壽仙官慶會	V	V	V	V	V	V	V		
呂翁三化邯鄲店	V	V	V	V	V	V	V		
呂純陽點化度黃龍	V	V	V	V	V	V	V		V
邊洞玄慕道升仙	V	V	V	V	V	V	V		V
祝聖壽金母獻蟠桃	V	V	V	V	V	V	V		V
眾天仙慶壽賀長生	V	V	V	V	V	V	V		V
賀生平群仙祝壽	V	V	V	V	V	V	V		V
眾群仙慶賞蟠桃會	V	V	V	V	V	V	V	V	
寶光殿天真祝萬壽	V	V							
降丹墀三聖慶長生	V	V	V	V	V	V	V		
孫真人南極登仙	V	V	V	V	V	V	V	V	
呂洞賓點化度黃龍	V	V	V	V	V	V	V		V
爭玉板八仙過海	V	V	V	V	V	V	V	V	

　　從明代雜劇中發現當時的八仙主要有兩組，其成員多在元雜劇已經出現，固定者為鍾、呂、李、果、藍、韓、曹七人，而根據演出場所的不同，一組搭配徐神翁，另一組則是張四郎。〔註162〕至於元雜劇中偶一出現的何仙姑，則不見於明雜劇中。從元、明雜劇八仙的組成與替換情形，可見曹國舅在八仙中的位置逐漸穩定，而徐神翁的重要性則降低了。上述明雜劇，不是宮廷就是藩府演出本，所呈現的是貴族所認知八仙，民間傳說的八仙成員則與它們稍有不同。明代萬曆年間，王世貞據民間俗畫提出八仙為「鍾離、李、呂、張、藍、韓、曹、何也。」〔註163〕胡應麟於《莊岳委談》論及八仙由來時，提到鍾離、李、呂、張、藍、韓、曹、何、徐九人，〔註164〕湯顯祖《邯鄲記》與吳元泰

〔註162〕吳光正整理明代八仙慶壽劇，發現當時八仙的譜系有兩種，宮廷演出本有張四郎而無何仙姑，藩府演出本有徐神翁而無何仙姑。見吳光正：《八仙故事系統考論：內丹道宗教神話的建構及其流》，頁30。
〔註163〕【明】王世貞：《弇州山人四部續稿》，收入《景印文淵閣四庫全書》第1284冊，頁469。
〔註164〕【明】胡應麟：《少室山房筆叢》（上海：上海書店出版社，2001年8月），頁414。

《東遊記》中的八仙為鍾離、李、呂、張、藍、韓、曹、何八人，在羅登懋《三保太監西洋記通俗演義》中八仙成員則是以風僧壽、元壺子替換了何仙姑與張果老。其中王世貞、湯顯祖、吳元泰所說的八仙，與宮廷戲曲中的八仙差異只有何仙姑，但這組八仙今日流傳的成員一致，不少人認為這組八仙的會定型且流傳是因小說《東遊記》的出現〔註165〕，但其中原因卻未詳細說明。

王世貞曾言俗畫中八仙各代表不同身分，這可能是畫家將他們作為俗畫題材的原因，但既是俗畫，也有可能是畫家直接依據當時盛行的說法來創作；《邯鄲記》為南戲，當時屬於地方戲曲，主要觀戲者為一般百姓，作者為了獲得觀眾的認同，戲曲中的人物取材也會較偏向市井較通行的說法；至於《東遊記》為商業取向的通俗小說，迎合讀者的喜好是相當重要的，因此吳元泰所用的資料應也是民間流傳較廣的觀念。由此看來，「鍾離、李、呂、張、藍、韓、曹、何」為八仙之說，在明代民間已是相當普遍，只不過《東遊記》進一步將原本沒有關係或連繫不緊密仙人們彼此串連，合理化八人成為一個團體的理由，加上精采的情節，讓這組神仙受讀者的喜愛與崇拜，使書中八仙組合得到更多認同，進而取代其他的組合而成為民眾的共識，這也是為何大部分學者認為自《東遊記》刊行後八仙成員就定型的主因。

清代的八仙成員說大致不出「鍾離、李、呂、張、藍、韓、曹、何」八人，趙翼《陔餘叢考》云：

> 世俗相傳有所謂「八仙」者，曰漢鍾離、張果老、韓湘子、鐵拐李、曹國舅、呂洞賓，又女仙二人，藍采和、何仙姑。……至藍采和者，《太平廣記》謂常衣破藍衫，一足靴，一足跣，夏則絮，冬則臥於雪。嘗入市持大拍板唱言：「踏歌踏歌藍采和，世界能幾何。古人混

〔註165〕如倪亦斌：「自明代吳元泰所撰小說《東遊記》刊行後，「八仙」中最後一、兩個成員也就定型了。」見倪亦斌：〈「列仙圖」不同「八仙畫」，姜太公豈是「買魚客」——故宮藏康熙五彩群仙紋碗的圖像解析〉，《紫禁城》2010年第五期。盧壽榮：「吳元泰的小說《東遊記》和湯顯祖的戲曲《邯鄲夢》將八仙成員定下來之後，八仙的位次才再也沒有發生過變化。」見盧壽榮：《八仙》（濟南：山東畫報出版社，2003年12月），頁60。田桂民：「我們知道元明以來世間所傳八仙，其定型大體上是以明人吳元泰的長篇小說《八仙出處東遊記》（又名《上洞八仙傳》）為標誌的，該書中所舉八仙分別為鍾離權、呂洞賓、鐵拐李、張果老、何仙姑、藍采和、韓湘子、曹國舅八人。」見田桂民：《浪漫與苦悶的變奏：先秦至元代神仙戲曲研究》天津：南開大學出版社，2010年2月），頁198。

混去不返,今人紛紛來更多。」元遺山因以入詩,有「自驚白鬢先潘岳,人笑藍衫似采和」之句。又〈題藍采和像〉云:「長板高歌本不狂,兒曹自為百錢忙。幾時逢著藍衫老,同向春風舞一場。」是藍采和乃男子也。今戲本又硬差作女妝,尤可笑。〔註166〕

趙翼所言八仙成員的與王世貞、湯顯祖等人相同,較特別的是他提到藍采和在當時戲曲中為女仙。趙翼認為藍采和無論在前人的筆記或戲曲中皆為男性,但當時民間戲曲演出時卻「硬差作女妝」,極其可笑。對於趙翼所言,浦江清解釋道:

> 戲班角色分生旦、淨、丑四種,而生可分為生、小生、外;旦可分為旦、貼、老旦。如此其數適得八。鍾呂八人,個性各別,用之於繪畫,則如元美所言相映成趣;用之於戲劇,則可盡班中腳色,納於同場,而分配平勻矣。或曰旦有三,今八仙中僅一何姑為女子則如何?曰,今以貼扮何姑,正旦及老旦則擇八仙中嗓音相似者扮之。通常以旦扮韓湘,以老旦扮藍老。趙甌北《陔餘叢考》「八仙」條云:「女仙二人,藍采和、何仙姑,」令人納悶。下云:「是藍采和乃男子也,今戲本硬差作女妝,尤可笑!」甌北不知道戲,而據戲本以考,故笑世俗以藍為女仙,實則世俗固未嘗如此,戲中以旦角扮男,此常有事,如《邯鄲夢·西牒》折(俗稱〈番兒〉),打番兒漢系男子而以旦演唱,是現戲本必誤會。〔註167〕

依浦江清所言,趙翼會誤以為藍采和為女仙,因為他不知戲曲實際演出時,戲班會老旦扮演男角飾演藍采和所致。但若依浦江清所說,貼扮何姑、旦扮韓湘、老旦扮藍老的話,那為何韓湘子沒有被趙翼誤認為女性呢?其實,藍采和會被認為是女性,原因可能是多方面的。在元、明雜劇中,韓湘子以花籃為的道具,藍采和是以多是以拍板為法器,但明代工藝品上就已出現韓湘子吹笛與藍采和提花籃造型〔註168〕,可見當時就出現了藍采和提花藍的說

〔註166〕【清】趙翼:《陔餘叢考》(上海:商務印書館,1957年12月),頁743～744。

〔註167〕浦江清〈八仙考〉,收入吳光正《八仙文化與八仙文學的現代闡釋:二十世紀國際八仙論叢》,頁71。

〔註168〕明代有八仙人物鎏金銅像,其韓湘子造像為:頭頂髮髻,髻帶垂於肩部,身穿右衽廣袖長衫,腰繫結帶,雙腿直立,雙手執笛於口,似在演奏著美妙的樂曲。描述藍采和造像為:頭頂雙髮髻,身著右衽短袖長衫,腰帶係於腹前,左手提花藍,右手伸出後手心向上托舉著寶葫蘆,雙腿直立,兩足顯露。詳見楊勇偉:〈明代八仙人物鎏金銅造像〉,《收藏界》2013年第六期。

法〔註169〕，因藍采和又被容易誤寫為「藍采荷」〔註170〕，若老旦扮演「藍采荷」且提「花籃」上場時，民眾只見名字與穿關，對於人物由來不甚瞭解，自然可能將藍采和視為女性，這樣的訛誤經口耳傳播後，就出現了藍采和為女仙的說法，如廣東民間故事〈何仙姑〉中與何仙姑聚會的眾女仙中就有名為藍采和者。〔註171〕

　　鍾、呂八仙自宋代就與祝壽產生關聯，明代賀壽劇中也常出現八仙，因此鍾、呂八仙可說被人們視為賜與長壽健康的吉祥神，並以此受到普遍的愛戴與歡迎。車錫倫認為健康長壽是民眾普遍的願望，這樣的吉祥神仙不嫌多，因此人們並不滿足只有「八仙」，不過「八仙」自古有之，且因這個數字自己吉祥與哲學意涵，無法將原有的神仙團體增加人數為「九仙」、「十仙」，因此人們將其他慶壽舞隊中的神仙也組織起來，而出現了上、中、下八仙的說法。〔註172〕「上八仙」的說法在元代就已經出現，即為鍾離權、呂洞賓等八位仙人，〔註173〕下洞八仙成員名單最早則出現在明代前期無名氏雜劇《賀升平群仙慶壽》，劇中第一折列出這八位仙人為：王喬、陳戚子、徐神翁、劉伶、陳搏、畢卓、任風子、劉海蟾，此時的「下八仙」的組成應不涉及道教教義，為劇作家們從戲曲、小說及民間傳說中選出各具特點的人物所湊合而成，目的是為了使場面更加豐富熱鬧。

四、清代以後──上、中、下八仙的出現

　　清代，八仙群體又再一次的擴大，人們將元、明以來的鍾、呂等上洞八仙改列為「中八仙」，再由此衍伸出「上八仙」與「下八仙」。上、中、下八仙共

〔註169〕林保淳先生於《八仙法器易說考》中以清康熙初年張孔昭〈醉八仙歌〉對韓湘子與藍采和敘述認為韓湘子吹笛、藍采和提籃情況約是清初產生，但由明代八仙人物鎏金銅像可知，韓、藍法器的轉變在明代就已出現。

〔註170〕清代人會將藍采和誤寫為「藍采荷」，導致民眾曲解他為女性。詳見馬書田：《華夏諸神》（北京：燕山出版社，1990年2月），頁185。

〔註171〕詳見黃雨收集整理：〈何仙姑〉，收入陳慶浩、王秋桂主編：《廣東民間故事集》（臺北：遠流出版事業股份公司，1989年6月），頁230～236。

〔註172〕車錫倫：〈八仙故事的傳播和「上中下」八仙〉，收入吳光正《八仙文化與八仙文學的現代闡釋：二十世紀國際八仙論叢》，頁149～161。

〔註173〕《呂洞賓度鐵拐李岳》第一折：「貧道不是凡人，乃上八洞神仙呂洞賓是也。」見王季思主編：《全元戲曲（三）》，頁135。《漢鍾離度脫藍采和》第四折：「許堅，你不是凡人，乃上八仙數內藍采和是也。」見王季思主編：《全元戲曲（七）》，頁129。

有二十四人，這麼龐大的團體同時出現時，的確為吉慶場合增添熱鬧歡愉的氣氛，然一般劇團並沒有這麼多人員，舞臺上亦無足夠空間供演員們表演，因此三組八仙多在民間說唱文學中才會同時出現，如《何仙姑寶卷》、《八仙上壽寶卷》、鼓詞《孫悟空大鬧蟠桃會》皆出現上、中、下三組八仙，晚清皮影戲《八仙過海》也有出現上、中八仙而缺下八仙的情況。在這些作品中，除了中八仙是固定的，上、下八仙成員不盡相同，從明代《賀升平群仙慶壽》到清代《孫悟空大鬧蟠桃會》與皮影戲《八仙過海》的上、下八仙，除去鍾、呂八人後，尚有五十餘人，其表列如下：〔註174〕

上八仙	賀升平群仙慶壽	鍾離權	鐵拐李	呂洞賓	張果老	韓湘子	曹國舅	徐神翁	藍采和
	何仙姑寶卷	福星	祿星	壽星	張仙	東方朔	陳摶	彭祖	驪山老母
	八仙上壽寶卷	壽星	王母	觀音	斗姆	黎山老母	聖母娘	金刀娘	從缺
	孫悟空大鬧蟠桃會	東方朔	李大仙	王禪	王敖	毛遂	白猿	二郎神	從缺
	平影戲八仙過海	孫悟空	楊二郎	孫臏	毛遂	雷震子	哪吒	嚴增	真人
下八仙	賀升平群仙慶壽	王喬	陳戚子	徐神翁	劉伶	陳摶	畢單	任風子	劉海蟾
	何仙姑寶卷	廣成子	鬼谷子	孫臏	劉海	和合二仙		李八百	麻姑
	八仙上壽寶卷	張仙	劉伯溫	諸葛亮	苗光裕	徐茂公	魯寧秀	牛郎	織女
	孫悟空大鬧蟠桃會	羅聖主	魯班	張千	李萬	和合二仙	杜康	劉海	劉伶

在民間說唱文學中的上、下八仙並沒有固定人選與位置，如張仙在《何仙姑寶卷》為上八仙，在《八仙上壽寶卷》則為下八仙；仙人性別差異也大，上

〔註174〕此表人物參考自車錫倫：〈八仙故事的傳播和「上中下」八仙〉；陳月琴：〈八仙群體的演化發展及其形成（續完）〉，《中國》，1992 年第 2 期；簡濤：〈山東民間皮影戲《八仙過海》初探〉，收入吳光正《八仙文化與八仙文學的現代闡釋：二十世紀國際八仙論叢》，頁 701～707。

八仙在《何仙姑寶卷》只有一位女性仙人，但《八仙上壽寶卷》卻只有一位男性。再者，這些仙人概括歷史與傳說人物，他們與道教關係並不深厚，甚至出現缺額或同仙不同人的情況。《中國歌謠集成：吉林卷》中上洞八仙成員東方朔、李長庚、王禪、王敖、金晴、白猿，二郎神、李太白，其中李長庚為李大仙、金晴為毛遂，〔註175〕這些神仙人選與鼓詞《孫悟空大鬧蟠桃會》有七位相同，獨漏詩仙李白，或許是認為詩仙不適合出現在這種以武鬥為主的場面而刻意將他遺漏。《何仙姑寶卷》與鼓詞《孫悟空大鬧蟠桃會》下八仙皆有合和二仙，但依其人數判斷前者是採用的和合二仙可能為「寒山」與「拾得」，後者則是唐僧人萬回。

　　從上述幾種狀況分析，儘管明代初年就出現上、下八仙之說，但到了清末民間上、下八仙的人選仍然不固定，而且劇作家們創作時寶卷或鼓詞時，對娛樂與傳播的重視大於宗教宣傳，故他們選擇上、下八仙成員時，會取材民間流行的故事、戲曲與小說，視情節所需或人物象徵的意義，挑選民眾所熟悉的仙人拼湊出新的團體，所以上、下八仙人選不固定也無法統一。

第五節　鍾、呂八仙形象小論

　　以八仙為名的神仙團體自清代後雖分為三組，其組成人選合計五十餘人，但人們較為熟稔者仍為鍾離權、李鐵拐、呂洞賓、張果老、藍采和、韓湘子、曹國舅、何仙姑八人。在這組八仙成員中，張果老與韓湘子是真實存在的，其他六位則為道教仙傳與民間傳說中的人物。對於八仙身分的考證與論述，已有不少相關專書與論文，茲將浦江清：〈八仙考〉、方麗娜〈八仙考述〉、張莉雯：《八仙故事淵源考述》及党芳莉《八仙信仰與文學研究——文化傳播的視角》、吳光正《八仙故事系統考論：內丹道宗教神話的建構及其流變》等書中內容整理加上筆者見解略述之。

〔註175〕《中國歌謠集成・吉林卷》在「傳說故事歌」中有〈上八仙〉、〈中八仙〉、〈下八仙〉三首，其中〈上八仙〉為：「上八仙一塊祥雲上下升，空中來了八仙神靈。前方走的海外天子東方朔，後跟長眉大仙李長庚，王禪王敖跨虎豹，金晴白猿能駕雲風，二郎帶著嗓天犬，李太白邀遊四方一溜火星，上八神仙一齊來賀喜，保佑東家富貴榮華百萬年。」詳見中國歌謠集成吉林卷編輯委員會編：《中國歌謠集成・吉林卷》（北京：中國 ISBN 中心，2005 年 5 月），頁508。

一、張果老

　　八仙首見於文獻者為張果老。張果老在唐代事蹟頗多，他的原型是唐玄宗時的張果，新、舊《唐書》方技類中皆載有張果傳，《新唐書》更提及張果有著作《陰符經太無傳》一卷、《陰符經辨命論》一卷、《氣訣》一卷《神仙得道靈藥經》一卷、《罔象成名圖》一卷、《丹砂訣》一卷。〔註176〕若以現存資料來看，最早記載張果事蹟者為唐憲宗元和時劉肅所撰的《大唐新語‧隱逸篇》：

> 張果老先生者，隱於恒州枝條山，往來汾晉。時人傳其長年祕術，
> 耆老咸云：「有兒童時見之，自言數百歲。」則天召之，佯尸於妒女
> 廟前，後有人復於恒山中見。至開元二十三年，刺史韋濟以聞，詔
> 通事舍人裴晤馳驛迎之。果對晤氣絕如死。晤焚香啟請，宣天子求
> 道之意，須臾漸蘇。晤不敢逼，馳還奏之。乃令中書舍人徐嶠、通
> 事舍人盧重玄，齎璽書迎之。果隨嶠至東都，於集賢院肩輿入宮，
> 備加禮敬。公卿皆往拜謁。或問以方外之事，皆詭對。每云：「余是
> 堯時丙子年生。」時人莫能測也。又云：「堯時為侍中。」善於胎息，
> 累日不食，時進美酒及三黃丸。尋下詔曰：「恒州張果老，方外之士
> 也。跡先高上，心入窅冥，是混光塵，應召城闕。莫知甲子之數，
> 且謂義皇上人。問以道樞，盡會宗極。今將行朝禮，爰申寵命。可
> 銀青光祿大夫，仍賜號通玄先生。」累策老病，請歸恒州，賜絹三
> 百疋，拜扶持弟子二人，拜給驛昇至恒州。弟子一人放回，一人相
> 隨入山。無何壽終，或傳尸解。〔註177〕

　　《大唐新語》所記的張果是一個通服氣、修煉內丹的道士，其活動範圍在汾、晉（河北、山西）一帶，文中除了他自陳的誇張年歲外，並無其他神奇的事蹟。不過劉肅言及授張果銀青光祿大夫之事，於《舊唐書》卷八〈玄宗本紀上〉確實有記載：「（開元二十二年）二月辛亥，初置十道採訪處置使，徵恆州張果先生，授銀青光祿大夫，號曰通玄先生。」〔註178〕可見《大唐新語》所記載張果事蹟有一定的真實性。在《大唐新語》中不稱「張果」而稱「張果老」，因為「老」是對年紀大且有一定身分地位者的尊稱，也因「他模樣長得老，顯

〔註176〕 【宋】歐陽修、宋祁撰：《新唐書》，頁991。

〔註177〕 【唐】劉肅，許德楠、李鼎霞點校：《大唐新語》（北京：中華書局，1997年12月），頁157。

〔註178〕 【後晉】劉昫等撰：《舊唐書》（北京：中華書局，2000年1月），頁134。

得歲數大」。〔註179〕史書稱張果號「通玄先生」，而「先生」是唐代是朝廷賜予道士的榮譽稱號〔註180〕，故在《大唐新語》後的文獻提及張果時，多稱「張果老」或稱「張果先生」，如李肇《唐國史補》的「張果老衣物」條：「天寶末，有人於汾晉間古墓穴中，得所賜張果老手詔衣服進之，乃知其異。」〔註181〕顧況〈八月五日歌〉：「梨園弟子傳法曲，張果先生進仙藥。玉座淒涼遊帝京，悲翁回首望承明。」〔註182〕

　　《大唐新語》與《唐國史補》所記張果事並不涉神異，其玄妙事蹟最初出現於唐李德裕的《次柳氏舊聞》，文中除了描寫了玄宗與邢和璞、師夜光三人測試張果的神通變化，其中擊齒再生一事，有仙家神通變化的味道，將張果從一個修煉祕術的道士轉變成有神通妙法的仙人。〔註183〕此後，關於張果的神仙傳說越來越多，也越來越神奇，如唐代鄭處誨《明皇雜錄》、張讀《宣室志》、李亢《獨異志》、牛僧孺《玄怪錄》、沈汾《續仙傳》等皆有記載張果事蹟，最完整者是《明皇雜錄》，書中所記的張果事豐富且神奇，《太平廣記·張果》的記載與它大致相同。《明皇雜錄》中張果拒召佯死、擊齒再生等事在《大唐新語》與《次柳氏舊聞》已出現，至於摺疊白驢、預知玄宗令娶玉真公主、金榼化少年、識漢代仙鹿及葉法善言其為白蝙蝠精等事，應是《明皇雜錄》參考當時民間傳說而寫入。由此可見，張果老形象在晚唐已大致成形，是一位騎乘白驢、身負仙術，然而形容衰老的神仙，至於倒騎驢與唱曲勸世等形象，則是元、明時期才加上的。

二、韓湘子

　　韓湘子與張果老相同，在歷史上確有其人。韓湘，字北渚，又字爽，兩唐書中無專傳記載，只有《新唐書》於〈宰相世系表〉中記韓湘為韓愈姪孫。〔註184〕

〔註179〕馬書田：《中國道教諸神》（北京：團結出版社，1996年4月），頁147。

〔註180〕林西朗：《唐代道教管理制度研究》（成都：巴蜀書社，2006年12月），頁105。

〔註181〕【唐】李肇：《唐國史補》，收入《唐五代小說筆記大觀》（上海：上海古籍出版社，2000年3月），頁164。

〔註182〕【唐】顧況：〈八月五日歌〉，收入【清】彭定求編：《全唐詩》第8冊，頁2499。

〔註183〕【唐】李德裕：《次柳式舊聞》，收入《唐五代小說筆記大觀》（上海：上海古籍出版社，2000年3月），頁466～467。

〔註184〕【宋】歐陽修、宋祁撰：《新唐書》，頁2236。

韓愈名篇〈祭十二郎文〉中的十二郎即為韓湘父親韓老臣，從文中「汝之子始十歲，吾之子始五歲。」〔註185〕之語推測，韓湘約生於唐德宗貞元十年（794年）。根據史實，元和十四年（819年）韓湘二十六歲時，韓愈以諫迎佛骨事而被貶至潮州為刺史。韓湘隨侍從行至貶所潮州，途中韓愈作有七律〈左遷至藍關示姪孫湘〉一首、五言古詩〈宿曾江示姪孫湘〉二首。長慶三年（823年），韓湘年三十，登進士第，授官校書郎，為官期間曾與沈亞之、姚合等人有詩作往來，最終官至大理丞。可見歷史上的韓湘是功名之士而非好道者。

　　功名之士韓湘演變為傳說中神仙韓湘子最主要是受《酉陽雜俎》與《仙傳拾遺》影響。《酉陽雜俎》作者段成式與韓湘大約同時期〔註186〕，其書卷十九〈廣動植類之四〉描述牡丹時，敘述了韓愈疏從子姪善染花奇術並使牡丹冬天盛開的異事：

> 韓愈侍郎有疏從子姪自江淮來，年甚少，韓令學院中伴子弟，子弟
> 悉為淩辱。韓知之，遂為街西假僧院令讀書，經旬，寺主綱復訴其
> 狂率。韓遽令歸，且責曰：「市肆賤類營衣食，尚有一事長處。汝所
> 為如此，竟作何物？」姪拜謝，徐曰：「某有一藝，恨叔不知。」因
> 指階前牡丹曰：「叔要此花青、紫、黃、赤，唯命也。」韓大奇之，
> 遂給所須試之。乃豎箔曲尺遮牡丹叢，不令人窺。掘窠四面，深及
> 其根，寬容入座。唯齎紫礦、輕粉、朱紅，旦暮治其根。幾七日，乃
> 填坑，白其叔曰：「恨校遲一月。」時冬初也。牡丹本紫，及花發，
> 色白紅歷綠，每朵有一聯詩，字色紫，分明乃是韓出官時詩。一韻
> 曰「雲橫秦嶺家何在，雪擁藍關馬不前」十四字，韓大驚異。姪且
> 辭歸江淮，竟不願仕。〔註187〕

《酉陽雜俎》所載的花朵上顯字應屬異術，而染花技術可歸於園藝技巧，然這些文字後來卻成了韓湘展現神異的淵藪。段成式文中雖未提及此子姪的名子，但此人應非子虛烏有，党芳莉認為是韓愈〈徐州贈族姪〉中的這位姪子〔註188〕。

〔註185〕【唐】韓愈著，錢仲聯等校點：《韓愈全集》（上海：上海古籍出版社，1997年10月），頁283。

〔註186〕段成式生卒年為803～863年，韓湘則是生於749年，至823年仍在朝為官，可見兩人生活年代有重合之處。

〔註187〕【唐】段成式：《酉陽雜俎》，收入《唐五代小說筆記大觀》第1冊（上海：上海古籍出版社，2000年3月），頁701。

〔註188〕党芳莉：《八仙信仰與文學研究》，頁46。

晚唐五代道士杜光庭《仙傳拾遺．韓愈外甥》將《酉陽雜俎》加以敷寫：

> 唐吏部侍郎韓愈外甥，忘其名姓，幼而落拓，不讀書，好飲酒。弱
> 冠，往洛下省骨肉，乃慕雲水不歸，僅二十年，杳絕音信。元和中，
> 忽歸長安，知識闃茸，衣服滓弊，行止乖角。吏部以久不相見，容
> 而恕之。一見之後，令於學院中與諸表話論，不近詩書，殊若土偶，
> 唯與小臧賭博，或廄中醉臥三日五日，或出宿於外，吏部懼其犯禁
> 陷法，時或敭之。暇日偶見，問其所長？云：「善卓錢郭子」。試令
> 為之，植一鐵條尺餘，百步內，卓三百六十錢，一一穿之，無差失
> 者。書亦旋有詞句，以資笑樂。又於五十步內，雙鉤草天下太平字，
> 點畫極工。又能於鑪中累三十斤炭，支三日火，火勢常熾，日滿乃
> 消。吏部甚奇之，問其修道，則玄機清話，該博真理，神仙中事，
> 無不詳究。因說小伎，云能染花，紅者可使碧，或一朵具五色，皆
> 可致之。是年秋，與吏部後堂前染白牡丹一叢，云：「來春必作含稜
> 碧色，內合有金；含稜紅間暈者，四面各合有一朵五色者」。自斸其
> 根下置藥，而後栽培之，俟春為驗。無何潛去，不知所之。是歲，
> 上迎佛骨於鳳翔，御樓觀之，一城之人，忘業廢食。吏部上表直諫，
> 忤旨，出為潮州刺史，至商山，泥滑雪深，頗懷鬱鬱，忽見是甥迎
> 馬首而立，拜起勞問，扶鐙接轡，意甚慇懃。至翌日雪霽，送至鄧
> 州，乃白吏部曰：「某師在此，不得遠去，將入玄扈倚帝峰矣」。吏
> 部驚異其言，問其師：即洪崖先生也。東園公方使柔金水玉，作九
> 華丹，火候精微，難於暫捨。吏部加敬曰：「神仙可致乎？至道可求
> 乎？」曰：「得之在心，失之亦心。校功銓善，黜陟之嚴，做王禁也。
> 某他日復當起居，請從此逝」。吏部為五十六字詩以別之曰：「一封
> 朝奏九重天，夕貶潮陽路八千。本為聖朝除弊事，豈將衰朽惜殘年。
> 雲橫秦嶺家何在？雪擁藍關馬不前。知汝遠來應有意，好收吾骨瘴
> 江邊」。與詩訣，揮涕而別，行入林谷，其速如飛。明年春，牡丹花
> 開，數朵花色，一如其說。但每一葉花中，有楷書十四字曰：「雪橫
> 秦嶺家何處？雪擁藍關馬不前」。書勢精，人工所不及，非神仙得道，
> 立見先知，何以及於此也？或云：其後吏部復見之，亦得其月華度
> 世之道，而跡未顯爾。〔註189〕

〔註189〕【宋】李昉：《太平廣記・神仙五四・韓愈外甥》引《仙傳拾遺》，頁331～332。

《仙傳拾遺》中的主人翁從韓愈遠方子侄變成了外甥，內容中也加入了未卜先知、穿錢串子等道教絕技，與藍關相送、師從洪崖、韓愈贈詩、點化韓愈等情節，在此書中韓愈外甥身懷曠世絕技，挾術自售，最終離開塵世，以洪崖先生為師，入道修仙。若說《酉陽雜俎》中的韓愈疏從子侄是有特殊技術的凡人，那《仙傳拾遺》中的韓愈外甥則已是身負奇術的異人了。如《酉陽雜俎》般，《仙傳拾遺》也未說明韓愈這個外甥的名字，然《酉陽雜俎》與《仙傳拾遺》中的牡丹花上皆嵌有「雲橫秦嶺家何處，雪擁藍關馬不前」等字，此為韓愈贈侄孫韓湘之詩，使韓湘與故事產生關聯，這位子侄（外甥）就被附會為韓湘了。北宋劉斧的《青瑣高議·韓湘子》是第一個《酉陽雜俎》與《仙傳拾遺》花開奇術與藍關送別等情節坐實到韓湘身上，並他侄孫身分改成了姪子：「韓湘，字清夫，唐韓文公之侄也，幼養於文公門下。」〔註190〕並有詩自言其志：

> 青山雲水窟，此地是吾家。後夜流瓊液，凌晨散絳霞。琴彈碧玉洞，
> 爐養白朱砂。寶鼎存金虎，丹田養白鴉。一壺藏世界，三尺斬妖邪。
> 解造逡巡酒，能開頃刻花。有人能學我，同共看仙葩。〔註191〕

詩中有極濃厚的出世入道的情懷，且提及自己有「造逡巡酒」、「開頃刻花」之能。《酉陽雜俎》與《仙傳拾遺》花開奇術，都是說能染花變色，《青瑣高議》將其神化為「開頃刻花」，加上贈韓愈詩所說：「舉世盡為名利醉，吾今獨向道中醒。他時定見飛昇去，衝破秋空一點青。」可見這時的韓湘子已是不則不扣的神仙了。劉斧也是首位稱「韓湘」為「韓湘子」者，他為韓湘加上「子」字，應是表示此人為神仙中之少者。〔註192〕

從《酉陽雜俎》經《仙傳拾遺》到《青瑣高議》，可以說是韓湘子故事發展的三個重要階段，韓湘子傳說到南宋基本定型，之後韓湘子故事無論是小說或戲曲幾乎皆以《青瑣高議》的內容來設定韓湘子的身世，並添加白鶴轉世、鍾呂度化、呂七試韓等情節，不但合理化了韓湘子成為八仙的理由，也增加韓湘子故事的宗教性與系統性。

三、藍采和

關於藍采和的事蹟，最早見於五代南唐沈汾《續仙傳·藍采和》中：

〔註190〕【宋】劉斧：《青瑣高議》，收入《宋元筆記小說大觀》第 1 冊，頁 1076。
〔註191〕【宋】劉斧：《青瑣高議》，收入《宋元筆記小說大觀》第 1 冊，頁 1076。
〔註192〕党芳莉：《八仙信仰與文學研究》，頁 48。

藍采和，不知何許人也。常衣破藍衫六鍔，黑木腰帶，闊三寸餘，
一腳著靴，一腳胱行。夏則衫內加絮，冬則外於雪中，氣出如蒸。
每行歌於城市乞索，持大拍板，長三尺餘。常醉踏歌，老少皆隨看
之。機捷諧謔，人問，應聲答之，笑皆絕倒。似狂非狂。行則振靴
言曰：「踏踏歌，藍采和，世界能幾何？紅顏一椿樹，流年一擲梭。
古人混混去不返，今人紛紛來更多。朝騎鸞鳳到碧落，暮見桑田生
白波。長景明暉在空際，金銀宮闕高嵯峨。」歌極多，率皆仙意，
人莫之測。但將錢與之，以長繩穿，拖地行。或散失，亦不迴顧。
或見貧人，卻與之，或與酒家。周遊天下，人有為兒童時至，及斑
白見之，顏狀如故。後踏歌濠、梁間，於酒樓乘醉，有雲鶴笙簫聲，
忽然輕舉於雲中，擲下靴、衫、腰帶、拍板，苒苒而去。〔註193〕

《續仙傳》中藍采和是一個常衣破藍衫六鍔，黑木腰帶，一腳著靴，一腳跣
行的乞丐。他言語詼諧、行為疏狂，有不畏寒暑的體質，最神奇的是容貌經
年不改。他行乞時所唱的道歌「踏踏歌，藍采和，世界能幾何？」出世意味
濃厚，此曲據《江南野史》中載，出於南唐的陳陶仙事中的「藍采禾，塵世
紛紛事更多，爭如賣藥沽酒飲，歸去深崖拍手歌。」〔註194〕故後人以為陳陶
即為藍采和。對此，浦江清認為，陳陶與藍采和並非同一人，甚至「藍采和」
並非人名，它同「籃采禾」、「藍采禾」等，都是有音無義踏歌泛聲。〔註195〕
党芳莉則以藍采和乞丐身分推測此名可能是方言「藍（爛）參（散）合」的
音轉。〔註196〕

　　《續仙傳》敘述藍采和是一行走城市唱曲乞錢的乞丐。乞丐是社會最底層
的貧民，以持缽、賣唱、占卜等方式獲取溫飽。乞丐所唱的歌曲，歌詞多為隨
意編造，內容除了驚醒世俗、感歎人生、抒發感情外，有時也會視主人家的現
況，唱吉祥話祝福。以常理來說，乞丐走街串巷以歌行乞時，是不太可能將自
己的名字嵌入歌中，讓它四處傳播，不過為獲得更多的賞錢，他們編造歌詞時，
刻意強調自身的悲慘遭遇和淒苦生活，以引起人們同情進而獲得更多援助，如

〔註193〕【五代】沈汾：《續仙傳》，收入《中華道藏》第45冊，頁410。
〔註194〕【宋】龍袞撰，張光劍校點：《江南野史》，收入傅璇琮等編《五代史書彙編》
　　　　第九冊（杭州：杭州出版社，2004年5月），頁5213。
〔註195〕浦江清：〈八仙考〉，收入吳光正《八仙文化與八仙文學的現代闡釋：二十世
　　　　紀國際八仙論叢》，頁73。
〔註196〕党芳莉：《八仙信仰與文學研究》，頁62。

民間歌謠《蓮花落》中常有乞丐以第一人稱自哀自怨的情況。唐末五代時戰爭頻繁，異鄉流民進入城市唱歌索乞，內容難免會自憐身世之詞，而「藍（爛）參（散）合」有「破爛而骯髒，顯得通退不整」之意，此可能是當時乞丐們當時的自述之詞，時人或以此語稱呼那些不知姓名且服裝怪異的乞討人，而「藍（爛）參（散）合」與「藍采和」聲音相近，使後者漸成為這類人的代稱。沈汾書中所描述的亦是一位行為殊異的玩世乞丐，不知其姓名，可能聽旁人以「藍采和」稱之，故以此為其名。

　　藍采和乞丐的形象在元代有了改變，元雜劇《漢鍾離度脫藍采和》中視藍采和為伶人許堅，而藍采和成為他的樂名（藝名），他原在勾欄唱雜劇為生，後經漢鍾離度化而成為八仙之一。許堅為南唐隱士，馬令《南唐書》中有傳：「自負布囊，常括不解。每沐浴，不脫衣就浴潤，出而嘆之。或問其故，則言天象昭布，雖白晝亦常參列，人自昧之爾。其可裸程乎！」〔註197〕鄭文寶《江南餘載》亦云：「草裝布囊，或臥於野，或和衣浴潤中，蕭然不接人事，獨笑獨吟而已。……景德中，無疾卒於金陵。歲餘，忽於洪州謁見兵部員外郎陳靖。靖至建康言之。王化基發其墓，已尸解去。」〔註198〕依《南唐書》與《江南餘載》所言，許堅性格放浪形骸、舉止怪異，而其語言、詩作卻又超然物外、醒然出世，與《續仙傳》中的藍采和頗有共通之處。然而，景德（1004）為北宋真宗年號，而南唐滅於北宋開寶八年（975），兩者相差近三十年，而沈汾《續仙傳》成書於五代，書中的藍采和已「輕舉於雲中，擲下靴衫腰帶拍板冉冉而去」〔註199〕，一者成仙於五代甚至更早前，一者卒於宋代之後又復活，兩者為同一人的可能性不大。〔註200〕

　　無論《續仙傳》中的乞丐或《漢鍾離度脫藍采和》中的伶人，藍采和應該都是成年男性，但現今的藍采和卻是多以少年或童子形象呈現，推測和戲曲演

〔註197〕【宋】馬令：《南唐書》卷十五〈隱者傳第十・許堅〉（上海：商務印書館，1935年12月），頁104。

〔註198〕【宋】鄭文寶：《江南餘載》，收入《景印文淵閣四庫全書》第464冊，頁161。

〔註199〕【五代】沈汾：《續仙傳》，收入《中華道藏》第45冊，頁410。

〔註200〕對於《續仙傳》中藍采和故事的時代，學者們有不同的見解，張俐雯等學者據《續仙傳》成書時間而將藍采和故事發生時間定在五代，亦有學者將時間籠統地定為唐五代，如党芳莉等人。而吳光正則依《續仙傳》自序將此一故事發生年代訂為唐代。但無論是故事發生在唐或五代，都可以證明書中所記的藍采都不太可能是卒或尸解於宋代許堅。

出與圖畫有關。〔註201〕浦清江曾提及八仙演出時因腳色分配的關係，會以老旦反串男角飾演藍采和，〔註202〕陳玲玲敘述台灣《蟠桃仙》演出時以正旦扮演藍采和〔註203〕，女角男扮時，其樣貌會較年輕俊俏，比赤腳破衣討喜，然民間畫家做八仙圖時多以吉慶裝飾為目的，取材人物時也多參考戲曲中的裝扮，但戲曲中的藍采和與韓湘子形象皆為年輕男子，兩人同列於一畫中，形象重疊反而失去個人特色，故將藍采和改為少年或童子樣貌，這或許是現代藍采和形象與傳說中成年男子不同的原因。

四、鍾離權

　　鍾離權又被稱為漢鍾離，在傳說故事中多為度人成仙者。鍾離權傳說不知出現何時，敦煌遺書伯希和3810寫卷中〈湘祖白鶴紫芝遁法〉、仵達靈的〈唐仵達靈真人記〉與唐人小說《錄異記》有〈鍾離王祠〉提及鍾離翁、鍾離公、鍾離王，但前二者出現時間仍有待確定，〔註204〕後者則是無法證明與鍾離權有關，故大部分學者仍認為鍾離權傳說起於北宋。然而，宋代文獻中對於鍾離權事蹟記載不多，導致他的身世與生活年代眾說紛紜，目前主要有漢、唐、五代與宋說數種。

　　視鍾離權為漢代人者，有葉夢得《巖下放言》：「權，漢人，仙者。」〔註205〕、

〔註201〕 從《清代以前的八仙圖像及其變幻意涵研究》中所整理出清代以前藍采和圖像來看，藍采和在明代時有中年赤腳的圖樣，但到了清代圖畫中則都是以少年或青年的樣貌出現。詳見楊庭頤：《清代以前的八仙圖像及其變幻意涵研究》（臺北：國立臺北藝術大學碩士論文，2015年6月），頁173～180。

〔註202〕 浦江清：〈八仙考〉，收入吳光正《八仙文化與八仙文學的現代闡釋：二十世紀國際八仙論叢》，頁71。

〔註203〕 陳玲玲：〈臺灣扮仙戲中的八仙〉，收入吳光正《八仙文化與八仙文學的現代闡釋：二十世紀國際八仙論叢》，頁690。

〔註204〕 《湘祖白鶴紫芝遁法》曰：「夫白鶴紫芝遁，乃漢名將鍾離翁傳唐秀士呂純陽。純陽、韓湘子闡陽天教，廣發慈悲，交後之進道。……」收入敦煌遺書伯希和3810寫卷。一般認為此寫卷為唐代作品，但王見川考證其中內容，認為此卷應是明代中後期作品。仵達靈的〈唐仵達靈真人記〉曰：「今天子蒙塵，奸臣竊位，余西邁，又值鍾離公，得偕行同宿，超越三乘。」收入《還丹肘後訣》之末，王見川以文章名稱〈唐仵達靈真人記〉，認為做此標題是唐後之人，且內容與史實多有出入，可能是後人據〈超化寺壁記〉所改寫。詳見王見川：〈敦煌卷子中的鍾離權、呂洞賓、韓湘子資料──兼談「伯三八一○」的抄寫年代〉，《臺灣宗教研究通訊》第3期，2002年4月。

〔註205〕 【宋】葉夢得：《巖下放言》，收入《景印文淵閣四庫全書》第863冊，頁734。

鄭景望《蒙齋筆談》:「權，漢人，不老。」〔註206〕《宣和書譜》是北宋對鍾離權敘述最詳細者，書中載:

> 神仙鍾離先生，名權，不知何時人，而間出接物，自謂生於漢。呂
> 洞賓於先生執弟子禮，有問答語及詩成集。狀其貌者，作偉岸丈夫，
> 或蛾冠紺衣，或虯髯蓬鬢，不冠巾而頂雙髻，文身跣足頎然而立，
> 睥睨物表，真是眼高四海而而遊方之外者。自稱天下都散漢，又稱
> 散人。嘗草其為詩云:「得道高僧不易逢，幾時歸去得相從?」其字
> 畫飄然有淩雲之氣，非凡筆也。〔註207〕

《宣和書譜》中鍾離權自言的出生時代與葉夢得所記吻合，應是將鍾離權作為漢代人，但較讓人納悶的是，作者以分類劃分作家時卻將他的時代歸為宋〔註208〕，這可能是鍾離權相關記載自宋始見所致。《宣和書譜》裡鍾離權「虯髯蓬鬢，不冠巾而頂雙髻，文身跣足頎然而立」的形象，與後世畫家所畫或伶人裝扮的模樣不符。又南宋志盤大師於《佛祖統紀》稱:

> 鍾離權，號雲房。自稱漢時遇王玄甫，得長生之道。避亂入終南山，
> 於石壁間得《靈寶經》，悟陰中有陽，陽中有陰，為天地升降之宜;
> 氣中生水，水中生氣，即心腎交合之理。乃靜坐內觀，遂能身外有
> 身。唐呂巖，字洞賓，三舉進士不第。於長安酒肆遇雲房，將洞賓
> 入終南山，授《靈寶畢法》十二科，曰金誥、玉錄、真原之義，比喻
> 真訣道要，其義有六，包羅五仙之旨，以授洞賓。〔註209〕

《佛祖統紀》中鍾離權自稱「自稱漢時遇王玄甫」，可見鍾離權於漢代時已得長生之道，直至唐代才傳授經典給呂洞賓。元代的道家仙傳多沿用此說，認為鍾離權於漢代避亂入山遇仙人而成仙。

　　認為鍾離權為五代人的說法，最早出自於北宋張師正的《倦遊雜錄》，其云:

> 邢州開元寺一僧院壁，有五代時隱士鍾離權草書詩二絕，筆勢遒逸，

〔註206〕【宋】鄭景望:《蒙齋筆談》，收入《筆記小說大觀》第8冊（揚州:江蘇廣陵古籍刻印社，1983年4月），頁91。
〔註207〕【宋】佚名:《宣和書譜》，收入《景印文淵閣四庫全書》第813冊，頁307。
〔註208〕《宣和書譜‧卷十九‧草書七‧宋》:「神仙鍾離權、錢俶、杜衍、周越。」收入《景印文淵閣四庫全書》》第813冊，頁301。
〔註209〕【宋】志盤:《佛祖統紀》，收入《大正藏》第49冊（臺北，新文豐出版公司，1979年9月），頁393。

詩句亦佳。詩曰：「得道真僧不易逢，幾時歸去願相從。自言住處連滄海，別是蓬萊第一峰。」其二曰：「莫厭追歡語笑頻，尋思離亂可傷神，閒來屈指從頭數，得見昇平有幾人？」後劉從廣知邢州，訪此寺，遂命刊勒此詩於石。〔註210〕

稍後的江少虞《事實類苑》與南宋曾慥《類說》皆引用此說，視鍾離權是五代人。北宋陳朴〈陳先生內丹訣序〉有：「先生名朴，字沖用，唐末五代初人也。五代離亂，避世入蜀，隱居青城大面山，受道於鍾離先生，與呂洞賓同師也。」〔註211〕文中雖沒有明說鍾離權的身世，但表明陳樸與呂洞賓同「受道於鍾離先生」，所以鍾離權應活動於唐末五代之際。

以鍾離權為唐人者，有北宋王常，其《真一金丹訣》云：

昔荊湖北路，草澤大賢，處士鍾離權，泊遊於雲水，至魯國鄒城東南腔炯山玉女峰居之。至大唐顯慶五年庚中歲正月一日壬寅朔，遇之仙賢，引人洞中，授之丹訣，至得（德）內全，後天不老。處士西遊渭水，貨易而隱自洛陽。後至改麟德元年三月二十五日，舉場選試。有鄂州進士呂洞賓，因解名場，訪見鍾離，問及登科，求之得失，因經數舉，不第其名，再謁先生，蒙引道言旨真一金丹煉形之道。〔註212〕

王常說鍾離權是「草澤大賢」，曾在洛陽隱居生並從商來維持生活，並授呂洞賓「金丹煉形之道」，而從其「顯慶五年」、「麟德元年」來看，鍾離權與呂洞賓俱為初唐時人。鄭樵《通志‧金石略》將鍾離權刑州草書至於「右唐中」，也就是將它視為唐代遺蹟。〔註213〕計有功《唐詩紀事》有：「邢州開元寺有唐鍾離權處士二詩」之語〔註214〕，二詩內容即《倦遊雜錄》所錄之詩。《宣和書

〔註210〕 【宋】張師正：《倦遊雜錄》，收入《宋元筆記小說大觀》第 1 冊（上海：上海古籍出版社，2001 年 12 月），頁 740。

〔註211〕 【宋】陳樸：〈陳先生內丹訣序〉，收入《中華道藏》第 19 冊《陳先生內丹訣》，頁 181。

〔註212〕 【宋】王常：《真一金丹訣》，收入《中華道藏》第 19 冊，頁 273。

〔註213〕 【宋】鄭樵：《通志》卷七十三「右唐中」，收入《景印文淵閣四庫全書》第 374 冊，頁 517。

〔註214〕 【宋】計有功：《唐詩紀事》卷七十「鍾離權」條：「邢州開元寺有唐鍾離權處士二詩，其一云：『得道真僧不易逢，幾時歸去願相從。自言住處連滄海，別是蓬萊第一峰。』其一云：『莫厭追歡語笑頻，尋思離亂可傷神，閒來屈指從頭數，得見昇平有幾人？』」（上海：古籍出版社，1987 年 7 月），頁 1046。

譜》稱鍾離權曾於元祐七年七月錄詩四章贈王定國〔註215〕，明胡應麟對此事
考證後認為：

> 蓋宋時羽士假託鍾離權以誑王定國輩。其詩實唐鍾離權所作，而假
> 託者不詳其世，以為即漢鍾離昧，故自稱生於漢，後世因以漢鍾離
> 目之。〔註216〕

胡應麟認為鍾離權為唐人，《宣和書譜》中他寫給王定國的詩是宋人假託的，
但假託者不明鍾離權的來源，故與漢代鍾離昧混淆，而出現「自謂生於漢」的
說法。清胡鳴玉《訂偽雜錄》則直說：

> 唐時仙人鍾離雲房名權，與呂喦同時，嘗自稱天下都散漢鍾離權。
> 今人稱漢鍾離，此誤，以「漢」字屬下，因遂附會。〔註217〕

胡鳴玉以鍾離權與呂洞賓皆為唐代人，因自嘲為統管天下閒散之人的「都散
漢」，而後人因誤解或編點的訛誤，便稱他為「漢鍾離」，甚至誤會他是漢代人。

以鍾離權為宋人者有李裕民，他藉宋代對鍾離權側面的記載來判斷其生
活年代，如蔡條《鐵圍山叢談》：

> 老王先生老志者，濮人也。事親以孝聞，幼曾為伯母吮疽。初去為
> 漕計吏，持心公平，能自守一，毫釐不受人賄，閱二十年。其後每
> 往來市間，遇一丐人，見輒乞之錢。一旦丐人自言：「我鍾離生也。」
> 因授之丹。老志服其丹，始大發狂，遂能逆知未來事。〔註218〕

王老志為北宋末著名的道士，宋徽宗曾封他為「洞微先生」，葉夢得《石林避
暑錄話》、洪邁《夷堅志》、陸游《家世舊聞》、岳珂《桯史》等宋代典籍皆對
他有所記載，其中葉夢得和陸游都提到王老志為鍾離權弟子，那麼鍾離權也應
生活在當時。李裕民又以《倦遊雜錄》、《宣和書譜》等書中對鍾離權的記載資
料，推測鍾離權約生於真宗大中祥符間，主要活動於仁宗至哲宗。〔註219〕

關於鍾離權時代說法雖多，卻都無法證實是否真有其人，且宋代文獻中也
無鍾離權得道的經過，但當他成為道教五祖之一後，教徒們才開始為他編造身

〔註215〕 【宋】佚名：《宣和書譜》，收入《景印文淵閣四庫全書》第813冊，頁307。
〔註216〕 【明】胡應麟：《少室山房筆叢》，頁415。
〔註217〕 【清】胡鳴玉：《訂譌雜錄》卷五「鍾離權」，收入《景印文淵閣四庫全書》
　　　　　第861冊，頁496。
〔註218〕 【宋】蔡條：《鐵圍山叢談》卷五〈魏漢津〉，收入《宋元筆記小說大觀》第
　　　　　三冊，頁3101。
〔註219〕 李裕民：〈呂洞賓考辨——揭示道教史上的諾言〉，《山西大學學報》1991年
　　　　　第1期。

世，神化他的出身。例如趙道一《歷世真仙體道通鑑》、秦志安《金蓮正宗記》、黃魯曾《鍾呂二仙傳》等，前二書中鍾離權為漢人，後者為五代人，相同的是他們都視鍾離權為將軍，因征戰失利而奔逃入山谷，遇見仙人而被授予長生訣與劍訣，終證道成仙。〔註220〕不過這些道經、仙傳中對鍾離權的敘述多為荒謬之言，然他以武者入道的經歷卻廣為大眾接受，成為後世塑造鍾離權故事的基礎。

五、呂洞賓

　　呂洞賓是八仙團體的中心人物，但他到底是誰？他是否是真實的人呢？研究者各有看法，目前最常見者為「非真實存在說」、「唐代真實存在說」、「五代真實存在說」三種：

1. 「非真實存在說」：浦江清對呂洞賓是否真實存在抱持懷疑的態度，他認為：「有沒有呂洞賓這樣一個人，很難說，呂洞賓沒有張果、何仙姑那樣實在。」〔註221〕

2. 「唐代真實存在說」：明王世貞和胡應麟皆主張呂洞賓為唐代人。王世貞認為呂洞賓是唐呂讓之子〔註222〕，胡應麟則以「鍾有二絕，呂有一律見唐諸

〔註220〕趙道一《歷世真仙體道通鑑》卷二十〈鍾離簡〉稱「鍾離簡，後漢人。為郎中，與弟權俱入華山三峰得道。後道備，白日昇天。」同卷〈王玄甫〉：「上仙姓王名玄甫，漢代束海人也。……後傳道與鍾離覺，即正陽子鍾離權也。」卷三十一〈鍾離權〉：「真人姓鍾離名權，後改名覺，字寂道，號和穀子，一號正陽子，又號雲房先生，燕臺人也。一雲京兆咸陽人，曾祖諱朴，祖諱守道，父諱源，皆漢代著名。父列侯至雲中府。……雲少攻文學，仕漢至諫議大夫。因表李堅邊事，謫官江南。漢祚既終，歷魏仕晉。……」可見這個「後漢」試指東漢。秦志安《金蓮正宗記》卷之一〈正陽鍾離真人〉：「先生諱權字雲房，號正陽子……漢滅之後，復仕於晉。……至唐文宗開成年間，因遊廬山，遇呂公洞賓，授以天遁劍法，自稱天下都散漢。」黃魯曾《鍾呂二仙傳》的〈正陽真人鍾離公〉言：「正陽真人複姓鍾離，名權，世號雲房先生，……出仕五代石晉……」可見將鍾離權視為五代人，而在〈純陽真人呂公〉的〈後序〉中，呂洞賓又自稱於唐時在終南山遇鍾離先生，得金丹太乙之功。」同書前後多有矛盾，黃氏此書可能是抄襲拼湊而來，並吾自己觀點。其〈正陽真人鍾離公〉後有「施肩吾謹序」字，故鍾離權五代人之說，可能是施肩吾的觀點，而施肩吾為宋人而非唐人早已為許多學者所懷疑並證實，故黃魯曾《鍾呂二仙傳》對鍾離權的年代應是宋人的看法。

〔註221〕浦江清〈八仙考〉，收入吳光正《八仙文化與八仙文學的現代闡釋：二十世紀國際八仙論叢》，頁79。

〔註222〕【明】王世貞：《弇州山人四部續稿》，收入《景印文淵閣四庫全書》第1284冊，頁469。

選中」〔註223〕之故，言鍾離權、呂嵒俱為中晚唐人。陳尚君最初支援浦江清「唐代記載未見其人」說，後又依「呂讓墓誌」等材料修正，認為呂洞賓似為呂讓之子，其人並非全出道士虛構，也就是說陳尚君認為呂洞賓是真實存在於晚唐。〔註224〕

3. 「五代真實存在說」：此說為清代趙翼所提出，但他並未舉出任何可靠的證據，後人也無人主張此說，直至九零年代前後，馬曉宏、李裕民才又提出呂洞賓為五代時人。馬曉宏在〈呂洞賓神仙信仰溯源〉中認為呂洞賓其人並非子虛，約為五代宋初人。〔註225〕李裕民則根據北宋文獻記載與考古資料，推測呂洞賓所處年代與馬曉宏相同，並且提出呂洞賓只是位隱士而非道士也非神仙。〔註226〕

　　雖然目前這三種說法種說法仍無權威性的證據論斷誰是誰非，因此至今仍無法確定歷史上是否真有呂洞賓其人，不過根據文獻可知兩宋時期時，呂洞賓傳說相當盛行。

　　浦江清曾說：「據我看見的材料，洞賓傳說，起於慶曆，而發源地在岳州，後來傳布開來。」〔註227〕不過早在宋初時，呂洞賓的傳說就已廣為流傳了。宋代小說最早談到呂洞賓者，是宋太祖開寶三年（970）成書的《清異錄》，陶穀於卷下〈酒漿·含春王〉云：「唐末，馮翊城外酒家門額書云：『飛空卻回顧，謝皮含春王。』於『王』字末大書『酒也』。字體散逸，非世俗書，人謂是呂洞賓題。」〔註228〕能成為民眾口頭傳說，其事蹟應已流傳相當長一段時間，因此民間呂洞賓傳說應是在唐末五代時就已出現。太宗時張齊賢《洛陽搢紳舊聞記》的〈田太尉候神仙夜降〉，則較詳細表現出時人對呂洞賓的認知與態度：

> 田太尉重進，始起於戎行，常為太祖皇帝前隊，積勞至侍衛、馬步軍都虞候。太宗朝，移鎮永興軍。重進晚年好道，酷信黃白可成。

〔註223〕【明】胡應麟：《少室山房筆叢》，頁414。

〔註224〕詳見陳尚君：《唐代文學叢考》（北京：中國社會科學出版社，1997年10月），頁56～59。

〔註225〕馬曉宏：〈呂洞賓神仙信仰溯源〉，《世界宗教研究》1986年第三期。

〔註226〕李裕民：〈呂洞賓考辨——揭示道教史上的諾言〉，《山西大學學報》1991年第1期。

〔註227〕浦江清：〈八仙考〉，收入吳光正《八仙文化與八仙文學的現代闡釋：二十世紀國際八仙論叢》，頁79。

〔註228〕【宋】陶穀：《清異錄》，收錄《宋元筆記小說大觀》第1冊，頁113。

有揀停軍人張花項，衣道士服，俗以其項多雕篆，故目之為「花項」。晚出家為道士，今時有人見，尚在關右。自言有術，黃白金可成，重進甚信重之。花項又引一道士為同志，重進與之同飲食，前後所要錢帛，悉資之，無少違者。久之無成，遂給重進云：「涇州本城有一人，即某二人之師。太尉暫能召至，至則其藥立就。」重進發牒詣涇州，令暫發遣至永興軍。涇州以不奉宣命，不敢發。重進使人教之，為有疾不可醫者。本州上言，重進為經營之，得出軍籍。涇之軍既至，重進喜甚。花項曰：「得此人至，同去採所少藥，今年八月必得就。」時已六月矣，前後費用重進錢物，且懼八月無成，必當及禍，遂密同設計，潛謀遁去。花項素不飲酒，偽稱不飲酒。一日，昏黑方來歸衙，田訝之。既至，則已醉矣。明日，怒歸退，面詰之曰：「尊師從來對重進言不解喫酒，昨晚大醉。」辭色俱屬。花項微笑，徐答曰：「某從來實不飲酒，昨日街市，偶見仙人。」言訖，向西望空頂禮。重進曰；「仙人是誰？即今何在？」花項肅容低聲而言曰：「即呂洞賓。」時人皆知呂洞賓為神仙，故花項言見一作「及」。之。重進曰：「見卻何言？」曰：「既見呂洞賓，須相召於街市飲酒，某言不喫，曰：『但飲，必不大醉。』某禮拜謝訖，凡二十餘盞。仍問某何處下，某答云：『在太尉處。』呂曰：『某聞之久矣。太尉武人，好事如此，此人有壽，今已有微疾矣，時田微染風屙。某當暫去，與少藥療之。』」田聞言大喜，曰：「重進粗人，何消神仙下降？」且曰：「何時至？」花項曰：「此月十五日，夜三更必至。呂言不欲多見人，望太尉於東位射弓處，排當帳設，用新好細蓆，於靜室燃香燭，須鮮果好酒。太尉自齋沐，換新衣，具靴笏，深夜候之，必來降矣。」重進曰：「謹受教。」至期，命陳設東位，惟帳裀榻，一一新潔，焚香燃燭。齋潔披秉，瞻望星斗拜告，以俟其至。須臾，報三更矣，不至。又取香燃之，望空再拜。時重進足重，兼染風恙，甚難折腰。是夕熱，拜訖，大喘流汗，衣皆霑濕，略無倦息。須臾，又報四更，重進雖燃香未輟，意疑訝，引頸瞻望，略無兆朕。報四更五點，重進疑怪殊甚，問花項等三人，欲責其虛誕。親信人來白：「尊師門大開，中竟無人，向來囊篋，般運已盡。」蓋花項等詐令

開東邊便門，揭籃俱潛遁矣。重進慚恨嗟歎，但鳴指顧左右曰：「無良漢！無良漢！」自是無復求道術矣。時永興有匿名人，遺詩二首嘲之，置詩於廳事前。田命賓席讀之，愈慚，乃散差人追捕，皆不獲。詩本失其一首，永興士人多能誦之。余授右僕射判永興軍，備知其事，錄之以戒貪夫云。匿名詩曰：「鉛作黃金汞作銀，蒸粱姦倖轉災新。一朝詿惑田重進，半夜攀迎呂洞賓。猷漢出門時引領，點兒得路已潛身。惟稱三箇無良漢，笑殺長安萬萬人。」〔註229〕

此記載主要敘述道士花項借呂洞賓之名行騙的過程，作者雖沒有直言這是一場騙局，但卻詳細交代騙局形成的前因後果。在文中，呂洞賓只出現在花項的口中，並無實際的事蹟，但從「人皆知呂洞賓為神仙」一句，可見北宋太宗年間呂洞賓傳說普及的情況。稍後的《楊文公談苑》中有：「自言呂渭之後，渭四子，溫、恭、儉、讓。讓終海州刺史，洞賓系出海州房。」〔註230〕此段是最早說明呂洞賓家世的記載，文中預測丁謂官途與張泊年歲事，也是他在宋代小說中最早展現的奇能。從《洛陽搢紳舊聞記》、《楊文公談苑》的記載中雖無法証明宋朝是否有呂洞賓其人，但當時人們卻認為呂洞賓是真實存在。慶曆七年王則在貝州（今邢臺市清河縣）叛亂，以宗教維繫人心，甚至有「釋迦佛衰謝，彌勒佛當持世」〔註231〕的口號，並宣稱以李教為謀主。因李教曾在妓院牆上書曰：「呂洞賓、李教同遊」，所以呂洞賓也遭朝廷通緝，待貝州平亂後，在叛軍尋無李教而認為此人已身亡，但朝廷仍持續追捕呂洞賓。〔註232〕由此可見，若非時人相信世有呂洞賓，朝廷又怎麼會有頒布追緝

〔註229〕 【宋】張齊賢：《洛陽搢紳舊聞記》，收入朱易安、傅璇琮等編《全宋筆記》第1編第2冊，（鄭州：大象出版社，2003年10月），頁176～177。

〔註230〕 【宋】楊億口述，黃鑒筆錄，宋庠整理：《楊文公談苑》，收入《宋元筆記小說大觀》第1冊，上海：上海古籍出版社，2001年12月。頁528。

〔註231〕 【元】脫脫等：《宋史‧卷二百九十二‧明鎬傳》（北京：中華書局，2000年1月），頁7940。

〔註232〕 【宋】王銍《默記》：「李教者，都官郎中曇之子。自少不調，學左道變形匿影飛空妖術。既成而精，同黨皆師而信服焉。曇之母以夏月晝寢於堂，而堂階前井中，忽雷電霹靂大震，續有黃龍自井飛出。曇母驚起，開目見之，怖投床下徑死。家人徐視之，乃教所變，龍即教也。教見母死，叫怒杖之垂盡，逐出。教益與惡少薄遊不檢。一日，書娼館曰：「呂洞賓、李教同遊。」曇知其尚存也，遣人四出捕之，尋獲矣，教皇窘自縊死。久之，王則叛於貝州。其徒皆左道用事，聞教妖術最高，聲言教為謀主用事。朝廷亦知教妖術最高，果為則用，不可測也。聞之大駭，捕曇及教妻兒兄弟下獄，冀必得教。雖曇

呂洞賓的禁令呢。

宋代文獻記載不少呂洞賓事蹟，從這些文字中發現他並沒有固定的形象，可以是一個內丹術士，也能以乞丐、算命先生、小范、工匠等身分遊歷世間。這些傳說中對八仙群體形成影響較大者，是他與鍾離權為師徒之說。〔註233〕鍾、呂授受之說，在兩人傳說流傳之初就已經出現，《後山談叢》〔註239〕、《巖下放言》〔註235〕與《宣和書譜》〔註236〕等書都有提及，其中王常《真一金丹訣》敘述較為詳細：

> 後至改麟德元年三月二十五日，舉場選試，有鄂州進士呂洞賓，因
> 解名場，訪見鍾離，問及登科，求之得失，因經數舉，不第其名，
> 再謁先生，蒙引道言旨真一金丹鍊形之道，付呂青牛受之。〔註237〕

除了文人與道士曾記載呂洞賓因屢試不中轉而向鍾離權學道之事，呂洞賓岳州自傳石刻中也提及此事：「吾乃京兆人，唐末，累舉進士不第。因遊華山，遇鍾離，傳授金丹大藥之方。」〔註238〕金元之時，道教徒吸收了宋代鍾呂授受的傳說，將鍾離權與呂洞賓尊為全真教五祖之二，並由此建構出全真教的傳承譜系，如金末元初王重陽〈醉江月〉云：「正陽的祖，又純陽師父，修持深奧。更有真尊唯是叔。海蟾同居三島。弟子重陽，侍尊玄妙。手內擎芝草。歸依至理，就中偏許通耗。」〔註239〕又〈了了歌〉：「漢正陽兮為的祖，唐純陽

言教逐出既自縊死，終不信也。又於娼館得教所題「教與呂洞賓同遊」，又詔天下捕李教及呂洞賓二人。會貝州平，本無李教者，始信其真死矣。乃獨令捕呂洞賓。甚久，乃知其寓託，無其人，乃已。雖知其貝州無李教，所部監司、太守如張垌之、張存十數人前皆重貶，曇責昭州別駕，教妻子皆誅死。」收入《景印文淵閣四庫全書》第1038冊，頁346。

〔註233〕白化文、李鼎霞：〈讀八仙考後記〉：「能把八仙聚合在一起的，是鍾離權和呂洞賓，特別是呂洞賓。」此文收入於吳光正《八仙文化與八仙文學的現代闡釋：二十世紀國際八仙論叢》，頁129。

〔註234〕【宋】陳師道《後山談叢‧呂翁不受鍾離乾汞為白金法》：「道者呂翁某，初遇鍾離先生權，授以乾汞為白金法，翁曰：『後複變否？』曰：『五百歲後藥力盡，則複故。』曰：『五百歲後當複誤人！』謝不受。先生驚嘆，謂有受道之質，遂授出世法。」收入《宋元筆記小說大觀》第2冊，頁1626。

〔註235〕【宋】葉夢得《巖下放言》說呂洞賓：「五代間從鍾離權得道。」收入《景印文淵閣四庫全書》第863冊，頁734。

〔註236〕【宋】佚名《宣和書譜》：「呂洞賓於（鍾離）先生執弟子禮，有問答語及詩成集。」收入《景印文淵閣四庫全書》第813冊，頁307。

〔註237〕【宋】王常：《真一金丹訣》，收入《中華道藏》第19冊，頁273。

〔註238〕【宋】吳曾：《能改齋漫錄》（上海：上海古籍出版社，1979年11月），頁504。

〔註239〕【金】王重陽：《重陽全真集‧卷三》，收入《中華道藏》第26冊，頁294。

兮做師父。燕國海蟾兮是叔主，終南重陽兮弟子。聚為弟子便歸依，待奉三師合聖機。動則四靈神彩結，靜來萬道玉光輝。」〔註240〕馬鈺也有「離傳呂呂傳王，父傳予麻麥豐」〔註241〕、「師祖鍾離傳呂，呂公得，傳授王公。王公了，傳授馬鈺，真行助真功」〔註242〕之語，譚處端、王處一等人也有類似說法，此知鍾、呂二人為師徒為全真教徒的共識。為了完備鍾、呂二人師徒關係與呂洞賓得道成仙的經過，道教徒套用了唐代〈枕中記〉呂翁以夢度化盧生的故事框架，將度人的呂翁替換為鍾離權，做夢的盧生則成為呂洞賓，而呂洞賓黃粱夢覺的傳說也經由道教徒的倡導而流行於世。趙道一《歷世真仙體道通鑑》、苗善時《純陽帝君神化妙通記》、馬致遠等四人合著的《開壇闡教黃粱夢》、宋元戲文《呂洞賓黃粱夢》等，皆是記載或敷演鍾離權度脫呂洞賓事。元代後更有小說與戲曲以此為素材進行創作，如明代蘇漢英《呂真人黃粱夢境記》、汪廷訥《長生記》、佚名《萬仙錄》、鄧志謨《飛劍記》第二回〈呂純陽域鍾離師，鍾離子七試呂洞賓〉、吳元泰《東遊記》第二十三回〈呂洞賓店遇雲房〉等，呂洞賓在故事中或為應舉士人，或為落第書生，或為赴任官員，相同的是在夢覺之後，知世事虛幻，遂入道修行，隨鍾離出世。

呂洞賓的身世與地位歷經宋、金、元大致底定，但他的形象卻因傳播途徑的不同，而有所差異。作為全真教的宗師，教徒將其編入道教典籍與仙傳中，藉他宣傳戒律與教義，這樣的呂洞賓是莊重且威嚴的存在。作為民間傳說的活神仙，呂洞賓行為風流不羈，言語幽默風趣，有時也會展現凡人所擁有的缺點與慾望，讓人覺得親切感十足而深受歡迎。

六、何仙姑

身為八仙中唯一的女性神仙，雖然金代墓雕磚已將其作為八仙之一，但在現存元、明雜劇八仙作場時，她只出現過一次，直到《東遊記》出現並流行後，她才成為固定的成員，因此尹蓉稱她是最晚加入八仙的成員。〔註243〕不過，若以傳說流傳時間來說，與何仙姑有關的仙事較鐵拐李與曹國舅早出現。

〔註240〕【金】王重陽：《重陽全真集・卷九》，收入《中華道藏》第 26 冊，頁 323。

〔註241〕【金】馬鈺：《洞玄金玉集・卷四・贈道友》收熱《中華道藏》第 26 冊，頁 436。此為七言藏頭長篇詩。

〔註242〕【金】馬鈺：《洞玄金玉集・卷十・赴萊州黃籙大醮作》收熱《中華道藏》第 26 冊，頁 474。

〔註243〕尹蓉：〈論八仙中的何仙姑〉，《民族藝術》2004 年第 1 期。

關於何仙姑形象與傳說，大部分學者認為來自於增城何仙姑、永州何仙姑、維陽何仙姑三者。〔註244〕增城何仙姑故事最早見於《太平廣記》引錄中唐小說《廣異記》中的〈何二娘〉：

> 廣州有何二娘者，以織鞋子為業，年二十，與母居。素不修仙術，忽謂母曰：「住此悶，意欲行遊。」後一日便飛去，上羅浮山寺。山僧問其來由，答云：「願事和尚。」自爾恒留居止。初不飲食。每為寺眾採山果充齋。亦不知其所取。羅浮山北是循州，去南海四百里。循州山寺有楊梅樹，大數十圍。何氏每採其實，及齋而返。後循州山寺僧至羅浮山。說云：「某月日有仙女來採楊梅。」驗之，果是何氏所採之日也。由此遠近知其得仙。後乃不復居寺，或旬月則一來耳。唐開元中。勅令黃門使往廣州。求何氏，得之，與使俱入京。中途，黃門使悅其色，意欲挑之而未言。忽云：「中使有如此心，不可留矣。」言畢，踊身而去，不知所之。其後絕跡不至人間矣。〔註245〕

此段記載中的廣州何姓女子，日行八百里為每日為羅浮山僧人採楊梅果充齋，此事傳開來後，遠近知她已修煉成仙。開元時受徵召，進京因途中遭黃門使調戲而縱身離去，從此人間不見其蹤。稍後的《白孔六帖》與《輿地記勝》亦記載其仙蹟，前者說她為「增城何氏女，有神仙之術。」〔註246〕後者於「何仙」下引《會仙觀記》稱「昔有何仙居此，食雲母。唐景龍中白日升仙。」〔註247〕樂史《太平寰宇記》載：「雲母山，在增城縣東七十里，山出雲母。《續南越志》云唐天后朝，增城縣有何氏女服雲母粉得道於羅浮山，因所出名之。」〔註248〕可見這位食雲母何氏女傳說在宋代廣東地區極為盛行，但從各書的敘述中看

〔註244〕党芳莉《八仙信仰與文學研究》言三個何仙姑為增城何仙姑、永州何仙姑、衡州何仙姑，但吳光正考證永州、零陵、衡山，三者實為一。尹蓉也認為歷史上三個何仙姑為廣州增城、湖南永州、江蘇維陽。詳見党芳莉：《八仙信仰與文學研究》頁131～136。吳光正：《八仙故事系統考論：內丹道宗教神話的建構及其流變》（北京：中華書局，2006年8月），頁288。尹蓉：〈論八仙中的何仙姑〉，《民族藝術》2004年第1期。
〔註245〕【宋】李昉：《太平廣記·女仙七·何二娘》，頁390。
〔註246〕【唐】白居易、【宋】孔傳：《白孔六帖》，收入《景印文淵閣四庫全書》第891冊，頁88。
〔註247〕【宋】王象之：《輿地記勝》（北京：中華書局，2003年12月），頁2861。
〔註248〕【宋】樂史：《太平寰宇記·卷157·嶺南道一》，收入《景印文淵閣四庫全書》第470冊，頁468。

不出這位何姓女仙與八仙的關係。這位增城的何姓女仙，趙道一尊其稱何仙姑
〔註249〕，並在《歷世真仙體道通鑒後集》言：

> 何仙姑，廣州增城縣何泰之女也。唐天后時，住雲母溪。年十四五，
> 一夕夢神人教食雲母粉，可得輕身不死。因餌之，誓不嫁。常往來
> 山頂，其行如飛。每朝去，暮則持山果歸，遺其母。後遂辟穀，語
> 言異常。天后遣使召赴闕，中路失之。廣州會仙觀記云：何仙姑居
> 此食雲母，唐中宗景龍中白日昇仙。至玄宗天寶九載，都虛觀會鄉
> 人齋，有五色雲起於麻姑壇，眾皆見之。有仙子縹紗而出，道士蔡
> 天一識其為何仙姑也。代宗大曆中，又現身於小石樓，廣州刺史高
> 暈具上其事於朝。〔註250〕

按上述各書說法，這位何姓女仙應是在廣東得道成仙的地方神，她與八仙中任
何一位人物皆沒有關聯，但因為女仙姓「何」，後來被附會為成八仙中的何仙
姑，明吳元泰《東遊記》中何仙姑的內容就是以增城何姓女仙的事跡為基礎，
鋪敘而成。

　　宋代文獻中曾記載永州、零陵、衡州皆有何仙姑，但零陵縣屬於永州，而
永州與衡州位置相近，皆屬於宋代行政區「荊湖南路」，因此永州與衡州的何
仙姑傳聞應屬同一人。歐陽修《集古錄》卷十〈謝仙火〉條是衡州何仙姑最早
記載的文獻，其曰：

> 右謝仙火字在今岳州華容縣廢玉真宮柱上，倒書而刻之，不知何人
> 書也。傳云大中祥符中，玉真宮為天火所焚，惟留一柱有此字，好
> 事者遂模於石。慶曆中，衡山女子號何仙姑者，絕粒輕身，人皆以
> 為仙也。有以此字問之者，輒曰：「謝仙者，雷部中鬼也，夫婦皆長
> 三尺，其色如玉，掌行火於世間。」後有聞其說者，於道藏中檢之，
> 云實有謝仙名字，主行火，而余說則無之，由是益以何仙姑為真仙
> 矣。近見衡州奏云仙姑死矣，都無神異，客有自衡州來者，雲仙姑
> 晚年羸瘦，面板皺黑，第一衰媼也。〔註251〕

〔註249〕趙道一的《歷世真仙體道通鑒後集》有不少女性神仙都被稱為「仙姑」，如劉
　　　　仙姑、黃仙姑、徐仙姑、維仙姑、趙仙姑、鄭仙姑等，可見「仙姑」是趙道
　　　　一對女仙的敬稱。
〔註250〕【元】趙道一：《歷世真仙體道通鑒後集》，收入《中華道藏》第 47 冊，頁
　　　　651。
〔註251〕【宋】歐陽修：《集古錄》，收入《景印文淵閣四庫全書》第 681 冊，頁 140。

「謝仙火」事在王得臣《麈史》與范致明《岳陽風土記》皆有提及，不過前者稱是「太守滕公宗亮子京問永州何仙姑」後，以鐵筆書之於岳陽樓的楹柱上〔註252〕；後者則說是慶曆六年滕子京諮詢過零陵何仙姑後，令攀而刻於大皇觀西北楹上。〔註253〕此二者皆提及何仙姑言謝仙（謝仙火）為雷神，而《岳陽風土記》又說歐陽修所記「恐得之於傳聞耳」，因此歐陽修所聽聞的衡山何仙姑應從永州傳過去的。

永州何仙姑的身世與事跡於魏泰《東軒筆錄》中有較詳細記載：

> 永州有何氏女，幼遇異人，與桃食之，遂不饑，無漏，自是能逆知人禍福。鄉人神之，為搆樓以居，世謂之何仙姑，士大夫之好奇者多謁之，以問休咎。王達為湖北運使，巡至永州，召於舟中，留數日。是時魏綰知潭州，與達不協，因奏達在永州，取無夫婦人阿何於舟中止宿。〔註254〕

王達問何仙姑一事在高晦叟《珍席放談》亦有提及，不過稱王達為「王逵」。〔註255〕兩書都提及何仙姑遇異人能知人禍福，所以士大夫常拜訪她問事。此

〔註252〕【宋】王得臣《麈史》卷二〈碑碣〉云：「治平中，予令岳州巴陵。州有岳陽樓，樓上有石刻『謝仙火』三字。其序述慶曆中，華容縣一日晦冥震雷，已而殿柱有此。太守滕公宗亮子京問永州何仙姑，答以雷部中神，昆弟二人，並長三尺，鐵筆書之。然予在江湖間，人多以仙為名，又其字類世所間者。孫載積中宰吳興，德清新市鎮覺海寺殿宇宏壯，其碑云皆唐時所建，巨材碟漆，積久剝落，見倒書跡曰：『謝均李約收利火』十餘字，去地三二尺。以紙墨拓之，與岳陽字大小一同。積中因曰：『夫伐木於山者，其火隊既眾，則各刻其名，以為別耳。凡記木必刻於木本，營建法，本在下，故倒書』。由是知仙姑之妄也。」，收入《景印文淵閣四庫全書》第826冊，頁630。

〔註253〕【宋】范致明《岳陽風土記》：「華容令宅東北有老子祠，曰大皇觀。門之左右有二神像，道家所謂青龍、白虎也。捏塑精巧，非常人所能。形質甚大，可動搖。遊觀者往往驗之，以為異。其實胎素中虛，如夾紵作也。祥符八年春二月既望，雷震白虎，西北楹上有倒書「謝仙火」字，入木踰分，字畫道勁，人莫之測。慶曆六年，滕子京令摹而刻之，問零陵何氏女俗謂之何仙姑者，乃曰：「謝仙火，雷部火神也。兄弟二人，各長三尺，形質如玉，好以鐵筆書字，其字高下當以身等。」驗之皆然。東南楹亦有「謝仙」二字，逼近柱礎，又不知何也，其後摹刻岳陽樓上。元豐二年，岳陽樓火，土木碑碣悉為煨燼，惟此三字曾無少損，至今尚存。謝仙火，與歐陽永叔所記大同小異，永叔之說，恐得之傳聞耳。」頁35～36。

〔註254〕【宋】魏泰：《東軒筆記》，收入《宋元筆記小說大觀》第3冊（上海：上海古籍出版社，2001年12月），頁2776。

〔註255〕高晦叟《珍席放談》：「王逵為湖南轉運使。永州何優姑者曾遇異人，得道術，跡甚奇恠。士大夫多訪其居。王行部至永，要詣舟中留宿數夕。魏瓘

外與永州何仙姑有關的還有夏均謁仙姑、狄青問兵事、周廉夫問客、李正臣妻、袁夏問故人亭、題永州故人亭事、張朝奉得藥事、主簿折祿事八事，其中論及何仙姑與呂洞賓關係者，為夏均謁仙姑與周廉夫問客二事，前者出自《東軒筆錄》卷十：

> 潭州士人夏鈞罷言職，過永州，謁何仙姑而問曰：「世人多言呂先生，今安在？」何笑曰：「今日在潭州興化寺設齋。」鈞專記之，到潭日，首於興化寺取齋曆視之，果其日有華州回客設供。〔註256〕

周廉夫問客事則出自《青瑣高議》：

> 道州知州周廉夫潛回闕，道由零陵，見仙姑座上有客，風骨甚峻，顧望尤倨傲，且不揖。廉夫意似怒，其人乃引去。廉夫曰：「彼何人而簡傲若此？」仙姑曰：「乃呂仙翁也。」廉夫急遣人追之，已不見矣。仙姑曰：「仙翁意有所往，即至其地，不逾一刻，身去千里。」廉夫固問仙姑：「呂仙翁今往何處？」仙姑乃四望，見仙翁在燕南府，廉夫自恨而已。〔註257〕

據此二則記載所述，何仙姑與呂洞賓有來往，並能知道呂洞賓的行蹤，因此兩人關係匪淺，這也可能後來將何仙姑視為呂洞賓弟子的根據之一。

至於維陽何仙姑事見於南宋趙彥衛《雲麓漫鈔》，此書卷二〈詩寄太原學士〉記載鍾離權贈王古敏詩時曾提到何仙姑曰：

> 風燈泡沫兩相悲，未肯遺榮自保持。頷下藏珠當猛取，身中有道更求誰？才高雅稱神仙骨，智照靈如大寶龜。一半青山無買處，與君攜手話希夷。
>
> 　　　　　　　　元祐七年九月九日，鍾離權書。
>
> 潁川莊綽跋云：「昔維揚有何仙姑者，世以為謫仙，能與其靈接。一日鍾離過之，使治黃素，乃書此詩。呂公亦跋其後，令俟王學士至而授之。後數日，王古敏仲自貳卿出守會稽，至維揚，訪姑，即以

帥長沙與之不協，遂聞諸朝，云：『遠取無夫婦人宿於船。』由是罷。魏所言雖險妄，而遠為使者，舉措殊弗遠嫌，取人指目亦未得無罪焉。古人於寡婦之子非見焉，不與之友可弗念哉？」收入《景印文淵閣四庫全書》第1037 冊，頁548。

〔註256〕 【宋】魏泰：《東軒筆記》，收入《宋元筆記小說大觀》第3 冊，頁2751。

〔註257〕 【宋】劉斧：《青瑣高議》，收入《宋元筆記小說大觀》第1 冊（上海：上海古籍出版社，2001 年12 月），頁1075。

與之。」〔註258〕

古代被稱為仙姑者大多是民間的巫女或仙娘〔註259〕，永州的何仙姑有預言與通仙的能力，維揚的何仙姑亦能溝通神鬼，可見兩地的「仙姑」應當都是當地著名的巫女。不過相較於永州的何仙姑只提及與呂洞賓交往，維揚何仙姑傳還曾得鍾離權傳授道經，讓她與後來八仙的更加密切。

　　除了上述三個何仙姑故事系統外，還有宋代還有一個趙仙姑。趙仙姑最早出現於吳曾《能改齋漫錄》中的呂洞賓「自傳」石刻，文云：「吾得道年五十，第一度郭上竈，第二度趙仙姑。郭性頑鈍，只與追錢延年之法。趙性通靈，隨吾左右。」〔註260〕這位趙仙姑因與呂洞賓有師徒關係，而宋代何仙姑故事又常提及她與呂洞賓關係密切，故元代道教徒將永州何仙姑與趙仙姑合二為一，如元代趙道一《歷世真仙體道通鑒‧呂嵓傳》稱「趙仙姑，法名何二。」〔註261〕與《歷世真仙體道通鑒後集‧趙仙姑傳》中也稱她「名何，永州零陵人。」〔註262〕《呂祖志》卷一〈真人自記〉言直接將石刻自傳中趙仙姑改為何仙姑，稱：「吾道成以來所度者，何仙姑、郭上竈二人」〔註263〕，卷三〈何仙遇道〉中則敘述呂洞賓賜仙果於何仙姑，使她不饑無漏，且能洞知人事休咎，後尸解去。〔註264〕呂、何兩人師徒關係經道教徒之手而確立，這也是她為八仙之一的重要契機。

　　浦江清說何仙姑傳說是由實而虛的發展，先有這個人才有後面的傳說，〔註265〕其實何仙姑近似曾師永義所說的「影子人物」〔註266〕，是眾人對於民

〔註258〕【宋】趙彥衛撰，傅根清點校：《雲麓漫鈔》（北京：中華書局，1996年8月），頁23。

〔註259〕黃海德：《天上人間：道教神仙譜系》（成都：四川人民出版社，1994年7月），頁196。

〔註260〕【宋】吳曾：《能改齋漫錄》，頁504。

〔註261〕【元】趙道一：《歷世真仙體道通鑒》，收入《中華道藏》第47冊，頁515。

〔註262〕【元】趙道一：《歷世真仙體道通鑒後集》，收入《中華道藏》第47冊，頁657。

〔註263〕【明】佚名：《呂祖志》，收入張繼禹主編：《中華道藏》第48冊（北京：華夏出版社，2004年），頁489。

〔註264〕【明】佚名：《呂祖志》，收入張繼禹主編：《中華道藏》第48冊，頁507～508。

〔註265〕浦江清：〈八仙考〉，收入吳光正《八仙文化與八仙文學的現代闡釋：二十世紀國際八仙論叢》，頁82。

〔註266〕民間故事中，有一種人物在歷史極為初民，但事實上在可信的史籍卻查詢不到與此人有關資料。這個人物，本來是既無姓也無名，像是一個影子般，後

間女巫仙化的共同觀感，所以將許多民間女巫事蹟都被附會在她名下。後因道教徒傳教所需，使她成為呂洞賓弟子而被歸入道教神仙體系，成為道教著名女仙之一。

七、鐵拐李

　　鐵拐李事蹟在宋以前不見記載，明王世貞〈題八仙像後〉考證八仙人物時，獨缺鐵拐李，清趙翼《陔餘叢考》更稱：「鐵拐李史傳並無其人。」〔註267〕考諸清代以前筆記、仙傳，書中提及李姓神仙或拐仙，有「蜀八仙」的李八百與李阿、宋代的劉跛子。

　　李八百此仙在文獻中有不少關於他的記載，《抱朴子》稱：「吳大帝時，蜀中有李阿者，穴居不食，傳世見之，號為八百歲公。」在此葛洪將李八百與李阿視為同一人，但其所做的《神仙傳》卻又將李八百與李阿分為二人。《神仙傳》云：「李八百李八百，蜀人也，莫知其名。歷世見之，時人計其年八百歲，因以為號。」他曾考驗唐公昉，並授以度世之訣與丹經，唐公昉據此入山作藥，藥成服之而飛升。〔註268〕此外《晉書》卷五八〈周箚傳〉謂：「道士李脫，以妖術惑眾，自言八百歲，故號李八百。」〔註269〕《鐵圍山叢談》載魏漢津「遇李良仙人，以其八百歲，世號『李八百』者。」〔註270〕可見李八百並非一人，可能是對李姓長壽仙人的稱呼。李阿，據《神仙傳》所載他「常乞於成都市，所得復散賜與貧窮者」，此人容貌不老，刀折後能以奇術將其復原，他曾將腿至於車下，車輾後腿折而死，須臾又復活，後自稱受崑崙山召而去。〔註271〕這兩位李姓仙人，前者雖有試驗傳經之舉，但與後世鐵拐李形象與事蹟並無關聯。後者曾為乞丐，斷腿而亡後又復生，雖然形象上與鐵拐李有部分重合，但《神仙傳》並沒有強調此人死而復生是否為有「拐」、「跛」，故也無法確定與鐵拐李有關。鐵拐李最重要的特徵在於「拐」、「跛」，而唐宋以來的神仙傳記

來為了彰顯其功能，他被安上姓名，且經由文人筆墨下和說唱口舌中，成為一位典型人物，這位典型人物便含有眾人認定的觀感在其中。詳見曾永義：《俗文學概論》（臺北：三民書局，2003年6月），頁450。
〔註267〕【清】趙翼：《陔餘叢考》，頁744。
〔註268〕見【宋】李昉《太平廣記》引《神仙傳》，頁49～50。
〔註269〕【唐】房玄齡等撰：《晉書》，頁1043。
〔註270〕【宋】蔡絛：《鐵圍山叢談》卷五〈魏漢津〉，收入《宋元筆記小說大觀》第3冊，頁3100～3101。
〔註271〕見【宋】李昉《太平廣記》引《神仙傳》，頁50。

中較為相關的記載，則有除了上述李阿略能符合外，尚有奇人劉跛子和無名無姓但為純陽弟子的跛仙兩人較符合鐵拐李的形象。

劉跛子，宋僧惠洪《冷齋夜話》卷八中有三條相關提及跛子，前二者為「劉跛子說二范詩」與「陳瑩中贈跛子長短句」，一則寫劉跛子為人談謔有味，每歲必一至洛陽觀花，與范家子弟交遊；一則寫張商英車馬過市，跛子聞之寵辱不驚，並挽其衣使飲且作詩，太學士陳瑩中亦曾經做詞贈之，贊其逍遙自在的人生態度。〔註272〕文末以趙概之孫女言幼時見來覓吃酒一事，推測其壽有百四十五年許。後者為〈野夫長短句〉，此是劉野夫因久滯南京，彭淵才以書督之，他回淵材信中自詡：「元神新來，被劉法師、徐神翁形跡得不成模樣。」〔註273〕又嘗自作長短句言：

> 跛子年年，形容何似，儼然一部髭須。世人詩大拐上有工夫，達南州北縣，逢著處，酒滿葫蘆。醺醺醉，不知來日，何處度朝晡。洛陽，花看了，歸來帝里，一事全無。若還與瓠羹不托，依舊再作門徒。驀地思量，下水輕船上，蘆席橫鋪。呵呵笑，睢陽門外，有箇好西湖。〔註274〕

《冷齋夜話》前兩則雖未說明劉跛子的名字，但范公偁《過庭錄》云：「有學老子者曰劉跛子，頗有異行。時至洛看花，一日告人曰：『吾某日當死。』至期果然。」文中所載朱敦復為其所作之墓誌銘中有「豐髯大腹右扶拐，不知年壽及平生。」、「跛子劉姓河東鄉，山老其名野夫字。豐髯大腹右扶拐，不知年壽及平生。王侯士庶有敬問，怒罵掣走或僵死。洛陽十年為花至，政和辛卯以酒終。南宮道旁塚三尺，無孔鐵錘今已矣。」〔註275〕可見《冷齋夜話》前兩條那位性詼諧，愛喝酒、喜賞花，逍遙無羈、寵辱不驚的劉跛子應是劉野夫。這位劉野夫自稱跛子，面上多髭須及以葫蘆裝酒的形象，都與後世的鐵拐李相似。又劉野夫曾以信助德莊避免火災〔註276〕，可見是有奇能者，他自稱與徐

〔註272〕【宋】釋惠洪：《冷齋夜話》，收入《景印文淵閣四庫全書》第863冊，269～270。

〔註273〕【宋】釋惠洪：《冷齋夜話》，收入《景印文淵閣四庫全書》第863冊，頁270。

〔註274〕【宋】釋惠洪：《冷齋夜話》，收入《景印文淵閣四庫全書》第863冊，頁270。

〔註275〕【宋】范公偁：《過庭錄》，收入《景印文淵閣四庫全書》第1038冊，頁248。

〔註276〕【宋】釋惠洪：《冷齋夜話·卷九·劉野夫免德莊火災》：「劉野夫上元夕以書約德莊曰：『今夜欲與君語，令閤必盡室出觀燈，當清淨身心相候。』德莊雅敬其為人，危坐三鼓矣，家人輩未還，野夫亦竟不至。俄火自門而燒，德莊窘，持詰牒犯烈焰而出。頃刻，數百舍為瓦礫之場。明日，野夫來弔，且欣

神翁交遊，而徐神翁為宋、元八仙之一，由此來看劉野夫極可能是鐵拐李的雛形。

另一位跛仙見於南宋初道士陳田夫《南嶽總勝集・卷中・聖壽觀》：

> 太平興國中，有跛仙遇呂洞賓於君山，後亦隱此，行靈龜吞吐之法。
>
> 功成回岳麓，自號瀟湘子。〔註277〕

這位為北宋初時人，無名無姓，且曾遇呂洞賓於君山，故浦江清認為這位跛仙與八仙的鐵拐李「無有不合之處」。〔註278〕宋代的劉野夫與自號瀟湘子的跛仙因有共同特徵，後來逐漸被捏合為劉跛仙，並將他視為呂洞賓弟子，元代苗善時《純陽帝君神化妙通紀・度劉跛仙第七十二化》言：「長沙劉跛仙，遇帝君於君山，得靈龜息砼之法。功成歸隱岳麓，號瀟湘子。常侍帝君，往來黃洞，併數遊城下。」〔註279〕至於這位劉跛仙為何變成為李跛仙呢？浦江清認為李是劉字音訛所導致〔註280〕，王漢民更進一步指出「劉」與「李」、「野」與「岳」在一些地方方言中有些接近，「鐵拐李岳」也許是「鐵拐劉野」音近附會而成，〔註281〕因此在南宋末李簡易《玉谿子丹經指要・混元仙派圖》中鐵拐李就被置於呂洞賓門下。

在元雜劇《呂洞賓度鐵拐李岳》中，岳伯川給了鐵拐李一個完整的身分，詳細敘述他的生平。劇中稱鐵拐李本名岳壽，任官六案都孔目，所以又稱岳孔目，因觸犯上級而驚死，呂洞賓讓他借瘸子李屠之屍還魂，還魂之後名為李岳，這也是最早的鐵拐李附身跛子的記載。張俐雯認為「李岳」一名，只有標誌作用並沒有具體意義，之後鐵拐李的雜劇如明代《紫陽仙三度常椿壽》、《瑤池會八仙慶壽》等劇，都以為他本姓「岳」，「鐵拐李」成為他死而復生後的一個代稱。〔註282〕還魂附身的情節，也見於《歷代神仙演義》、《列仙全傳》、《潛確類書》等，其中王世貞輯次的《有象列仙全傳》以道教「元神出竅」概念，重

曰：『令閤已不出是吾憂，幸出可賀也。』德莊心異野夫，然不欲詰之也。」收入《景印文淵閣四庫全書》第 863 冊，頁 276～277。
〔註277〕【宋】陳田夫：《南嶽總勝集》，收入《中華道藏》第 48 冊，頁 530。
〔註278〕浦江清：〈八仙考〉，收入吳光正《八仙文化與八仙文學的現代闡釋：二十世紀國際八仙論叢》，頁 88。
〔註279〕【元】苗善時：《純陽帝君神化妙通紀》，收入《中華道藏》第 46 冊，頁 469。
〔註280〕浦江清：〈八仙考〉，收入吳光正《八仙文化與八仙文學的現代闡釋：二十世紀國際八仙論叢》，頁 89。
〔註281〕王漢民：《八仙與中國文化》，頁 32。
〔註282〕張俐雯：〈八仙人物淵源考述〉，《高雄工學院學報》1 期，1994 年 6 月

新解釋為何鐵拐李為跛丐，卷一〈鐵拐先生〉云：

> 鐵拐先生，李其姓也。質本魁梧，早得道。修真巖穴時，李老君與
> 宛丘先生嘗降山齋，誨以道教。一日，先生將赴老君之約於華山，
> 囑其徒曰：「吾魄在此，儻遊魂七日而不返，若甫可化吾魄也」徒以
> 母疾迅歸，六日而化之。先生至七日果歸，失魄無依，乃附一餓莩
> 之屍而起，故形跛惡，非其質也。〔註283〕

此則說法應該是當時較為盛行的鐵拐李傳說，吳元泰《東遊記》中鐵拐李故事
亦同此。從元雜劇和小說看來，死後還魂與跛足惡形已成鐵拐李的基本形象
了，在現代眾多民間傳說中，他就是以跛足乞丐形象行走人間，度化世人。

八、曹國舅

　　曹國舅的相關傳說在八仙之中出現最晚，兩宋筆記小說中不見相關記載，
雖然南宋末李簡易《玉谿子丹經指要·混元仙派圖》已將他視為呂洞賓之徒，
白玉蟾亦有〈詠四仙·曹國舅〉贊：「竊得玉京桃，踏斷金華草。白雲滿簑衣，
內有金丹寶。」〔註284〕但兩者對曹國舅身世背景與事蹟皆無敘述，只能根據
內容只能推測這位曹國舅與內丹道有關。

　　最早敘述曹國舅身世與成仙過程者為苗善時《純陽帝君神化妙通紀·度曹
國舅第十七化》，文中載：

> 曹國舅，本傳丞相曹彬之子，曾（曹）皇后之弟。美貌鉗髮，秀麗
> 敏捷。本性安恬，天資純善。不喜富貴，酷慕清虛。年十二三歲，
> 三教經書一覽精通。自幼出入禁中，上及後妃皆愛敬之。上每與語，
> 惟言清靜自然，元為治政。上甚喜，嘗錫衣黃袍紅條，惟稽首謝而
> 已。一日辭上及後，上問何往，曰：道人家信意十方，隨心四海。
> 上與後阻當數次，賜鞍馬人從，皆不受。上賜一金牌，刻云：「國舅
> 到處，如朕親行。」遂三五日忽不知所往，惟持茱籬化錢度日。忽
> 到黃河渡，捎工索渡錢，曰：「我道人家，役錢。」捎工毀罵，逐下
> 船，遂於衣中取出金牌與捎工，准渡錢。舟中人見上字，皆呼萬歲，
> 捎工驚懼。有一藍縷道人坐船中喝叫：「汝既出家，如何倚勢驚欺人。」
> 曹恭身稽首曰：「弟子弟子安敢倚勢。」「能棄於水中否？」曹隨聲

〔註283〕【明】王世貞輯次：《有象列仙全》，明萬曆時期汪雲鵬校刊本。
〔註284〕【宋】白玉蟾：《修真十書武夷集》，收入《中華道藏》第19冊，頁980。

－94－

將金牌擲向深流，眾皆驚拜。道人呼曹上岸，同我去來。曹諾，遂
隨道人上岸。同行數里，在一大樹下歇，道人問曹曰：「汝曾識洞賓
否？」曹曰：「弟子濁夫，何識仙人。」道人歎曰：「吾是也，特來度
汝。」曹再拜，後同往，授以道妙口訣，修證仙果。亦有《仙文集》
傳留於世云。〔註285〕

曹國舅為皇后之弟，出外遊歷時因過江無錢付渡資而出示皇帝所贈與的金牌，
卻被呂洞賓斥責倚勢欺人，之後他棄金牌於水中，隨呂洞賓上岸，呂授以道妙
口訣，終修成正道成仙。《純陽帝君神化妙通紀》所說被王世貞〈題八仙像後〉
與陳仁錫《潛確類書》所接受，皆以曹佾為八仙中的曹國舅。然真實歷史中曹
佾並非道經中所說為曹彬之子，而是曹彬之孫。《宋史・曹佾傳》中言曹佾為
慈聖光憲皇后弟，是一位性和易，美儀度，通音律，善弈射，喜詩寡過且善自
保的皇家勛戚，七十二歲卒後被追封為沂王。〔註286〕因為《宋史》的記載，
胡應麟與趙翼等明清學者對曹佾為曹國舅之說，不以為然，認為是傳聞之妄
也。不過浦江清考證曹國舅時仍稱：「按曹國舅大概即是曹佾的傳說。」並猜
測可能是因其心志恬退，好故事者將其傳為求仙訪道之人，畫工取其貴顯美儀
度而將其加入八仙慶壽隊伍中，才導致曹國舅為呂洞賓弟子說法。〔註287〕吳
光正則從道經紀載發現，曹國舅是因內丹道為了宣傳，將其收編為呂洞賓弟
子，進而加入八仙之中。〔註288〕

在金代的兩組墓雕磚八仙象中，曹國舅皆擠身其中。董明墓中曹國舅雙
髻，面帶微笑，著袰衣，左手懸一籃，手持笊籬；侯馬 65H4M102 號墓中曹國
舅一人束箍，似綁垂髻，蓄鬚，左手持笊籬，揹於肩上。雖兩墓中曹國舅形象
略有差異，但共同點是都手持笊籬。這個特點為元人所承，元代雜劇《城南柳》
中曹國舅「提笊籬不認椒房」〔註289〕，《純陽帝君神化妙通紀・度曹國舅第十
七化》中曹佾「持笊籬化錢度日」〔註290〕，永樂宮純陽殿壁畫中《神化度曹

〔註285〕【元】苗善時：《純陽帝君神化妙通紀》，收入《中華道藏》第 46 冊，頁
458。

〔註286〕【元】脫脫：《宋史》，收入四庫全書 288 冊，頁 507。

〔註287〕浦江清：〈八仙考〉，收入於吳光正《八仙文化與八仙文學的現代闡釋：二十
世紀國際八仙論叢》，頁 90。

〔註288〕吳光正：《八仙故事系統考論：內丹道宗教神話的建構及其流變》，頁 330。

〔註289〕王季思主編：《全元戲曲（五）》（北京：人民文學出版社，1999 年 2 月），頁
312。

〔註290〕【元】苗善時：《純陽帝君神化妙通紀》，收入《中華道藏》第 46 冊，頁 458。

國舅》榜題記曹國舅持笊籬渡河〔註291〕，無名氏〔雙調‧水仙子〕〈曹國舅〉云：「玉堂金馬一朝臣，翻作崑崙頂上人。腰間不掛黃金印，閒隨著呂洞賓，林泉下養性修真。金牌腰中帶，笊籬手內存，更不做國戚皇親。」〔註292〕等，可看出金、元時笊籬為曹國舅的象徵法器。笊籬在許多明雜劇中仍是曹國舅的穿關〔註293〕，不過在小說與南戲中曹國舅法器逐漸產生變化，明代《東遊記》中曹國舅以玉板投入水中渡海，《南遊記》中曹國舅為玉皇大帝獻上析板，《邯鄲記》中曹國舅手握象簡朝紳，明代《有象列仙全傳》中曹國舅著朝服，不帶法器等。曹國舅法器的變化是在何仙姑成為八仙班底後，曹國舅因身分顯赫，畫工製圖時，其穿著打扮貴氣為主，若法器為笊籬的話圖形會顯突兀不協調，故依其身分將法器改以朝笏或形狀相似的玉板，而笊籬則成了何仙姑的法器。至於《南遊記》中，曹國舅在賽寶會獻上析板，並稱：「臣此寶一析，三界通知，敲開能呼使用，收聚伏鬼，合籠捉邪，大有神通。」此析板可分可合，又被稱為「陰陽板」合時如一玉板，分時如同樂器拍板，但因畫工之故，將分開的玉板畫成拍板，導致拍板也成為了曹國舅的法器，如今曹國舅就是手持玉板或拍板的形象呈現在民間文化中。

結語

　　鍾、呂等八仙的形成與定型，並非一朝一代能完成，中國民間的神仙信仰孕育出無數的仙話與神仙，而八仙個別的仙人故事也因此產生。數字崇拜反映了中國人的文化與哲學觀，其中「八」這個數字不但能指八個單獨的個體，在中國的哲學觀與空間觀上，亦可代表一個整體，因「八」多方面的意涵，進而使「八仙」成為中國特殊的象徵。歷史上出現了多組「八仙」，如漢代的淮南八仙、唐代的飲中八仙、五代的蜀中八仙與宋代以後的鍾、呂八仙，雖然他們並非全與道教神仙信仰有關，但卻都有著逍遙、無羈的精神共性。唐代以後，

〔註291〕林聖智：〈八仙的變身：狩野山雪〈群仙圖〉的相關問題〉，《藝術學研究》2016 年 06 月第十八期。

〔註292〕隋樹森編：《全元散曲》，頁 1893。

〔註293〕林保淳於〈八仙法器異說考〉中整理了元、明二朝「八仙戲」所見的「法器」與相關裝扮，在二十七部雜劇中，十五部出現曹國舅，而他以笊籬或竹罩為穿關者有十二部。詳見林保淳：〈八仙法器異說考〉《紀念婁子匡先生百歲冥誕之民俗學國際學術研討會論文集》(臺北：萬卷樓圖書股份有限公司，2015 年 1 月)，頁 391～394。

　　道家思想中的神仙信仰趨向於世俗與務實，越能呈現民眾內心嚮往的神仙就越受到歡迎，在南宋社火活動中甚至出現代表歡樂吉祥的八仙道人，由金代所出土的墓雕磚判斷，這八仙即可能是鍾離權、呂洞賓等八人最初的形象。然在宋金資料中，尚不知此八人聚合之因，直至元代道教徒為了宣傳以師徒授受關係連繫八人，再經由雜劇廣傳於世，使八仙成為相當受民眾歡迎的神仙團體，然此時的八仙成員尚未完全固定，直至明代中葉，在八仙畫、《邯鄲記》、《東遊記》等推波助瀾下，民間所流傳的由鐵拐李、鍾離權、呂洞賓、韓湘子、曹國舅、張果老、藍采和、何仙姑所組成的八仙，逐漸成為民眾的共識，進而流傳之今。

第三章 小說中的八仙

　　小說是傳播八仙事蹟重要的途徑，對八仙形象的建構與信仰的發展有舉足輕重的地位。八仙小說依其文字與篇幅，可約略分為短篇文言筆記小說與中、長篇通俗小說兩種。筆記小說以描寫八仙身世、神蹟為主，作者通常是以史家的態度來記錄、編纂，以證明神道之不誣，雖然情節簡略、人物形象單一，然卻是明清八仙小說創作的基礎。明清兩代章回小說的盛行，文人在宗教或商業的考量下，以八仙為題材的中、長篇小說相繼問世，作者匯聚各種八仙傳說加以改寫，將八仙人性化，減輕他們神祕色彩，加強與世俗的聯結，使其獲得群眾的喜愛。

第一節　筆記、仙傳中的八仙

　　筆記小說中的八仙故事是作者據見聞寫下，對於內容他們或信以為真或有所質疑，因屬於私家撰述，不易受文學、政治等忌諱的約束，加上作者們多概略敘述事件經過，不刻意修飾文辭，雖篇幅短小、情節簡單，但較能忠實反應當時流傳的八仙事蹟。依筆記小說八仙故事出現的時間，可將其分成三個時期：唐至北宋、南宋與元以及明、清兩代。

一、唐至北宋：傳說的萌芽與發展

　　隋唐到北宋，統治者因對道教的喜好而大力扶持，道教在各方面迅速發展。為了擴大影響力，道士及好道文人紛紛整理古今異人事蹟，編纂神仙傳記，樹立典型以供信徒效法、膜拜。一般文人也因興趣廣泛而蒐集當時流傳的神仙

與異人消息，予以記錄或改寫，後經道教吸收、整理，發展出新的傳說。張果老、藍采和、呂洞賓等人的傳說就是在這背景下出現。〔註1〕

（一）生平與軼事

八仙傳說被載於筆記小說時，最初以他們的軼事與神蹟為主。軼事方面描述八仙的家世背景、交遊狀況，內容志怪性質較弱，甚至有志怪無關者。如《雞肋編》〔註2〕：

> 呂惠卿自負高才，久排在外。大觀間，始召至京師，為太一宮使。時年八十歲矣，視宰輔貴臣皆晚進出己下者，意氣頗自得。一日延見眾客，有道士亦在其間，自稱宗人，禮數簡易。呂視之不平，因問其所能。曰：「能詩。」呂顧空際有紙鳶，使賦之。道士應聲曰：「因風相激在雲端，擾擾兒童仰面看。莫為絲多便高放，也防風緊卻收難。」呂知其譏己，有慚色，方顧他客，道士已失所在，其風骨如世之畫呂洞賓，人皆疑其是也。〔註3〕

此則記載描述呂洞賓作詩諷刺呂吉甫才高自負，文中呂洞賓雖以道士的身分出現，但其行為舉止並無任何奇異之處，故可歸為志人小說。類似記載，在宋代文獻中並不少見，如《倦遊雜錄》的鍾離權書法〔註4〕、《東坡詩話》呂洞賓寫詩於東老庵壁〔註5〕、《西清詩話》的方士令牧童答詩鍾弱翁〔註6〕等，這些

〔註1〕詳見詹石窗：《道教文化十五講》（北京：北京大學出版社，2003年1月），頁318～319。

〔註2〕《雞肋篇》雖成書於高宗紹興三年，但作者時代橫跨北宋末至南宋初，且書中所記多北宋時事，故置此處討論。之後《巖下放言》、《能改齋漫錄》等書皆以傳說發生時間作為分類準則。

〔註3〕【宋】莊綽：《雞肋編》，收入《宋元筆記小說大觀》第4冊（上海：上海古籍出版社，2001年12月），頁4058。

〔註4〕【宋】張師正：《倦遊雜錄》，收入《宋元筆記小說大觀》第1冊，頁740。

〔註5〕【宋】阮閱《詩話總龜》卷四十引《西清詩話》：「鍾弱翁帥平涼，一方士通謁，從牧童牽黃犢立於庭下。弱翁異之，指牧童曰：『道人頗能賦此乎？』笑曰：『不煩我語，是兒能之。』牧童乃操筆大書云：『草鋪橫野六七里，笛弄晚風三四聲。歸來飽飯黃昏後，不脫蓑衣臥月明。』既去，郡人見方士擔兩大甕，長歌出郭，跡之不見。兩甕乃二口，豈洞賓耶！」見【宋】阮閱編，周本淳校點：《詩話總龜（後集）》（北京：人民文學出版社，1987年8月），頁257。

〔註6〕【宋】阮閱《詩話總龜》卷四十引《東坡詩話》：「回先生過湖州東林沈氏飲醉，以石榴〔皮〕書其家東老庵之壁云：『西鄰已富憂不足，東老雖貧樂有餘。白酒釀來緣好客，黃金散盡為收書。』東老，沈氏之老自謂也。……有人書此曲

紀載不刻意神化八仙的言談行事，加之與名人、耆老的互動，營造出實有其人
的氛圍，讓不信鬼神者相信仙人們是真實存在的。

　　對於八仙身世的描寫，呂洞賓是最多且詳細的一位。綜觀宋代筆記，對他
身世之說主要有二種：一為唐代呂渭之後，一為關右儒生。無論何者，都顯示
時人認為呂洞賓是以儒入道者，至於為何入道？據宋仁宗時王舉《雅言系述》
的〈呂洞賓傳〉云：

> 關右人，咸通中舉進士不第，值巢賊為梗，攜家隱居終南，學老子
> 法云云。〔註7〕

稍晚張靚的《雅言雜載》敘述更詳細：

> 呂仙翁名嵒，字洞賓，本關右人。咸通初，舉進士不第，值巢賊為
> 梗，攜家隱於終南山，學老子法，絕世闢穀，變易形骸，尤精劍術。
> 今往往有人於關右途路間與之相逢，多不顯姓名，以其趨舍動作異
> 於流俗，故為人所疑，又為篇詠，章句間淺露其意。嘗有詩〈送鍾
> 離先生〉云：「得道來（歸）來相見難，又聞東去幸仙壇。杖頭春色
> 一壺酒，頂上雲攢五嶽冠。飲海龜兒人不識，燒山符手鬼難看。先
> 生去後應難老，乞與貧儒換骨丹。」〈贈薛道士〉云：「落魄薛道士，
> 年高無白髭。雲中臥看石，雪裡去尋碑。誇我吃大酒，嫌人念小詩。
> 不知甚麼漢，一任輩流嗤。」〔註8〕

《雅言雜載》中從「關右人」至「學老子法」一段，與王舉《雅言系述》所云
幾同，知呂洞賓傳說初期，「科舉不第」與「黃巢亂世」是他棄儒學道的主因。
雖科舉不第但呂洞賓仍保留著文人的習性，故常「為篇詠」，以詩文章句表達
自身思想，《雅言雜載》中的〈送鍾離先生〉、〈贈薛道士〉二詩，應為當時已
流行於世的呂洞賓作品。

　　呂洞賓科舉不第的說法被宋人普遍接受，北宋王常編《真一金丹訣》云

於州東茶園酒肆之柱間。或愛其文指趣而不能歌也。中間樂工或按而歌之，輒
以俚語竄語〔入〕，睟然有市井氣，不類神仙中人語也。十年前有醉道士歌此
曲廣陵市上，童兒和之，乃合其故語時也。此道士去後，乃以物色跡〔逐〕之，
知其為呂洞賓也。」見【宋】阮閱編，周本淳校點：《詩話總龜（後集）》，頁
257。

〔註7〕　【宋】吳曾《能改齋漫錄・呂洞賓唐末人》引《雅言系述》（上海：上海古籍
出版社1979年11月），頁503。

〔註8〕　【宋】阮閱編，周本淳校點：《詩話總龜（前集）》卷四六引《雅言雜載》，頁
442。

呂洞賓：「經數舉，不第其名。」〔註9〕范致明《岳陽風土記》言：「會昌中，兩舉進士不第。」〔註10〕然不第之說到了北宋末開始轉變，張邦基《墨莊漫錄》卷二有：「世傳呂公得道之士，唐僖宗時進士。」〔註11〕南宋羅大經《鶴林玉露》云：「世傳呂洞賓，唐進士也。」〔註12〕元代郝天挺《唐詩鼓吹》中呂洞賓小傳載：「呂洞賓名巖，京兆人。咸通中及第，兩調縣令，值巢賊亂，攜家歸終南學道，莫測所往。」〔註13〕秦志安《金蓮正宗記·純陽呂真人》：「唐德宗興元十四年丙子四月十四日生於林檎樹下，至唐文宗開成元年丁酉歲擢進士第，年二十有二歲也。」〔註14〕謝西蟾、劉志玄《金蓮正宗仙源像傳·純陽子》：「年弱冠登進士第」〔註15〕等。呂洞賓為何從落榜士人成為進士及第者呢？這可能因他是著名的神仙，若是舉進士不第而修道，易使人認為他因人生不順遂看破紅塵出家；若是中舉後才入道成仙，則有視榮華富貴皆雲煙的瀟灑。後者說法較前者體面許多，因此宋代以降，雖「中舉」、「落第」二說並行，但認為呂洞賓為進士者居多。呂洞賓文人的形像，成了元、明、清小說與戲曲建構呂洞賓身分的依據，馬致遠《黃粱夢》中呂洞賓為趕考士人，吳元泰《東遊記》裡他是「兩舉進士不第，時年六十四歲」〔註16〕的老儒生，《飛劍記》則說他「直到唐末咸通中才舉進士，時年六十四歲。」〔註17〕此外，呂洞賓為文人成仙者，各代文獻中載有不少他的詩詞文章，其

〔註9〕 【宋】王常：《真一金丹訣》，收入《中華道藏》第 19 冊，頁 273。

〔註10〕【宋】范致明：《岳陽風土記》，收入《景印文淵閣四庫全書》第 589 冊，頁112。明代吳琯《古今逸史》所收入的《岳陽風土記》中云：「會昌中，兩舉進士及第。」兩者不知何者有誤，但按呂洞賓傳說的發展，北宋時以呂洞賓舉進士不第的說法較常見，至北宋末張邦基才有呂公為唐進士的說法，推測《古今逸史》所收入的《岳陽風土記》中「兩舉進士及第」不是誤寫，就是抄寫者以當時傳聞而改之。

〔註11〕【宋】張邦基：《墨莊漫錄》，收入《宋元筆記小說大觀》第 5 冊，頁 4663。

〔註12〕【宋】羅大經：《鶴林玉露》，收入《宋元筆記小說大觀》第 5 冊，頁 5324。

〔註13〕【金】元好問選編，【元】郝天挺註：《唐詩鼓吹》卷六「呂洞賓」，收入《景印文淵閣四庫全書》第 1365 冊，頁 467。

〔註14〕【元】秦志安：《金蓮正宗記》，收入《中華道藏》第 47 冊，頁 32。

〔註15〕【元】謝西蟾、劉志玄等：《金蓮正宗仙源像傳》，收入《中華道藏》第 47 冊，頁 59。

〔註16〕【明】吳元泰《新刊八仙出處東遊記》，收入《明清善本小說叢刊初編》第 4輯（臺北：天一出版社，1985 年 7 月），頁 101。

〔註17〕【明】鄧志謨：《呂祖飛劍記·呂祖飛劍記引》（北京：中國戲劇出版社，1999年 12 月），頁 7。

中不乏精品，因此呂洞賓成了士子們崇拜的對象，臺灣民間信仰中就將他視為守護教育的文昌神之一。〔註18〕

　　北宋的呂洞賓傳聞中多提及「劍」，《雅言雜載》稱「尤精劍術」〔註19〕，劉斧《摭遺》言呂仙翁「遊廬山真寂觀，淬劍於石」、「地上一切不平事，以此（劍）去之」〔註20〕，《岳陽風土記》說他「遇異人授劍術」〔註21〕，故仗劍遊世為宋代呂洞賓的特徵之一。葉夢得《巖下放言》云：

> 世傳神仙呂洞賓名嵒，洞賓其字也。唐呂渭之後，五代間從鍾離權得道。權，漢人，不死者。自本朝以來，與權更出入人間。權不甚多，而洞賓蹤跡數見，好道者每以為口實。余記童子時，見大父魏公自湖外罷官，還道岳州，客有言洞賓事者云：「近歲常過城內一古寺，題二詩壁間而去。其一云：『朝遊岳鄂慕蒼梧，袖有青蛇膽氣粗，三入岳陽人不識，朗吟飛過洞庭湖。』其二云：『獨自行時獨自處，無限時人不識我，惟有城南老樹精，分明知道神仙過。』」說者云：「寺有大古松，呂始至，無能知者，有老人自巔徐下至恭，故詩云。」然先大父使予誦之，後得季觀所記洞賓事碑與少所聞正同。青蛇世多青蛇，世多言呂初由劍俠入，非是。此正道家以氣煉劍者，自有成法。〔註22〕

「世多言呂初由劍俠入」說明時人認為呂洞賓以劍行俠，此一形象產生可能和他常以道士身分出現及當時流行的劍俠小說有關〔註23〕。「劍」雖然是武器，但它在道教早期被用作法器以驅邪除鬼，所以道士們隨身佩劍，甚至以劍輔助各種道術施行。不過，「劍」最為人知作用是殺人，漢代有俠客以劍為

〔註18〕臺灣民間有五文昌信仰，將他們視為文教守護之神。五文昌為：文昌帝君、朱衣神君、魁鬥星君、關聖帝君與孚佑帝君，其中的孚佑帝君就是呂洞賓。

〔註19〕【宋】阮閱編，周本淳校點：《詩話總龜（前集）》卷四六引《雅言雜載》，頁442。

〔註20〕【宋】阮閱編，周本淳校點：《詩話總龜（前集）》卷四六引《摭遺》，頁442。

〔註21〕【宋】范致明《岳陽風土記》（臺北：成文出版社，1976年），頁9。

〔註22〕【宋】葉夢得：《巖下放言》，收入《景印文淵閣四庫全書》第863冊，頁734。

〔註23〕林保淳先生認為，北宋呂洞賓以劍俠形象出現與當時盛傳的劍俠小說有關，如《太平廣記・豪俠類》所收錄數十條劍俠小說，孫光憲《北夢瑣言》的〈荊十三娘〉、〈許寂〉、〈丁秀才〉，吳淑《江淮異人錄》所載劍俠小說二十五則。詳見林保淳：〈呂洞賓形象論──從劍俠談起〉，《淡江大學中文學報》，第3期，1996年12月。

人復仇的故事〔註24〕，唐代傳奇中有不少俠客以劍扶弱、護主的描寫，當時
文人亦有「仗劍遙叱路傍子，匈奴頭血濺君衣」〔註25〕、「仗劍出門去，三邊
正艱厄」〔註26〕、「神劍沖霄去，誰為平不平」〔註27〕等詩句，因此劍對唐
人來說，不只是一種殺人的利器，也是為人間扶正義、平不平的俠義象徵。
唐代以道為尊，劍與道教關係密切，因此唐傳奇裡的主角也與道教術法產生
連繫，他們除了劍術高超、形影成謎外，也能似神仙般數十年容貌依舊，此
使唐代的劍俠小說有著「奇幻」的元素，為六朝志怪之薪傳。〔註28〕宋代，
劍俠小說的奇幻元素仍舊，北宋初吳淑《江淮異人錄》中就有以劍行奇術的
異人〔註29〕，《夷堅志補》中〈郭倫觀燈〉中青衣角巾道人懲罰惡少們後，自
稱劍俠後踏劍騰空而去，〔註30〕可見宋人將劍俠視為俠客與術士或道流的結
合。被稱為劍俠的這些人，並非皆以劍為武器，但都武藝高強或憑藉奇術滅
敵，〔註31〕他們性格不一，有如〈秀州刺客〉深明事理者，但也有像〈洪州

〔註24〕 如曹丕《列異傳》中的〈三王塚〉敘述俠客幫幹將之子赤鼻（比）報仇，刺殺
　　　　齊王後並自殺的故事。詳見【魏】曹丕等撰：《列異傳等五種》（北京：文化藝
　　　　術出版社，1988 年 12 月），頁 4～5。
〔註25〕 【唐】萬齊融：〈仗劍行〉，收入【清】彭定求編：《全唐詩》第 4 冊，頁 1182。
〔註26〕 【唐】顧況：〈從軍行〉之二，收入【清】彭定求編：《全唐詩》第 8 冊，頁
　　　　2933。
〔註27〕 【唐】李中：〈劍客〉，收入【清】彭定求編：《全唐詩》第 21 冊，頁 8500。
〔註28〕 裴鉶《傳奇·崑崙奴》中的磨勒身懷絕技、聰明過人，他負人逾垣如履平地，
　　　　面對來人擒拿時，也能在萬劍中穿梭自如，甚至十餘年後，崔家有人見磨勒賣
　　　　藥於洛陽，其容顏不改變。磨勒出神入化的武功及不改的容貌，已接近神仙之
　　　　流了。詳見裴鉶：《傳奇·崑崙奴》，收入《唐五代筆記小說大觀》第 2 冊（上
　　　　海：上海古籍出版社，2000 年 3 月），頁 1114～1115。
〔註29〕 【宋】吳淑：《江淮異人錄》：「書生李勝，嘗遊洪洲西山中，與處士盧齊及同
　　　　人五六輩雪夜共飲。座中一人偶言：『雪勢如此，因不可出門也。』勝曰：『欲
　　　　何之詣？吾能住之。』人因曰：『吾有書籍在星子，君能為我取乎？』勝曰：
　　　　『可。』乃出門去，飲未散，攜書而至。星子至西山凡三百餘里也。遊惟觀中
　　　　道士，嘗不禮於勝。勝曰：『吾不能殺之，聊使其懼。』一日，道上閉戶寢於
　　　　室，勝令童子叩戶，取李處士匕首。道士起，見所臥枕前插一匕首，勁勢猶動，
　　　　自是改心禮勝。」收入《宋元筆記小說大觀》第 1 冊（上海：上海古籍出版
　　　　社，2001 年 12 月），頁 250。
〔註30〕 【宋】洪邁：《夷堅志·志補·卷十四·郭倫觀燈》，頁 1676～1677。
〔註31〕 此種觀念影響到明代。王世貞曾編《劍俠傳》一書，收入三十三篇唐宋小說，
　　　　其〈劍俠傳引〉云：「凡劍俠，經訓所不載。其大要出莊周氏、《越絕》、《吳越
　　　　春秋》，或以為寓言之雄耳。至於太史公之論荊卿也，曰：『惜哉！其不講於刺
　　　　劍之術也。』則意以為真有之。不然，以項王之武，喑嗚叱吒，千人皆廢，而
　　　　乃曰無成哉！夫習劍者，先王之僇民也。然而城社遺伏之奸，天下所不能請之

書生〉因幾句惡言就取人性命之徒，而後者違反世間常規的決絕行事，易造成社會恐慌與有智者的反感，讓時人對劍俠產生負面評價。[註32] 宋代傳說中，呂洞賓有劍術高深、行蹤神祕的劍俠特徵，但他畢竟是「世傳神仙」，故文人記載呂洞賓時會淡化劍俠令人「畏怖」、「驚懼」的氣息，增加隱遁、神祕的色彩，因此呂洞賓的「劍」並非「殺人之劍」，而是因道士身分被解釋成道家的「以氣煉劍」。

　　道教內丹派重視「精、氣、神」，故有「煉精化氣，煉氣化神」的修行之法，其中「氣」是溝通人的精神意識和肉體存在的橋樑，是精神作用於肉體、肉體轉化為精神的仲介，因此藉由氣的修煉，可達到精神與肉體的統一，因此「以氣煉劍」可解釋為以煉氣方式斬去肉體中對修行造成幹擾的部分，[註33]南宋吳曾《能改齋漫錄》敘述呂洞賓「劍」之功用即是如此：

> 呂洞賓嘗自傳，岳州有石刻。云：「吾乃京兆人，唐末，累舉進士不第。……實有三劍：一斷煩惱，二斷貪嗔，三斷色慾，是吾之劍也。世有傳吾之神，不若傳吾之法；傳吾之法，不若傳吾之行。何以故？為人若反是，雖握手接武，終不成道。」嗟乎，觀呂之所著，皆自身心始。而學者不能正心修身，徒欲為僥倖之事，可乎？[註34]

呂洞賓之劍非以傷人為主，而是斬三尸、斷五苦[註35]修煉之劍。早期道教

于司敗，而一夫乃得志焉。如專、轟者流，僅其粗耳。斯亦烏可盡廢其說？然欲快天下之志，司敗不能請，而請之一夫，君子亦以觀世矣。」此文為弢庵居士所作，但與王世貞《弇州四部稿》卷七十一〈劍俠傳小序〉只有一字之差，故此文為王世貞作品。由《劍俠傳》所錄的作品及〈劍俠傳引〉可知，王氏的「劍俠」實指武俠或遊俠，而非專指仗劍行俠者。〈劍俠傳引〉收入《四庫全書存目叢書》（臺南：莊嚴文化據北京圖書館藏明隆慶三年履謙子刻本影印，1995 年 9 月）第 245 冊，頁 585。

〔註32〕詳見曹正文：《俠客行：縱談中國武俠》（臺北：雲龍出版社，1998 年 12 月），頁 51～54。

〔註33〕詳見戈國龍：《道教內丹學探微》（成都：巴蜀書社，2001 年 8 月），頁 45～68。

〔註34〕【宋】吳曾：《能改齋漫錄（下）》（上海：上海古籍出版社 1979 年 11 月），頁 504。

〔註35〕三尸、五苦皆為道教名詞，其中三尸又稱三蟲，為上尸、中尸、下尸，對應著色慾、愛欲、貪欲；道家五苦謂色累苦、愛累苦、貪累苦、華競苦、身累苦。在道經中認為能斬三尸、斷五苦，就能遣諸欲、滅諸累，道自然成。詳見【宋】張君房編：《雲笈七籤》，收入於《中華道藏》第 29 冊（北京：華夏出版社，200 年 1 月），頁 662～664、《玉清境上鍊經》收入《中華道藏》第 5 冊，頁 382。

修煉以煉形為主，無論是服食、煉丹、行氣等養生法都是以肉體不死為目的。形體的修煉也離不開心裡的煉養，因為各方面的貪欲與執著也會直接對健康有所影響，過多的欲望更會成為罪惡和災難源頭，只有對七情六慾加以控制，精神才會清明，體魄才會健全，這也是《天隱子》所說：「故神仙亦人也。在於修我虛氣，勿為世俗所論折；遂我自然，勿為邪見所凝滯，則成功矣。」〔註36〕宋代內丹派思逐漸盛行，對於精神方面更加重視，以除情遣慾、收心止念為修煉要旨，故內丹派常以劍作比喻修行，希望修者能斬斷塵世種種慾望和情感的追求，這也是為何呂洞賓的劍被宋代文人視為宗教煉心之法。

雖然文人或道教徒以內丹道的心性理論解釋呂洞賓的劍為「煉心之劍」，但後人在塑造呂洞賓形象時，仍將劍實體化成為他的隨身法器，在元代以後的戲曲中，劍幾乎成了呂洞賓必備的穿關〔註37〕，明小說中有他以飛劍殺人的情節，文人畫與民間畫裡的呂洞賓也多以揹劍或持劍為特徵〔註38〕。

（二）神蹟

描寫八仙不同於凡人的神奇能力，是筆記小說中最受歡迎的部分，也是後人將其視為神仙的依據。以張果老為例，唐代鄭處誨《明皇雜錄》對其神通有豐富且完整的描述：

> 張果者，隱於恆州條山，常往來汾晉間，時人傳有長年秘術。耆老云為兒童時見之。自言數百歲矣。唐太宗、高宗屢徵之不起，則天召之出山，佯死於妒女廟前。時方盛熱，須臾臭爛生蟲。聞於則天，信其死矣。後有人於恆州山中復見之。果乘一白驢，日行數萬里，休則摺疊之，其厚如紙，置於巾箱中；乘則以水噀之，還成驢矣。開元二十三年，玄宗遣通事舍人裴晤馳驛於恆州迎之，果對晤氣絕而死。晤乃焚香啟請宣天子求道之意，俄頃漸蘇，晤不敢逼，馳還奏之。乃命中書舍人徐嶠齎璽書迎之，果隨嶠到東都，於集賢院安置，肩輿入宮，備加禮敬。玄宗因從容謂曰：「先生得道者，何齒髮之衰耶？」果曰：「衰朽之歲，無道術可憑，故使之然，良足恥

〔註36〕【唐】司馬承禎：《天隱子》，收入《中華道藏》第26冊，頁35。
〔註37〕詳見林保淳：〈八仙法器異說考〉，收入《紀念婁子匡先生百歲冥誕之民俗學國際學術研討會論文集》，頁391～393。
〔註38〕詳見楊庭頤：《清代以前的八仙圖像及其變幻意涵研究》（國立臺北藝術大學碩士論文，2015年6月），頁190～200。

也。今若盡除，不猶愈乎？」因於御前拔去鬢髮，擊落牙齒，流血溢口。玄宗甚驚，謂曰：「先生休舍，少選晤語。」俄頃召之，青鬢皓齒，愈於壯年。一日，秘書監王迥質、太常少卿蕭華，嘗同造焉。時玄宗欲令尚主，果未之知也，忽笑謂二人曰：「娶婦得公主，甚可畏也。」迥質與華咸未諭其言。俄頃有中使至，謂果曰：「上以玉真公主早歲好道，欲降於先生。」果大笑，竟不承詔，二人方悟向來之言。是時公卿多往謁，或問以方外之事，皆詭對之。每云余是堯時丙子年人，時莫能測也。又云堯時為侍中，善於胎息，累日不食，食時但進美酒及三黃丸。玄宗留之殿，賜之酒，辭以山臣飲不過二升，有一弟子飲可一斗。玄宗聞之喜，令召之。俄一小道士自殿簷飛下，年可十六七，美姿容，旨趣雅淡，謁見上，言詞清爽，禮貌臻備。玄宗命坐，果曰：「弟子當侍立於側，未宜賜坐。」玄宗目之愈喜，遂賜之酒，飲及一斗不辭。果辭曰：「不可更賜，過度必有所失，致龍顏一笑耳。」玄宗又逼賜之，酒忽從頂湧出，冠子落地，化為一榼。玄宗及嬪御皆驚笑，視之，已失道士矣。但見一金榼在地，覆之，榼盛一斗，驗之，乃集賢院中榼也。累試仙術，不可窮紀。有師夜光者，善視鬼，玄宗常召果坐於前，而敕夜光視之。夜光至御前，奏曰：「不知張果安在乎？願視察也。」而果在御前久矣，夜光卒不能見。又有邢和璞者，嘗精於算術，每視人則布籌於前，未幾已能詳其名氏、窮通、善惡、夭壽，前後所算計千數，未嘗不析其詳細，玄宗奇之久矣。及命算果，則運籌移時，意竭神沮，終不能定其甲子。玄宗謂中貴人高力士曰：「我聞神仙之人，寒燠不能瘵其體，外物不能浼其中。今張果，善算者莫能究其年，視鬼者莫得見其狀，神仙倏忽，豈非真者耶？然嘗聞同堇斟飲之者必死，若非仙人，必敗其質，可試以飲也。」會天大雪，寒甚，玄宗命進堇斟賜果，果遂舉飲，盡三卮，醺然有醉色，顧謂左右曰：「此酒非佳味也。」即偃而寢，食頃方寤。忽覽鏡視其齒，皆斑然焦黑，遽命侍童，取鐵如意擊其齒盡，隨收於衣帶中，徐解衣出藥一帖，色微紅，光瑩，果以傅諸齒穴中。已而又寢，久之忽寤，再引鏡自視，其齒已生矣。其堅然光白，愈於前也。玄宗方信

其靈異，謂力士曰：「得非真神仙乎？」遂下詔曰：「恆州張果先生，遊方之外者也。跡先高尚，心入幽冥；久混光塵，應召赴闕。莫知甲子之數，且謂羲皇上人。問以道樞，盡會其極。今則將行朝禮，爰申寵命。可授銀青光祿大夫，賜號通玄先生。」未幾，玄宗狩於咸陽，獲一大鹿，稍異常者。庖人方饌，果見之曰：「此仙鹿也，已滿千歲。昔漢武元狩五年，臣曾侍從畋於上林，時生獲此鹿，既而放之。」玄宗曰：「鹿多矣，時遷代變，豈不為獵者所獲乎？」果曰：「武帝舍鹿之時，以銅牌志於左角下。」遂命驗之，果獲銅牌二寸許，但文字凋暗耳。玄宗又謂果曰：「元狩是何甲子，至此凡幾年矣？」果曰：「是歲癸亥，武帝始開昆明池，今甲戌歲，八百五十二年矣。」玄宗命太史氏校其長歷，略無差焉，玄宗又奇之。是時又有道士葉法善，亦多術，玄宗問曰：「果何人耶？」答曰：「臣知之，然臣言訖即死，故不敢言。若陛下免冠跣足救臣，即得活。」玄宗許之。法善曰：「此混沌初分白蝙蝠精。」言訖，七竅流血，僵僕於地。玄宗遽詣果所，免冠跣足，自稱其罪。果徐曰：「此兒多口過，不譴之，恐敗天地間事耳。」玄宗復哀請，久之，果以水噀其面，法善即時復生。其後累陳老病，乞歸恆州，詔給驛送到恆州。天寶初，玄宗又遣徵召，果聞之，忽卒，弟子葬之。後發棺視之，空棺而已。〔註39〕

唐代自建國後，就定下三教並行的政策，大部分的皇帝對於宗教相當寬容，民間有名的道士與僧徒應皇帝之邀前往長安論道，御前講道論佛成既為常事，宮廷的座上客自然常見道士與僧徒的身影，〔註40〕所以唐代文人筆記小說中不乏對宗教人士的記載。張果老事跡之所以出現在唐代筆記，除了他應唐玄宗之邀成為宮廷道士外，不慕榮利、樂隱山林的行為也是主要原因，故唐代最早紀錄張果老事跡的《大唐新語》將他歸為隱逸之屬。〔註41〕晚唐時，張果老事蹟趨向神異，如《明皇雜錄》雖未明說張果是神仙，但他白髮變青絲、斷齒重生，有未卜先知、酒榼化人的神奇能力，與師夜光、邢和璞、葉法善的交手後獲勝，

〔註39〕【唐】鄭處誨：《明皇雜錄‧張果》收入《唐五代小說筆記大觀》第1冊（上海：上海古籍出版社，2000年3月），頁964～967。
〔註40〕龔斌：《宮廷文化》（瀋陽：遼寧教育出版社，1993年10月），頁212。
〔註41〕詳見本文第二章第四節。

皆顯現果老非一般的奇人或道士。鄭處誨如此鋪敘張果的神通，凸顯他將此人視為神仙的意味，這也是為何唐、宋筆記小說中雖無張果飛升的紀載，但大部分民眾都不否認他神仙的身分。

除了《明皇雜錄》中的張果老，宋代劉斧《青瑣高議·李正臣妻殺婢冤》也記載了何仙姑通陰陽的能力：

> 譚洲李正臣多為遊商，往來江湖間。妻得疾，腹中有物若巨塊，時動於腹中，即痛不可忍，百術治之不愈。正臣乃往見仙姑。仙姑曰：「子之妻嘗殺孕婢，今腹中乃其冤也。」正臣求術治之，仙姑曰：「事在有司，已有冤對，不可救也。」其腹中塊後浸大，或極痛苦楚，腹裂而死。正臣視妻腹中，乃一死女子，身體間尚有四撻痕焉。
> 〔註42〕

姜婢被主人或主母虐待至死而成厲鬼的題材，為宋代筆記小說女鬼故事中較常見的一類。這類女鬼又可分為兩種，一種是死後化為厲鬼對主母報復的，一種是死無葬身之地而留滯於人間的冤魂，〈李正臣妻殺婢冤〉屬於前者。故事中鬼婢生前有孕，雖不知是何人之子，但從內容推測，其父應為李正臣，所以正妻殺婢以鞏固自身地位。婢死後，其妻患疾，腹痛難耐，正臣求助何仙姑。仙姑通陰後，告知此為李妻殺婢的惡果，冥府已記錄，故冤魂前來報仇。

洪邁《夷堅志》中也有一則北宋鍾離權仙氣救人的神蹟：

> 鄧州新鄉縣，宣和中，嘗有一道人求買酒，監務趙某，每見輒喜之，必勅酒吏倍數給與，或喚入坐，命之飲，道人積感其意。趙夙苦羸疾，時證候方危，累日不食，道人入，語之曰：「君病狀殊不佳，遠不過一年，近則半歲，恐無生理。」趙應曰：「吾固甚苦此，自念無策，唯厭厭待盡而已。先生既言之，當有神術能生我！」曰：「是事非吾所能辦也，感君相愛，非不願効力，知復奈何！」趙懇再三，乃笑曰：「姑為君謀之，後數日，試邀一瞽道人同至此，君宜多設精果妙香，連沃以酒，以大醉為期，則吾計得施矣！」遂去。越五日，果與一客來，長六尺餘，丫髻美髯，氣貌偉甚，見酒席，俱有喜色。三人同坐下，每一舉杯，前道人必令多酌瞽，曰：「爾素善飲，今幸勿惜量。」度至鬥斗許，覺跌宕不可支，道人曰：「爾已醉，少憩可

〔註42〕【宋】劉斧《青瑣高議》，收入《宋元筆記小說大觀》第1冊，頁1075。

也。」令掃地鋪簟，髯逕就枕，鼻息如雷。道人密引趙臥於傍，令舉背緊相挨，且熟睡。少頃，來坐其前，俯身就髯項，吸其氣滿口，即噓著趙頂上，又吸胸腹及臂股，亦如之，僕僕十餘及，趨而出。髯忽寤，見人在側，若有所失，大怒躍起，呼叫曰：「畜生無狀，敢誤我。」持杖將擊道人，道人迎笑曰：「何用如是，只費得爾一年工夫，而救得一個性命，乃是好事。」髯怒稍息，但極口叱罵，良久，不揖主人而行。趙即時氣宇油油然，明日即嗜食，甫十旬，膚革充盈，肌理如玉，略無病態。趙彥文子遊與之有舊，常憐其疾，及是適見之，驚問所以。始盡道本末。二客皆不復再見。丫髻者，疑為鍾離先生云。〔註43〕

宋徽宗宣和年間（1119～1125年），道人買酒時多次受到趙酒監禮遇，酒監因患有羸疾求助道人，道人便要求他安排宴席請鍾離權喝酒，再利用他周身的氣息治癒趙酒監。鍾離權在文中並未施展奇術，但從氣息治病一事可看出，此人神異非凡。

此外，《續仙傳》稱藍采和不畏寒暑、容貌不變、輕舉雲中〔註44〕，《青瑣高議》中韓湘子的頃刻開花之能〔註45〕，皆有渲染靈異的志怪色彩。在這些記載中，作者極盡誇張之能事，以奇詭神怪的內容神化傳主，使讀者對這些奇人避禍招福的能力信以為真，產生嚮往並將其視為神仙崇拜，故他們可說是早期八仙信仰傳播的重要推手。

唐至北宋時期，上位者因好道而大封諸神，許多傳說人物、奇人異士在此時被民眾神化為仙，張果老、韓湘子、藍采和、鍾離權、呂洞賓與何仙姑即是，但此時他們尚未被道教吸收，因此筆記小說對他們的描述也有著放蕩不羈、行

〔註43〕【宋】洪邁：《夷堅志・志補・新鄉酒務道人》（北京：中華書局，1981年10月），頁1663～1664。

〔註44〕【五代】沈汾：《續仙傳・藍采和》：「藍采和……夏則衫內加絮，冬則外於雪中，氣出如蒸。……周遊天下，人有為兒童時至，及斑白見之，顏狀如故。後踏歌濠、梁間，於酒樓乘醉，有雲鶴笙簫聲，忽然輕舉於雲中，擲下靴、衫、腰帶、拍板，苒苒而去。」收入《中華道藏》第45冊（北京：華夏出版社，200年1月），頁410。

〔註45〕【宋】劉斧《青瑣高議・湘子作詩讖文公》：「韓湘，字清夫，唐韓文公之侄也，幼養於文公門下。……公曰：『子安能奪造化開花乎？』湘曰：『此事甚易。』公適開宴，湘預末座，取土聚於盆，用籠覆之，巡酌間，湘曰：『花已開矣。』舉籠見岩花二朵，類世之牡丹，差大而豔美，葉幹翠軟，合座驚異。……」收入《宋元筆記小說大觀》第1冊，頁1076～1078。

蹤不定、逍遙任性的特徵，如張果老因葉法善多口而予以逞罰〔註46〕，藍采和歌唱乞錢又散錢於貧者〔註47〕，韓湘子「見書則擲、見酒則醉、醉則高歌」〔註48〕，鍾離權狂飲醉後席地而睡、醒時打罵道友〔註49〕，呂洞賓聞酒求一醉〔註50〕等。由這些描述發現，唐至北宋的八仙是以有道有術的異人或無拘無束的散仙形像存在世人心中。

二、南宋至元：強化宗教色彩

（一）濟世

「濟世」本來就是異人與神仙傳說中相當重要的一部分，漢代《列仙傳》就記載了神仙、方士解決人間苦難的事蹟，如〈崔文子〉、〈負局先生〉、〈阮丘〉、〈玄俗〉等，他們或賣藥得錢以遺孤獨，或不計報酬而為百姓治病。當道教成立並以「重人貴生」為宗旨後，道士們常藉行善救人來修功德、積福田，神仙作為「道」的外化形象，本身就具有「濟世救人」的特徵，道教為了擴大影響，強化宣傳效果，借用各種文學手段來宣傳道教神仙的救濟特徵。後出的民間新俗神，在此風氣下，其傳說中也會添加濟世救人的事蹟，八仙亦然。八仙傳說初現時，濟世救人情節並不多，自南宋以後，隨著顯化次數的增加，他們濟世救人傳說也越多，成為他們在宋後筆記小說中的特徵。

南宋至元，記載八仙傳說的筆記有《夷堅志》、《鶴林玉露》、《貴耳集》、《獨醒雜志》、《邵氏聞見後錄》、《湖海新聞夷堅續志》等，此外道教各仙傳中亦會描述八仙生平事蹟、得道經過、顯化度人等事，因當時呂洞賓聲名極盛，故這些文獻所收錄八仙事蹟以呂洞賓最多。南宋記載呂洞賓事蹟最多者為洪邁《夷堅志》，計有二十八條二十六事，元代道士苗善時採《夷堅志》、正史、文人記載及鄉土文學、地方誌等編成七卷《純陽帝君神化妙通紀》，成為將民間呂洞賓傳說宗教化的重要人物。落成於至元順帝至元三十一年（1924）的永

〔註46〕【唐】鄭處誨：《明皇雜錄·張果》收入《唐五代小說筆記大觀》第1冊，頁967。
〔註47〕【五代】沈汾：《續仙傳·藍采和》，收入《中華道藏》第45冊，頁410。
〔註48〕【宋】劉斧：《青瑣高議》，收入《宋元筆記小說大觀》第1冊，頁1076。
〔註49〕【宋】洪邁：《夷堅志·志補·新鄉酒務道人》，頁1664。
〔註50〕【宋】胡仔《苕溪漁隱叢話（後集）》引北宋陸元光《回仙錄》云：「吳興之東林沈東老，能釀十八仙白酒。一日，有客自號回道人，長揖於門曰：『知公白酒新熟，遠來相訪，願求一醉。』實熙寧元年八月十九日也。」（北京：人民文學出版社，1962年6月），頁306。

樂宮〔註51〕，據苗善時作品，挑選其中三十七化為宮中純陽殿壁畫，宣傳呂洞賓濟世度人事蹟。

《夷堅志》與《純陽帝君神化妙通紀》中呂仙的濟世方式，多與醫療有關，如《夷堅志補》卷十二〈傅道人〉：

> 江陵傅氏，家貧，以鬻紙為業。性喜雲水士，見必邀迎，隨其豐儉款接，里巷呼為傅道人。舍後小閣，塑呂翁像，坐磐石上，旁置墨籃，以泥裹字，竹片作墨數笏，朝暮焚香敬事，拜畢，扃戶去梯，雖妻子不許至。乾道元年正旦，獨坐鋪中，一客方巾布袍入，共語良久，起曰：「吾適有百錢，能過酒鑪飲否？」傅從之。自是數日一來，或留飲，或與飯。傅目昏多淚，客教取生熟地黃切焙，取椒去目及閉口者微炒，三物等分，煉蜜為丸，每五十丸空心服，以鹽米湯飲下之。傅如方治藥，一月目明，夜能視物。往還半歲，忽別云：「三兩日外將往襄陽，能與我偕西乎？」辭以累重不可出。客笑曰：「吾知汝不肯去。」取筆書「利市和合」四字付之，曰：「貼於鋪壁，獲息當百倍。」復拉詣酒肆酌別，袖出紙包，有墨數片，曰：「欲攜去襄陽做人事，暫寄君所，臨行來取之。」酒罷傅歸，置墨架上，踰兩月，客不至，試啟視之，乃呂翁像前竹片所作者，探閣內籃中，無有矣！始悟客為呂翁，深悔不遇，乃貼四字於壁，生意日豐。享壽八十九，耳聰目明，精力如少年，今尚存。〔註52〕

呂洞賓與傅氏交遊，為他治癒了眼疾，可惜的是，當呂洞賓邀他前往襄陽時，他掛念家累，失去被度的機會。這則傳說中，呂洞賓前往見傅氏為他治病的原因，是他虔誠地祭祀呂翁，使其感之顯化，這反映出民眾相信只要虔誠祈禱，仙人救會降臨，賜予安康。

對於不是信徒者，呂洞賓仍會應信徒之請而出手相助，如《夷堅乙志》卷十七〈張八叔〉：

> 邊知白公式居平江，祖母汪氏臥病，更數醫不效。有客扣門，青巾

〔註51〕永樂宮原在山西省永濟縣永樂鎮，據傳建於唐代，初為呂洞賓的祠廟「呂公祠」，金末時改祠為觀，之後為火燒毀，元中統三年（1262年）開始重修，名「大純陽萬壽宮」，後稱「永樂宮」。歷時30多年，於至元三十一年（1294年）才全部完工。詳見山西省史志研究院編：《山西通志：旅遊志》（北京：中華書局，2000年9月），頁255。

〔註52〕【宋】洪邁：《夷堅志・志補・傅道人》，頁1654～1655。

烏袍，白皙而髯，言：「吾乃潤州范公橋織羅張八叔也。前巷袁二十
五秀才令來切脈。」公式出見之，客曰：「不必診脈，吾已得尊夫人
疾狀。」留一藥方曰「烏金散」，使即飲之。邊氏家小黃犬，方生數
日，背有黑綬帶文，客曰：「幸以與我，後三日復來取矣。」公式笑
不答。後三日，犬忽死，汪氏病亦愈。乃詣袁秀才謝其意。袁殊大
驚，坐側有畫圖，視之，乃呂洞賓象，宛然前所見者。畫本實得於
張八叔家。（邊佺維岳說）〔註53〕

青巾烏袍客為邊知白祖母江氏治病，知白前往袁秀才家表達謝意，才知道來者
為呂洞賓，可見之前邊氏未見過呂洞賓圖像，非呂之信徒，袁秀才才是。呂洞
賓應袁秀才祈求前往邊家診治病人，或許是邊知白無大德也非祈求者，故呂仙
要求以小黃犬為診金，此行雖有違神仙無私形象，有銀貨兩訖的意味，但這世
俗舉動凸顯了這神仙的公平與可愛。

　　信仰不同且虔誠有德之人，亦能獲得呂仙救助如，《夷堅丙志》裡〈頂山
回客〉就是描述呂洞賓醫治僧人之事：

平江常熟縣僧慈悅，結庵於縣北頂山絕巘，白龍廟之傍，凡三十餘
年。以至誠事龍，得其歡心，有禱必應。邑人甚重之。紹興三十二
年，年七十八矣。忽得蠱病，水浮膚革間，累月不瘥，朝夕呻吟，
殆無生意。棺衾皆治辦，待盡而已。一客不知從何來，戴碧紗方頂
巾，著白苧袍，眉宇軒昂。與常人異。自山下至龍祠禮謁，因歷僧
舍，見慈悅病，問之曰：「病幾何時矣？此乃水腫，吾有藥能療。」
悅欣然請其術。命解衣正臥，以爪甲畫其腹並臍下，應手水流，溢
於榻下。宿腫即消。又探藥一餅如彈丸大，色正黑，戒曰：「宜取
商陸根與菉豆，同水十碗，煮至沸，去其滓，任意飲之，藥盡則病
癒矣。兼師壽可至八十五歲。」悅愧謝數四。且詢其姓氏鄉里，曰：
「我回客也，臨安人。」又曰：「和尚，如今世上人，識假不識真。」
語訖，揖而去。悅如言飲藥，味殊甘美，越兩日乃盡。病如失去，
亦不復知客為何人。後兩月，別一客言來從都下，因觀補陀山觀音
至此。出一卷畫贈悅曰：「此我所為者。」即去。既而展視之，乃
畫薜荔纏結，中覆呂真人象，始知所謂回客者，此。縣主簿趙彥清

〔註53〕【宋】洪邁：《夷堅志・乙志・張八叔》，頁325。

為作記。〔註54〕

慈悅和尚因感染了寄生蟲病而失去求生意志，此時有自稱回客者，以神奇手法和藥劑治癒慈悅。慈悅心中相當感激，不知來者為呂洞賓，直至兩個月後有人贈呂洞賓畫像，慈悅方知回客的身分。從「至誠事龍」、「邑人甚重之」得知，慈悅應是德行頗佳的和尚，呂洞賓顯化為其治癒惡疾，表現出時人相信德善之人，無論信仰為何，皆能得呂仙之助。文末有「呂真人」一詞，「真人」是對道教對體道成仙者之稱呼，然此時呂洞賓尚未進入道教神仙譜系，但在民眾心中他的地位已如同道教正神了。

筆記小說中神仙或以療民之疾、或警示大災、或教民度災之方、或救大疫、或為民祈雨等方式濟世。呂洞賓濟世方式，在宋、元代的小說中，是以療民之疾為主。疾病不分男女老幼，不管貧富貴賤，也不論善惡好壞，它所帶來的痛苦最迅速且直接影響民眾，有時更讓人在病榻上纏綿數年，束手無策。若有神仙相助，賜藥治療，患者解脫病痛獲得新生後，自然會對其萬分感謝，進而崇拜信仰之，因此呂洞賓信仰能在此時盛行，其療民傳說是一大助力。

（二）度人

以自我修煉的方式脫離塵世紛擾、遠離煩惱與苦痛，是神仙思想重要的理念之一，道教成立後，在此種「自度」觀念的影響下，建構了一套系統性的服食修煉方法，使道士們對修道成仙充滿信心。隨著佛教「眾生皆可佛」觀念的傳入，道教徒發現著重個人成仙的「自力本願」觀有其局限性，因此他們吸收佛教「度人」觀念發展出助人成仙的「他願本力」思想，如《洞玄靈寶齋說光燭戒罰燈祝願儀‧授上品十戒選署禁罰》云：「聖人傳授經教，教於世人，使未聞者聞，未知者知，欲以此法橋，普度一切人也。」〔註55〕自此「普度一切人」成為道教傳教化世的目的之一。這種想法經道教推廣後，又復歸於民間信仰中，〔註56〕促使民間傳說中有不少度人成仙的內容。

〔註54〕 【宋】洪邁：《夷堅志‧丙志‧頂山回客》，頁434～435。

〔註55〕 【劉宋】陸修靜：《洞玄靈寶齋說光燭戒罰燈祝願儀》，收入《中華道藏》第4冊，頁142。

〔註56〕 日本學者小南一郎認為，神仙思想有「自力本願」與「他力本願」兩種，前者以葛洪《抱樸子內篇》所代表，是由魏晉時代知識份子的自信精神所支持的「新神仙思想」的精華；後者是與道教信仰相結合，在前者的風化變質中逐漸顯現出來，並含有復歸到民眾神仙信仰的傾向。詳見小南一郎著，孫昌武譯：《中國的神話與古小說》（北京：中華書局，1993年6月），頁198。

　　北宋筆記中八仙度人者，有鍾離權授道呂洞賓、授丹王老志與呂洞賓自言
度郭上灶與趙仙姑。在南宋筆記裡，度人者則多為呂洞賓，《夷堅志》曾記載
他引導妓女張珍奴入道之事：

> 張珍奴者，不知其所自來，或云吳興官妓，而未審也。雖落風塵中，
> 而性頗淡素，每夕盥濯更衣，燒香扣天，祈脫去甚切。某士人過其
> 家，珍出迎，見其風神秀異，敬待之，置酒盡歡而去。明日又至，
> 凡往來幾月，然終不及亂。珍訝而問曰：「荷君見顧，不為不久，獨
> 不肯少留一昔，以盡枕席之歡，豈非以下妾猥陋，不足以娛侍君子
> 耶？」士曰：「不然。人情相得不在是，所貴心相知爾。」他日酒半，
> 客詢珍曰：「汝居常更何所為？」對曰：「失身於此，又將何為？但
> 每夕告天，祈竟此債爾。」客曰：「然則何不學道？」曰：「迫於口
> 體之奉，何暇為此？且何從得師乎？」客曰：「吾為汝師何如？」曰：
> 「果爾，則幸也。」起，更衣炷香，拜之為師。既去，數日不至。珍
> 方獨處，漫自書云：「逢師許多時，不說些兒個，及至如今悶損我。」
> 援毫之際，客忽來，見所書，笑曰：「何為者？」珍不答而匿之。客
> 曰：「示我何害？」示之，即續其後云：「別無巧妙，與你方兒一箇：
> 子後午前定息坐，夾脊雙門崑崙過，恁時得氣力思量我。」珍大喜，
> 再三致謝，自是豁然若有悟。亦密有所傳授，第不以告人，然未知
> 其為何人也。累月告去，珍開宴餞之，臨歧，出文字一封曰：「我去
> 後開閱之。」及啟緘，乃小詞一首，皆言修煉之事，云：「坎離乾兌
> 分子午，但認取自家宗祖。（此下失一句）煉甲庚更降龍虎。地雷震
> 動山頭雨，要澆灌黃芽出土。有人若問是誰傳？但說道先生姓呂。」
> 始悟其洞賓也。遂齋戒謝賓客，繪其象，嚴奉事，脩其說。行之踰
> 年，尸解而去。〔註57〕

妓業的興盛與都市的繁榮和商品經濟有密切關係，在宋人詩詞中，妓女們看似
生活富足放蕩，但肉體的不自由讓她們精神上有著無法言喻的痛苦，尋求宗教
慰藉就成為妓女安撫心靈的方法。張珍奴會每晚焚香祈禱，希望能脫離風塵生
活，或許她的真誠感動真仙，一天呂洞賓化身士人引她入道，並傳授修煉之法，
果然讓她擺脫紅塵困境，羽化成仙。但神仙度人也並非一定成功，世人往往會
因對人間種種的不捨或差別待人而錯失入道成仙的機會，如前引〈傅道人〉中

〔註57〕【宋】洪邁：《夷堅志・丁志・張珍奴》，頁 688～689。

客邀傅道人同往襄陽，傅道人以「累重不可出」而辭之，後知客為呂翁後，才後悔失去入道成仙的機會。

除了特定的對象外，呂洞賓也會出現於市井尋找有緣人，如《純陽帝君神化妙通紀》中〈成都施丹第六十四化〉：

> 成都藥市，日有道人垢面鶉衣，手持丹一粒，大呼於市：「我是呂洞賓也，有能拜我者，以丹餌之。」眾皆以為狂，相聚戲笑，或加凌侮。道人不顧，如是往還市道上數回。迨夜，意無人拜之者，道人往坐五顯靈觀廟前火池上。兒童爭以瓦礫擲之，道人笑白：「世人欲見吾甚切，既見吾而又不識吾，亦命也。」夫乃自餌其丹，俄五色雲周身，有頃不見，眾共悔恨。〔註58〕

人們常以主觀的經驗，來認識世界、判斷事情，在時人心中已心入為主認定神仙應是飄渺高潔的，而乞丐身分低微，是社會中最容易受到鄙視與欺凌的一群，故呂洞賓以乞丐形象出現時，並自稱為神仙並要人拜師賜藥，人皆不信其言，反將其當作狂人，戲弄辱罵。當呂仙自食丹藥升天時，才驚覺與仙人失之交臂，失去成仙的機緣。

分析宋、元兩代呂洞賓度人的故事，發現其所度者遍及社會各階層，鬼靈、精怪亦在其中，但呂洞賓並不是毫無選擇地「普渡」，而是會選擇虔誠慕道或積德行善者，如傅道人、張珍奴等。有時也會混跡市井，隨緣度人，然世人往往因不識神仙真面目而錯失仙緣，此類故事並非宣傳仙人神蹟，而是表現對不識「大道」者的嘲諷，以此警惕世人，加深他們對神仙的信仰。

北宋的呂洞賓傳說中情節較為簡單，大致說明其出身、四處雲遊留詩，與名人、道士交遊、預言頗為靈驗等，到了南宋時期，呂洞賓傳說的內容明顯豐富了許多。他出入市井，為信徒與善人帶來福運；化身成各種人物試驗人心，度化心誠者與有緣人；顯跡道會、齋會，懲戒宵小與惡人〔註59〕。它們的皆帶

〔註58〕【元】苗善時：《純陽帝君神化妙通紀》，收入《中華道藏》第46冊，頁467。

〔註59〕【宋】曾敏行《獨醒雜志》：「林靈素，以方士得幸徽廟，跨一青牛，出入禁衛，號曰金門羽客。一日，有客來謁，門者難之，客曰：『予溫人，第入報。』靈素與鄉人厚，即延見焉。入，靈素問曰：『見我何為？』客曰：『有小術，願試之。』即撚土炷爐中，且杯水噀案上，覆之以杯。忽報車駕來幸道院，靈素倉皇出迎，不及辭別而其人去。上至院中，聞香鬱然，異之。問靈素何香，對曰：『素所焚香。』上命取香再焚，殊不類，屢易之而益非。上疑之，究詰頗力。靈素不能隱，遂以實對，且言噀水覆杯事。上命取杯來，牢不可舉，靈素自往取，愈牢。上親往取之，應手而舉，仍得片紙，紙間有詩云：『撚土為香事有

有倫理、道德的色彩，特別是濟世與度人兩個題材，宗教意味更為明顯。對教徒而言，這些傳說是呂祖證明自己存在與考驗信徒向道之心是否堅誠的聖蹟，所以他們收集、改編舊聞，將其匯編成書後再廣泛宣傳，使王重陽、劉海蟾、施肩吾、曹國舅、何仙姑、鐵拐李等人，都成了呂洞賓所度的對象，也讓他從民間傳說中的散仙轉變為度盡天下人的宗教祖師。至此，呂洞賓的形象趨近成熟，在一般人眼中他是位遊蕩世俗的散仙，在全真教徒眼中他則是傳教度人的祖師，但無論是散仙或祖師，其傳說大多都不脫離顯化市井與濟世度人。

三、明、清兩代──八仙復歸於民間宗教

明清文人筆記或宗教仙傳中對八仙的記載，大部分是繼承、改寫宋元舊聞，內容仍不離得道經過、顯化市井、濟世度人等題材。不過，在顯化濟世方面，此時期的八仙除了以化身出沒人間，亦會利用扶乩來與民眾交流，展現預言、救人等神蹟。

「扶乩」即為「扶鸞」，明代以前稱為「扶箕」，是一種請神占卜的儀式。謝肇淛曾言：「箕仙之卜，不知起於何時。自唐宋以來，即有紫姑之說矣。今以箕召仙者，里巫俗師，即士人亦或能之。」〔註60〕據林翠鳳研究，此種請神降凡諭示的儀式最早可推溯黃帝時代，〔註61〕若以現存的文獻分析，則是魏晉時期才有利用扶乩寫成道經的行為。〔註62〕民間扶乩活動則與紫姑神崇拜有關，劉宋時劉敬叔《異苑》載：

> 世有紫姑神，古來相傳云是人家妾，為大婦所嫉，每以穢事相次役，正月十五日感激而死。故世人以其日作其形，夜於廁間或豬欄邊迎之，祝曰：「子胥不在」，是其婿名也。「曹姑亦歸」，曹即其大婦也。

因，如今宜假不宜真。三朝宰相張天覺，四海聞人呂洞賓。』靈素自是眷衰，未幾，放歸溫州而死。」收入《宋元筆記小說大觀》第 3 冊，頁 3241。

〔註60〕【明】謝肇淛撰，傅成校點：《五雜組》，收入《明代筆記小說大觀》第 2 冊（上海：上海古籍出版社，2005 年 4 月），頁 1820。

〔註61〕林翠鳳：〈談扶鸞的起源與沿革〉，《東海大學圖書館館刊》13 期，2017 年 1 月。

〔註62〕【南朝梁】陶弘景：《真誥》卷十九〈翼真檢第一·真誥敘錄〉：「伏尋《上清經》出世之源，始於晉哀帝興寧二年太歲甲子，紫虛元君上真司命南嶽魏夫人下降，授弟子琅琊王司徒公府舍人楊某，使作隸字寫出，以傳護軍長史句容許某，並其弟三息掾某某。二許又更起寫，修行得道。凡三君手書，今見在世者，經傳大小十餘篇，多掾寫；真受四十餘卷，多楊書。」收入《中華道藏》第 2 冊（北京：華夏出版社，2004 年 1 月），頁 237。

「小姑可出戲。」捉者覺重，便是神來。奠設酒果，亦覺貌輝輝有
色，即跳躍不住。能占眾事，卜未來蠶桑。又善射鉤，好則大舞，
惡便仰眠。平昌孟氏恒不信，躬試往捉，便自躍茅屋而去。永失所
在也。〔註63〕

劉宋時元宵有迎紫姑卜眾事的習俗，不過儀式並非請神降筆，而是請靈附體的
降神儀式。迎紫姑風俗盛行後漸與民間占卜結合〔註64〕，形成以扶箕方式請紫
姑占卜的風俗。據宋代徐炫〔註65〕、蘇軾〔註66〕、張世南〔註67〕、洪邁〔註68〕
等人的敘述來看，請紫姑的過程是人們取簸箕裝扮成人，並將筆插入簸箕的空
隙中為假人之口，以筆畫粉盤占卜。後來不再將箕裝扮成人，直接由兩個人扶
著簸箕兩側，箕中之筆於底下沙盤上寫字，以解答眾人各種疑問。至於請神降
臨的時間與對象不再限於正月十五與廁神紫姑了，鳥獸精怪之魂皆可降箕，自
此紫姑就成為箕仙的通稱。宋後，人們不再使用簸箕而改用木桿或神轎執行此
儀式，文人、士大夫們也認為來自民間的「扶箕」聞之不雅，因「箕」與「乩」
同音，且「乩」據《說文》解釋為「卜以問疑也」〔註69〕，故改「箕」為「乩」，
「扶乩」一名因而出現。〔註70〕

　　明、清二朝扶乩風氣鼎盛，乩壇遍佈各地，除了民間教派及一般百姓會運
用此儀式請神外，文人亦藉扶乩詢問科舉之事。此時扶乩所降之靈包含了「山

〔註63〕【劉宋】劉敬叔：《異苑·卷五·紫姑神》，收入《漢魏六朝筆記小說大觀》（上
　　　　海：上海古籍出版社，1999年12月），頁638。
〔註64〕焦大衛、歐大年的《飛鸞：中國民間教派面面觀》引用Groot的說法，認為在
　　　　唐代已有文獻涉及用神降筆或著，書寫有關個人命運的啟示。（香港：中文大
　　　　學出版社，2005年9月），頁33。
〔註65〕【宋】徐鉉《稽神錄·支戩》云：「取飯箕，衣之衣服，插著為嘴，使畫粉盤
　　　　以卜。」，收入《宋元筆記小說大觀》第6冊（上海，上海古籍出版社，2001
　　　　年12月），頁211。
〔註66〕【宋】蘇軾〈子姑神記〉：「予往觀之，則衣草木為婦人，而置箸手中，二小童
　　　　子扶焉。以箸畫字……」，收入孔凡禮點校：《蘇軾文集》（北京：中華書局，
　　　　1986年3月），頁407。
〔註67〕【宋】張世南《遊宦紀聞》：「世南少小時，嘗見親朋間，有請紫姑仙。以著插
　　　　筲箕，布灰桌上畫之。」收入《筆記小說大觀》第7冊（揚州：江蘇廣陵古籍
　　　　刻印社，1983年4月），頁385。
〔註68〕【宋】洪邁《夷堅志·沈承務紫姑》：「紫姑仙之名，古所未有，至唐乃稍見之。
　　　　近世但以箕插筆，使兩人扶之，或書字於沙中，不過如是。」，頁1468。
〔註69〕【漢】許慎：《說文解字》（上海：上海古籍出版社，1981年10月），頁127。
〔註70〕仲富蘭：《中國民俗文化學導論》（上海：上海辭書出版社，2007年1月），頁
　　　　239。

人」、「道人」、「居士」、「仙子」等歷代神仙與名人，八仙在當時已是民眾熟知的神仙團體，自然也是降乩請仙的對象，故王世貞說：「八仙者，皆集而持壇之仙。」〔註71〕八仙降乩與人交流的過程，明代田藝蘅《留青日箚》寫道：

> 余嘗召箕，洞賓降書云：「輕揮羽扇，平分湘水，煙霞泉石為佳侶。清風雨袖膽氣粗，洞庭飛過經千里。飽嚼瑤華，醉斟玉髓，乾坤收拾葫蘆裡。一聲長笑海空秋，數著殘棋山月起。」末書曰：〈踏莎行〉。余請作〈西湖賦〉，即運箕如飛，筆不停輟，有云：「攀碧落之兩峯；臥白雲於三竺。六橋水流漁與俱，四賢堂寂鹿獨宿。」真佳句也。客有戲之者曰：「公之仙姑何在？」即書云：「仙姑至矣。」箕停少選，復書云：「閬苑蓬萊自可人，東山人駐幾千春。要知古女真消息，碧漢青天月一輪。」余曰：「非藏『何仙姑』三字邪？」復書曰：「然，然，然。」余出一句曰：「日月為明分晝夜」，求知屬對。箕即應之曰：「此拘於字，難對，聊對一句。」乃書曰：「女生合姓別陰陽。」客又戲之曰：「適見洞賓否？」箕忽震怒者久之，復書曰：「仙友從來有洞賓，爾今問我是何因？婉妙自許逢周穆，姜女誰知與亂臣。烈火精金應不鑠，蒼蠅白璧未嘗磷。道心清淨渾如水，不學凡間犬豕人。」〔註72〕

由田藝蘅經歷來看，降乩時可請來不同的神仙，這些神仙以詩詞與請乩者溝通、對答。召乩請仙本為卜問疑惑，但乩仙往往有著極佳的文筆與才華，讓人眼前一亮，如宋·沈括曾於《夢溪筆談》言：「近歲迎紫姑仙者極多，大率多能文章歌詩，有極工者，予屢見之，多自稱蓬萊謫仙，醫卜無所不能，棋與國手為敵。」〔註73〕迎紫姑本為民間習俗，大抵以應節取樂為目的，紫姑仙所言之事也多與家居生活有關，它與乩卜結合後，乩語以文字呈現，故扶

〔註71〕【明】王世貞《弇州山人四部續稿·卷一百五十六·盧一書觀世音大士行實後》：「主內道人即盧一子，其名為惟憕，不知何許人也。始王學士元馭，得紫姑仙乩法於關西老儒，有所叩輒應而中，鄙之，不復祕惜，偶傳於吾鄉季穎。其始至或稱鐵拐李，或稱純陽呂，或張果，或俗所謂八仙者，皆集而持壇之仙。」收入《景印文淵閣四庫全書》第1284冊（臺北：商務印書館，1983年6月），頁263。

〔註72〕【明】田藝蘅：《留青日箚》（上海：上海古籍出版社，1985年9月），頁907～908。

〔註73〕【宋】沈括撰，胡道靜校注：《新校正夢溪筆談》（北京：中華書局，1957年11月），頁214。

乩人必須為通曉文字者。隨著扶乩者知識與身分的改變，所迎請的乩仙也從
鄉野鬼魅轉變為歷史名人或天上神仙，乩仙的語言也因此愈加典雅，甚至以
吟詩賦詞顯其才華，從明、清筆記中發現，大部分乩仙有降筆即賦詩的現象。
「乩語」是乩仙給與扶乩人的啟示，通常以短句或詩詞的形式呈現，除了增
加神祕與韻律感外，也能讓解釋者有較大的發揮空間。乩仙降筆除了回答問
題外，也會與文人們唱和、猜謎、對對子，若遇無禮、調戲者，也會反駁、
教訓之，如上述何仙姑諷刺無禮者，將人與犬豕同置。清褚人穫《堅瓠集》
中也曾記載何仙姑仙降後，言：「開口何須問洞賓，洞賓與我卻無情。是非吹
入凡人耳，萬丈長河洗不清。」來解釋與呂洞賓的關係，並抱怨凡人不辨是
非，讓自己清名受辱。〔註74〕

扶乩是占卜的一種，百姓們用以詢問日常瑣事，然文人扶乩則多卜問科
舉、為官之事，清張潮《虞初新志》云：

> 凡乩僊，多自稱呂祖。按呂祖名巖，字洞賓，沔州人，唐禮部侍郎
>
> 渭之孫。會昌中，兩舉進士不第，去遊廬山，遇異人，得長生訣，
>
> 遂仙去。故乩仙最善賦詩，喜與讀書子言科場事，甚驗。〔註75〕

士人問乩仙試題與功名的情況在宋代就已出現，明、清時期更加頻繁，在文風較
盛的江浙等省，士人甚至有不信乩仙不能考中的心理，許地山所收錄乩仙預言試
題、功名的例子，十之八九皆在明、清兩代。〔註76〕士人扶乩求功名實，祈求的
對象有關羽、觀音、呂洞賓、土地諸神，其中以呂洞賓較受青睞。傳說中呂洞賓
出身業儒之家，又有應試中舉後入道修仙的經歷，是眾神仙中文人氣息較濃厚
者，因此明清文人會特別舉行扶乩儀式，向呂洞賓詢問科舉事宜。〔註77〕呂洞賓

〔註74〕【清】褚人穫輯撰，李夢生校點《堅瓠辛集·卷四》：「一人請箕仙，仙至自云
何仙姑。一頑童戲問曰：『洞賓先生安在？』箕即題曰：『開口何須問洞賓，洞
賓與我卻無情。是非吹入凡人耳，萬丈長河洗不清。』其敏捷如此。收入《清
代筆記小說大觀》第2冊（上海：上海古籍出版社，2007年10月），頁1318。

〔註75〕【清】張潮輯，王根林校點：《虞初新志》，收入《清代筆記小說大觀》第1冊
（上海：上海古籍出版社，2007年10月），頁437。

〔註76〕許地山：《扶乩迷信的研究》（北京：商務印書館，1999年7月），頁34～44。

〔註77〕【清】吳熾昌《客窗閒話》：「有諸生集鸞壇問功名者。鸞書曰：『趙酒鬼到。』
眾皆詈曰：『我等請呂仙，野鬼何敢幹預？行將請大仙斬汝矣。』鸞乃止，而
復作曰：『洞賓道人過此，請生何問？』眾皆肅容載拜，叩問科名，鸞書曰：
『多研墨。』於是各分硯研之，頃刻盈碗，跪請所用。鸞曰：『諸生分飲之，
聽查判斷。』眾乃分飲訖，鸞大書曰：『平時不讀書，臨時吃墨水，吾非呂祖
師，依然趙酒鬼。』諸生大慚而毀其壇。此故事雖是言乩仙戲弄士子之事，但

語功名靈驗的事蹟不少，清代紀昀《閱微草堂筆記》載方夔典嘗向純陽真人問科
第，乩仙判曰：「場屋文字，只筆酣墨飽，書味盎然，即中式矣。何必預問乎？」
當方夔典中進士，考官於試卷上的評語即是「筆酣墨飽，書味盎然」，乩仙之神
奇由此可見。〔註78〕又陳其元《庸閒齋筆記·乩語之靈驗》敘述自己十七歲時問
功名的經歷：

> 道光戊子鄉試，余年十七，闈前偕二三友人閒遊西湖，行至蘇公祠，
> 見人在內扶鸞，因入觀之。其仙則呂祖也，其人多應試者，扣功名
> 事，仙答以儷語，語在可解不可解之間，余固不之信也。第見人皆
> 肅恭致問，姑長揖問己之功名。乩忽奮筆大書曰：「爾甲子舉人也。」
> 戊子距甲子三十六年，眾皆視余而笑，余亦笑而出曰：「不靈。」乩
> 復書曰：「到期自知。」眾追而告余，余又一笑置之。然自是屢躓秋
> 闈矣，至同治甲子，余年五十三矣。時在寧郡總辦釐娟局務，浙江
> 甫經收復，並不開科，余偶憶乩語，輒笑其誕。至冬，左季高爵相
> 薦舉浙江人才，以陳魚門、丁松生及余應詔。奉旨以直隸州知州發
> 往江西補用。次年乙丑，余在江蘇需次，聞浙江補行鄉試，余忽憶
> 乩言，乃請於中丞，回籍應試。比到浙江，則格於例，不能入闈，
> 廢然而返。復笑乩言之誕。至丙寅春，奉檄總辦天津海運，謁見劉
> 崧巖中丞，在坐有言乩仙不可信者，余因述「甲子舉人」一說以證
> 之。中丞沈思良久，忽曰：「如子所言，乩仙頗可信矣。子非於（於）
> 甲子年薦舉人才乎？明明道是『甲子舉人』，何尚不悟乎？」余聞是
> 論，不覺恍然。噫！乩語誠巧，或真有仙降耶？〔註79〕

陳其元年少時偶遇扶鸞，呂洞賓預判三十六年後「舉人」，陳氏本不信，但之
後科考的確屢屢受挫，直至甲子年被舉薦為知州，陳氏本認為以自己親身經歷
可印證乩仙不可信，但經劉中丞道破「舉人」並非只是指鄉試登第者，舉薦人
才亦為是，陳氏才發現乩仙之語誠巧，發出真有仙降的感慨。

　　除了乞問功名外，筆記也記載了呂洞賓以扶乩賜藥救人，清張潮《虞初新

從中亦可看出呂洞賓是士子問功名時首選乩仙。收入《筆記小說大觀》第29
冊（江蘇：江蘇廣陵古籍刻印社，1983年8月），頁103。
〔註78〕【清】紀昀：《閱微草堂筆記》（北京：中華工商聯合出版社，2001年1月），
頁410。
〔註79〕【清】陳其元撰，楊璐點校：《庸閒齋筆記》（北京：中華書局，1997年12月），
頁220～221。

志》曾載呂祖降乩賜藥洪若皋事：

> 「乩」或作「卟」，與「稽」同，卜以問疑也。後人以仙降為批乩，
> 名之曰「乩仙」，亦謂「箕仙」，又謂之「扶鸞」云。……先君極敬重
> 之。每仙降，先君必登樓禮四拜，飲酒必令盡歡而散。是時先君年
> 望六，次年偶往鄉，染時疫歸，發熱三日，不汗。六日熱甚發譫，
> 醫人咸卻走，計無所施。或言祈之仙，符方發，扶乩，乩躍入地。
> 再持起，縱橫亂擊，持者手破流血，沙盤皆碎裂。予輩俯伏哀求，
> 方大批云：「爾父病亟，何不早請我？」予輩復俯伏謝過，隨批云：
> 「急取梯來，向樓簷某行瓦中，取予藥方下。」即如言取下黃紙一
> 卷，藥方一道，靈符三道，皆紫朱所書，與前批評文章筆跡無異。
> 其藥件皆人所常服者，隨令抄謄，赴坊取藥，原方焚之。復命取水
> 一碗，用桃仁七枚，搗碎和之，焚三靈符於其內，飲父。囑飲後，
> 手持木杵，向床中四旁擊之。予輩捧水至床前，父素信仙，一吸而
> 盡。復如言持杵左右前後擊。仙停乩以待，曰：「汗乎？」視之，果
> 大汗如雨。隨命服湯藥。既服，復停乩以待，曰：「睡乎？」視之果
> 睡。即命取白米煮粥以俟。少頃，舉乩曰：「睡覺乎？」視之，復曰：
> 「睡已覺。」曰：「急進粥。爾父病瘳矣。」予退。命「碧桃子守爾
> 家。」因供碧桃仙於家。碧桃嗜水，朝夕奉水一大碗，無他供也。
> 未三日，而父服食如平時，一似未嘗病者。他日設酒食酬謝仙，父
> 伏地，感而且泣。未幾，仙贈父小像，墨蹟甚淡，視之如影，然酷
> 肖父狀，上書「九天紫府純陽道人贈。」〔註81〕

洪若皋父親病重，醫者皆束手無策，無計可施時求助乩仙，得純陽祖師仙方，
並輔以喝符、持杵擊床等方式治療，經過這些看似荒謬行為，洪父果然痊癒了。
《閱微草堂筆記》也載方夔典「少嘗患心氣不寧，稍作勞則如簌簌動」，向呂
仙乞藥，得「此證現於心，而其原出於脾，脾虛則子食母氣故也。可炒白朮常
服之」的判語，後按藥方服用，恢復如常人。〔註81〕在洪若皋父、方夔典的例
子中，呂洞賓降乩寫下的藥方，皆常人常用的藥材，雖平凡卻有奇效，難怪時
人對乩仙深信不已。

呂洞賓降乩賜藥的行為影響後代醫書，民間流傳的《醫道還原》即是藉由

〔註80〕【清】張潮輯，王根林校點：《虞初新志》，頁 437～439。
〔註81〕【清】紀昀：《閱微草堂筆記》，頁 410。

扶乩所寫成。此書前的〈呂祖自序〉言：

> 吾自晚唐下塵，得遇鍾離老祖授以心性之學，皈依至道，並授濟世救
> 人妙術，令我遍行救濟數十載，足跡幾遍寰區，一旦叨蒙天恩，遂辭
> 塵而歸羅洞，迄今廁身金闕，救世之本願未酬，時駕青鸞，度人之素
> 懷欲白，適逢文武二帝同在座中，談及至道不明，人心日流於穢濁，
> 致本真喪而疾病夭傷，與言及此皆為太息，因協奏上皇降旨勅吾垂書，
> 俾迷昧者得所信，從而學習，統君民上下、老稚智愚而皆宜，故特擇
> 地於信宜焉，爰令法門弟子秉木筆以待傳，將吾所得醫身、醫心、醫
> 性命之道畢達於世。上皇名是書為《醫道還元》。〔註82〕

〈呂祖自序〉言《醫道還元》是他「爰令法門弟子秉木筆以待傳，將吾所得醫
身、醫心、醫性命之道畢達於世。」表明它是由呂洞賓信徒，通過扶乩活動彙
集乩文輯校成書。《醫道還元》正文中，每一小段後都以「呂真人曰」作解說，
這可印證《醫道還元》作者實為呂洞賓。《醫道還元》分脈理奧旨、症候源流、
藥法闡微、天地心、五氣心法、五礙心印、性命洞源、修性復命、真體圓成九
卷，藉由醫學逐漸進入內丹討論，包括心性對疾病形成或變異所產生的影響，
以及藥物對疾病的作用，其中疾病說明、性命雙修理論及豐富藥物知識，都頗
受中醫學界重視，因此它雖是藉由扶乩而寫成，但在醫學上的價值不亞於宗
教。〔註83〕除了《醫道還元》，《洞天奧旨》、《脈訣闡微》、《石室秘錄》、《外微
言》等醫書的完成，也與呂洞賓降乩有關。〔註84〕

　　無論筆記小說或道教經典，在明代以前不見八仙以扶乩的方式顯化度人，

〔註82〕呂洞賓降著：《醫道還元‧卷一‧自序》，乙亥孟夏雲泉仙館重刊本。頁8～9。

〔註83〕《醫道還元》從不同的醫理出發，反向解釋心性構成病理、病機或病變的原
　　　　因，以內丹學「性命雙修」的機理解釋疾病的形成、發生及對症治療的方法，
　　　　具有「心藏神為君主之官」的臨床醫學意義。如今《醫道還元》以醫書的身分，
　　　　成為中國傳統醫學系統中「道教醫學」代表作品，中醫學系大專用書《道教醫
　　　　學精義》就收此書於其中。詳見陸晶晶：〈扶乩信仰對清代道教醫學的推動與
　　　　影響──以《醫道還元》為中心的研究〉，《道教研究學報：宗教、歷史與社會》
　　　　2018年第十期。

〔註84〕《洞天奧旨》、《脈訣闡微》、《石室秘錄》、《外經微言》為清代名醫陳士鐸作
　　　　品，據這些書的序文來看，是他「仙遇」岐伯及張仲景，得八千多張筆記，欲
　　　　整理成書稿出版但又對自己沒有信心，因此藉扶乩請來呂洞賓，而呂洞賓又
　　　　幫他請來岐伯、張景仲、華陀等降筆。詳見呂道人〈石室秘錄序〉，陶式玉與
　　　　陳士鐸〈洞天奧旨序〉兩篇，收入柳長華主編：《陳士鐸醫學全書》，北京：中
　　　　國中醫藥出版社，1999年8月），頁271、1013～1015。

因正統道教沒並有接納這種民間宗教儀式，甚至將其視為邪說，告誡行正法之士不得以此誘眾害道，〔註85〕故明代以前的箕仙以靈鬼精怪居多。隨著乩風興盛，民間俗神與道教仙人皆能為乩仙，八仙在傳說中本就是散仙，其性格、行事都較為貼近民眾，容易成為替信徒解疑消災的持壇之仙。又民間宗教常以扶乩來做為通達神明、創新教義的手段，八仙受民眾歡迎且又常降仙乩壇，故被民間宗教吸納入信仰體系中，如明末白蓮教支派龍天道《家譜寶卷後部·時年印號有準第八品》有「呂純陽，當頭將，抖起威風。」〔註86〕「二十八宿才臨凡，純陽洞賓老祖現，一切星宿，保住大駕不遭難。」〔註87〕清代山東人劉煥英創全真教，自稱八仙下凡；提倡儒、釋、道三教歸一的「皈一道」，雖以無生老母為最高神，然純陽帝君、李拐仙、何仙姑等人也在此派供奉的神靈之中。民國之後，八仙對民間箕壇與鸞堂仍有不小影響，民國八年成立於北京的悟善社，便是以呂洞賓為主神。〔註88〕

第二節　中長篇小說中的八仙

　　明、清兩代，不少作者以八仙為素材完成了幾千到數十萬字的小說，如《東遊記》、《飛劍記》、《韓仙傳》、《韓湘子全傳》、《呂祖全傳》、《三戲白牡丹》與《八仙得道傳》等。這些小說因宗教或商業考量，將嚴肅的宗教原理藉由人物的經歷、行為表達，不但使讀者對道教與八仙有更深的認識，也讓莊嚴的神仙走向大眾而愈發世俗化。

一、明代八仙小說

（一）《東遊記》

　　《東遊記》全名為《新刊八仙出處東遊記》，一名《全像東遊記上洞八仙傳》，簡稱《上洞八仙傳》。《東遊記》現存最早的是明萬曆時期的余文臺刻本，分上、下兩卷，目錄五十六回，上卷自〈鐵拐李求道修真〉至〈三至岳陽飛渡

〔註85〕【明】張宇初：《道門十規》，收入《中華道藏》第42冊，頁642。
〔註86〕【明】佚名：《家譜寶卷後部》，收入李世瑜《寶卷論集》（臺北：蘭臺出版社，2007年12月），頁189。
〔註87〕【明】佚名：《家譜寶卷後部》，收入李世瑜《寶卷論集》，頁196。
〔註88〕鍾雲鶯：《清末民初民間儒教對主流儒學的吸收與轉化》（臺北：國立臺灣大學，2008年7月），頁187。

書〉，下卷自〈湘子造酒開花〉至〈觀音和好朝天〉，而總目中〈諸仙近時出現〉、
〈洞賓近現降仙機〉二回，則不見於正文中。書前有〈八仙傳引〉，署「三臺
山人仰止余象斗言」，正文上卷題「新刊八仙出處東遊記卷之一」，署「蘭江吳
元泰著　社友凌雲龍校」。吳元泰，號蘭江，里居、生平不詳，約明世宗嘉靖
末前後在世，作品僅見《東遊記》一書。

　　《東遊記》首回以〈點絳唇〉開頭，說明此書敘述八仙事蹟，並點明八仙
身分為：「鐵拐、鍾離、洞賓、果老、藍采和、何仙姑、韓湘子、曹國舅，而
鐵拐先生其首也。」〔註89〕作者以這順序，依次描寫八仙成道的過程。綜觀
《東遊記》內容，主要可分三部分：第一部分是八仙得道的經過，首先敘述拐
李玄，看透紅塵紛擾，因難窺道之精要，故前往終南山求教於太上老君，以魂
魄與老君等同遊，卻因弟子疏忽，使身軀遭焚而附身餓莩成為鐵拐李。鐵拐李
度漢大將鍾離權，授以長生祕訣、金丹火訣、青龍劍法等，助其修行成仙。藍
采和持板踏歌於世，曾與鐵拐李論道，後乘白鶴升天；張果老隱居於中條山十，
得受宛丘、鐵拐諸仙論道說法，長生不老，後應玄宗召入宮，於宮中展現生齒、
視鹿等其奇能，最終辭歸仙去；何仙姑夢神人告知食雲母當輕身不死，遇鐵拐
李、藍采和授以仙訣，並得鐵拐李接引而升仙。鍾離權降凡十試呂洞賓助其成
仙，鍾、呂二人再度韓湘子、曹國舅。第二部分是呂洞賓化身呂客擺下天門陣，
其餘六仙獲悉此事大怒，乃使鍾離權下凡協助楊宗保等人破陣，並以干犯天
數、荼毒下民等理由規勸呂洞賓收兵止戰，回歸天界。第三部分敘述八仙前往
王母娘娘的壽筵，醉酒後各擲法寶渡海而歸，途中遇龍宮太子奪寶擄人，七仙
前往索討並與四海龍王相鬥，最後經觀音調解，雙方才停戰言和。

　　《東遊記》中八仙得道的經歷主要有兩大類型，一種是本非凡人，如藍采
和為赤腳大仙降生，白蝙蝠張果受天地之氣與日月之精後而化人，呂洞賓為東
華真人（一說華陽真人）後身。這些人本就有仙籍，在塵世歷練後又回歸天界。
另一種雖身為凡人，但質非凡骨，受仙人傳道、接引而升仙，如鐵拐李、鍾離
權、何仙姑、韓湘子、曹國舅。這八位神仙中鐵拐李成仙最早，他為度鍾離權
而放火助蕃，使其入山受道於東華帝君，鍾離權成仙後入凡度化呂洞賓、韓湘
子與曹國舅，所以鍾離權是鐵拐李弟子，其餘三人為再傳弟子；至於藍采和、
張果老、何仙姑，也與鐵拐李有著論道、受教、引渡等關係，因此《東遊記》
中的八仙是藉由鐵拐李串聯在一起，故此書作者將鐵拐李列為八仙之首。

〔註89〕【明】吳元泰：《新刊八仙出處東遊記》，頁7。

　　雖說吳元泰安排八仙因引渡或論道等關係成為一個神仙團體，然他們得道的過程則參考《明皇雜錄》、《青瑣高議》、《續仙傳》、《金蓮正宗記》、《歷世真仙體道通鑑》、《歷代仙史》等書而來，甚至有些完全沿襲，文字少有改動。再者，大破天門陣一段，取自於《楊家府演義》或《北宋志傳》，三者文字、情節相同處不少，〔註90〕且此段內容較近演義的性質，風格旨趣大異第一部分。至於八仙過海怒鬥龍王一段取材於明初雜劇《爭玉板八仙過滄海》，兩者情節發展雷同，不過吳元泰改白雲仙人的牡丹宴為西王母壽宴，最後調和者則從佛祖改成觀音。西王母是民間壽神之一，元雜劇中也有八仙齊赴蟠桃宴的情節，西王母與八仙結合是民間慶壽文化的展現；至於觀音本屬佛教人物，其信仰在流傳過程中逐漸被道教化、庶民化而成為民間俗神，因其有著救苦救難的慈悲性格，所以被人們視為一個有包容性、協調性的存在。〔註91〕王母或觀音皆為百姓所熟知的神仙，吳元泰以兩者替代《爭玉板八仙過滄海》中白雲仙人與佛祖，應是為迎合讀者認知與喜好所致。

　　《東遊記》內容皆有所本，但作者在改寫的過程中，並未融會各種材料，而是東抄一部分、西抄一部分拼湊內容，導致情節不連貫、語言不流暢、結構鬆散混亂、人物形象前後不一。如呂洞賓，經雲房十試後已捨離嗔癡、愛欲、好惡之心，但飛升前卻在洛陽受歌舞名妓白牡丹美色所誘產生採陰補陽的貪慾，成仙後又因師長與道友的批評而動怒，這些變化雖然豐富了呂洞賓的個

〔註90〕《楊家府演義》全名《楊家府世代忠勇演義志傳》，明朝萬曆三十四（1606）年臥松閣刊本，八卷五十八則。秦淮墨客校閱，煙波釣叟參訂。在此前的明萬曆二十一（1593）年，唐氏世德堂曾刊印《南北兩宋志傳》，二十卷一百回，據傳為熊大木所作，一說此名為余象斗的依託。此書後半部為《北宋志傳》，十卷五十回，因敘述楊家將故事，故又稱《楊家將演義》或《楊家將傳》。《楊家將演義》與《楊家府演義》前後相差十三年，但內容相當接近，兩者都有大破天門陣的情節。周曉薇〈《東遊記》天門陣故事抄襲《楊家府演義》考辨〉中，列舉了人物的出場與結局、楊宗保遇神授兵書、黃瓊女歸降的原因等七個問題，考辨兩書襲承關係。辛志鳳曾比較《東遊記》、《楊家府演義》與《北宋志傳》三書，發現以情節著眼的話，《東遊記》與《楊家將演義》相似度頗高，但從具體行文看，《東遊記》天門陣故事實襲自《北宋志傳》。詳見周曉薇：〈《東遊記》天門陣故事抄襲《楊家府演義》考辨〉，陝西師大學報（哲學社會科學））1993年第4期。辛志鳳、梁小平：〈《東遊記》天門陣故事襲自《北宋志傳》辨〉，《理論觀察》2019年第2期。

〔註91〕詳見劉平、隋愛國：〈明清民間宗教中的觀音信仰〉，《世界宗教文化》2014年第1期。陳鵬程：〈明清小說中所展現的觀音信仰及其文學功能〉《太原理工大學學報（社會科學版）》2015年05期。

性，但也讓他的形象產生前後矛盾。又如何仙姑，在〈仙姑得夢成仙〉裡為是不食煙火且立誓不嫁的高潔女子，到了〈仙侶戲弄洞賓〉中，卻安排鐵拐李與何仙姑互相調戲：

> 鐵拐戲之曰：「惟汝無夫，亦欲他人無夫耶？」仙姑答曰：「人皆有妻，汝何獨無妻乎？」拐笑曰：「特留與卿作配耳。」〔註92〕

成仙前何仙姑嚴謹自重，成仙後她卻與鐵拐李以夫妻姻緣互相調笑，兩處言行逈然不同，形象迥異。至於內容，吳元泰第二回為三千多字〈老君道教源流〉，詳細講述道教老子降生及創世的種種神話，但它與八仙並沒有直接的聯繫，也無法接續前、後回，像是專門宣傳道教源流而出現。又如第十九回的〈采和持拍踏歌〉中對於藍采和成仙的敘述，只占此回的三分之一，其餘三分之二皆為詩歌，此十二首詩歌內容複雜多樣，涉及儒、釋、道各方面，與小說情節發展無關。若〈老君道教源流〉與藍采和的十二首詩歌將刪除，《東遊記》結構則能更加緊湊完整。因《東遊記》種種缺點，故魯迅評點時稱：「書中文言俗語雜出，事亦往往不相屬。」〔註93〕趙景深亦言：「文字也很拙劣，文白夾雜，東抄西襲，一無可取。」〔註94〕

　　《東遊記》內容非作者原創，內容邏輯與行文用字可議處甚多，稱不上是上乘作品，但從讀者和商業的角度來看，吳元泰將民眾熟知的八仙、太上老君、觀音等神仙為寫入文中，可激起讀者的閱讀興趣，滿足他們好奇喜異的娛樂需要。此外，書中用了不少俗語，容易讀懂，便於讀者直接欣賞內容，這也是此書受眾為數甚多之因。

（二）《飛劍記》與〈呂洞賓飛劍斬黃龍〉

　　《飛劍記》全名《鍥唐代呂純陽得道飛劍記》，又名《呂祖飛劍記》，現存最早刊本為余氏萃慶堂本，有二卷十三回，封面題「呂仙飛劍記」，書前有〈呂祖飛劍記引〉，本文上卷題「鍥唐代呂純陽得道飛劍記卷之上」，署「安邑竹溪散人鄧氏編　閩書林萃慶堂余氏梓」。竹溪散人本名鄧志謨，字景南，又字明甫、鼎所，明代饒州府安仁人，約生於嘉靖三十九年前後。此人學問淵博，有兩腳書櫥之稱，曾被湯顯祖讚為「異材」。〔註95〕鄧志謨著作不少，其中《鐵

〔註92〕【明】吳元泰：《新刊八仙出處東遊記》，頁 122～123。
〔註93〕魯迅：《中國小說史略》（臺北：小倉出版社，2011 年 6 月），頁 156。
〔註94〕趙景深：《中國小說叢考》（濟南：齊魯書社，1980 年 10 月），頁 237。
〔註95〕陳大康：《明代小說史》（北京：人民文學出版社，2007 年 4 月），頁 393。

樹記》、《咒棗記》、《飛劍記》是三本較著名的道教小說，前二者敘述主人翁（許遜和薩守堅）在人間修修行時斬妖除魔之事，而《飛劍記》可以「修心」、「度人」概括之。

《飛劍記》刊刻的時間據王漢民分析應略晚於《東遊記》〔註96〕，但情節內容並未受到《東遊記》影響。全書分為三部分，分別描述呂洞賓的出身、學道修行與度化世人的經歷。云呂洞賓前生為鍾離權徒弟慧童，私自下凡投生唐刺史呂讓之家，雖博學聰穎，但在六十四歲時才舉進士。任官途中遇仙師鍾離權，權以夢境使其悟道，七試見其道心，才收他為徒，授以黃白祕方。呂在修行途中，又得火龍真人贈可斷煩惱、色欲、貪嗔的雌雄二劍，並以劍斬呂梁洪之蛟、殺白額兇虎。至金陵城見白牡丹，欲採陰補陽，反被黃龍禪師識破，授白牡丹破解之法，呂洞賓反失丹田之寶，怒而飛劍斬禪師，不料被制伏並收去雙劍。呂洞賓無奈求恕，禪師歸還雌劍，並要求改佩於背上以自警。呂洞賓再次入山修行，圓滿後遊行天下，四處顯化度人，然無一成功。又遇火龍真人，聞真人言淮安府玉溪村何惠娘名登仙籍，可度之，故前往淮安度何女，與之升入仙班。

鄧志謨自言《飛劍記》為：「集捃祖之遺事，而其中詩句皆祖之口吻吐之。」〔註97〕將其與《純陽帝君神化妙通紀》比較，發現情節有不少相似之處，如第一回取材於「瑞應明本第一化」，第二回則用了「黃粱夢覺第二化」、「歷試五魔第四化」等故事，書中每一回的材料皆有出處。因此，鄧志謨《飛劍記》是以《純陽帝君妙通紀》等專門傳述呂洞賓事蹟的仙傳為依據，再雜採唐以來的筆記小說、道家仙傳與民間傳說擴充成篇。不過，鄧志謨並非單純照抄仙傳，而是改寫並添補內容，如呂洞賓與武昌太守對弈一事，在《純陽帝君妙通紀》的「誘太守弈第六十六化」為：

> 武昌太守倅，一日對弈。有一道人不通姓名，直前曰：「吾能也。」守試與弈，纔下僅八子，即曰：「太守負。」守曰：「汝子未盈局，安知吾負？」道人曰：「吾子以（已）分途據要津也，是以知之。」已而果然，如是數局，守皆負。道人俄拂袖不見，守令人遍城尋之。聞在郡治前吹笛，纔至郡治前，則聞笛聲在東門，至東門則聞在西

〔註96〕王漢民：《八仙與中國文化》，頁184。
〔註97〕【明】鄧志謨：《呂祖飛劍記‧呂祖飛劍記引》（北京：中國戲劇出版社，1999年12月），（無頁碼）。

門，至西門則聞在南門，至南門則聞在北門，至北門則聞在黃鶴樓前。道人走往石亭中不見，但見亭中有詩曰：「黃鶴樓前吹笛時，白蘋紅蓼映江湄。衷情欲說無人會，惟有清風明月知。」末小書一呂字。〔註98〕

在鄧志謨在《飛劍記》第九回為：

又，純陽一日遊武昌，扮作一雲遊道人，持一漁鼓簡板，滿街之上唱《浪淘沙》一詞，云：「我有屋三椽，住在靈源。魚遮四壁任蕭然。萬象森羅為斗拱，瓦蓋青天。無漏得多年，結就姻緣。修成功行滿三千。降得龍來伏得虎。陸地神仙。」

時武昌守有事外出，正當擺頭踏轉府，聞得歌聲清亮，坐在轎子上凝望，只見是個道人。那太守素重著方外之士，因謂左右人曰：「那唱歌的道人，叫他進我衙裡來，我有事問他。」只見那些皂隸們就去請著那道人，說道：「先生，我老爺請你到衙裡去。」道人遂同著皂隸們直進府衙之內，見了太守，唱一個恭兒，說道：「貧道稽首。」那太守倒是個不驕傲的，回言道：「道人休怪。」既而叫門子掇一把椅子，叫那道人坐下。遂問說：「道人從何而來？」道人道：「貧道終南山來的。」守因問：「終南有佳處？」道人道：「佳處甚多。」因舉陶隱君詩答云：「終南何所有，所有惟白雲。只可自怡悅，不堪持贈君。」守甚異之，款留二日。因問其姓名。道人隱而不說，惟曰：「野人本是山中客，石橋南畔有舊宅。父子生來只兩口，多好笙歌不好拍。」

時守性好弈，因問道人：「能弈否？」道人道：「頗知。」守乃與之對弈，才下僅八子。道人道：「大人負矣。」太守道：「汝子未盈局，安知吾負？」道人道：「吾子已分途據要津，所謂戰必勝，攻必取，是以知之。」已而果然。如是數局，守皆負。守不忿，怒形於色。道人俄拂袖而去，並不見其蹤跡。守令人遍城尋之，有人說道：「那道人在郡治前吹笛。」及尋者至郡治前，則聞笛聲在東門。尋者至東門，則聞笛聲在西門。尋者至西門，則聞笛聲在南門。尋者至南門，則聞笛聲在北門。尋者至北門，則聞笛聲在黃鶴樓前。守乃多令人尋之。及至黃鶴樓前，道人則走往石照亭中。眾人從石照亭中左顧

〔註98〕【元】苗善時：《純陽帝君神化妙通紀》，收入《中華道藏》第46冊，頁468。

右盼，東尋西覓，哪裡見道人個蹤兒影兒？但見亭中有詩一首。詩曰：「黃鶴樓前吹笛時，白蘋紅蓼滿江湄。哀情欲訴誰能會，惟有清風明月知。」

那些左右之人錄了此詩，回復太守，說道：「老爺，那道人著實奇怪，東尋東不著，西尋西不見，直尋到黃鶴樓前，他卻走在石照亭。及至石照亭，依然沒有蹤影，只留有一詩在那裡。」因呈詩與守，守始悟道人先吟之詩，說道：「野人本是山中客，乃賓字也。石橋南畔有舊宅，石橋者洞也。父子生來有兩口，兩口者呂也。多好笙歌不好拍，乃吟也。這分明是『呂洞賓吟』四字，此道人乃純陽子乎？」

眾方驚悟，其守亦懊惱累日。〔註99〕

比較上述兩段引文知《飛劍記》雖據《純陽帝君妙通紀》而來，但鄧志謨在敘述中融合他對情節的設計，補充呂洞賓與武昌太守如何相遇，太守如何領悟錯失仙人及其懊悔之情。這些添補的部分，使情節更流暢完整，不但提高可讀性，也豐滿了呂洞賓形象，這也是為何《飛劍記》與《東遊記》都是整合舊材料再加以擴寫的作品，但前者的藝術與文學價值卻高出較後者不少。

《飛劍記》中呂洞賓與黃龍禪師爭執亦見於馮夢龍《醒世恆言》卷二十二〈呂洞賓飛劍斬黃龍〉。《醒世恆言》最早版本為明天啓七年（1627）蘇州金閶葉敬池所刊行，此刊本四十卷，框內右上刻「繪像古今小說」，中間大字「醒世恆言」，左下刻「金閶葉敬池梓」，正文半頁十行，行二十字。〔註100〕〈呂洞賓飛劍斬黃龍〉敘述鍾離權給呂洞賓三年的時間下凡度人，行前賜與他降魔太阿神光寶劍，並告誡休尋和尚鬧、休失落寶劍、休違三年限。呂洞賓同意後便揹著寶劍，下凡尋找可度之人，然遊凡一年仍無結果，故前往太虛頂上望氣，於青氣出現之地尋得殷氏與王太尉二人，不過殷氏怒氣太重、王太尉不識神仙，導致兩人錯過被呂洞賓引度之機緣。江西黃龍山傅永善廣行陰騭，累世積善，呂洞賓欲度其成仙，然傅氏崇佛而不願受度，又因傅氏言語中對黃龍禪師多有稱讚，故轉尋黃龍禪師鬥法。兩人論道時，呂洞賓被禪師說到啞口無言，心生嗔怒進而欲以飛劍斬其首，反遭禪師收取飛劍，押入困魔巖參禪。呂洞賓尋找機會逃離困魔巖，前往終南山求助於鍾離權，以鍾師之書信索回寶劍，並

〔註99〕【明】鄧志謨：《呂祖飛劍記》，頁60～62。

〔註100〕胡萬川：《話本與才子佳人小說之研究》（臺北：五南圖書出版股份有限公司，2018年12月），頁70～72。

拜黃龍禪師為師，修悟佛理。〔註101〕

　　呂洞賓與黃龍禪師的傳說在南宋就已經出現，當時佛教的《聯燈會要》、《嘉泰普燈錄》、《五燈會元》、《指月錄》、《仙佛同源》等書均記載呂祖參黃龍一事，據《五燈會元》卷二十二「呂巖洞賓真人」條云：

> 呂巖真人，字洞賓，京川人也。唐末，三舉不第，偶於長安酒肆遇鍾離權，授以延命術，自爾人莫之究。嘗遊廬山歸宗，書鐘樓壁曰：「一日清閒自在身，六神和合報平安。丹田有寶休尋道，對鏡無心莫問禪。」未幾，道經黃龍山，睹紫雲成蓋，疑有異人，乃入謁。值龍擊鼓陞堂。龍見，意必呂公也，欲誘而進。厲聲曰：「座傍有竊法者。」呂毅然出問：「一粒粟中藏世界，半升鐺內煮山川。且道此意如何？」龍指曰：「這守屍鬼。」呂曰：「爭奈囊有長生不死藥。」龍曰：「饒經八百劫，終是落空亡。」呂薄訝，飛劍脅之，劍不能入。遂再拜，求指歸。龍詰曰：「半升鐺內煮山川即不問，如何是一粒粟中藏世界？」呂於言下頓契，作偈曰：「棄卻瓢囊摵碎琴，如今不戀汞中金，自從一見黃龍後，始覺從前錯用心。」龍囑令加護。〔註102〕

分析這段公案，應是佛教徒借用當時聲名極盛的神仙呂洞賓，諷刺道教是只知追求肉體長生不老的守屍鬼，無法達到明心見性的解脫，文末的「自從一見黃龍後，始覺從前錯用心」二句，明示呂洞賓棄道歸佛之舉，《五燈會元》依此將呂洞賓列為黃龍禪師法嗣。內丹派祖師呂洞賓敗於黃龍禪師並皈依佛教的結果，讓道教徒難以接受，故屢有道教徒改寫或考辨這個故事。宋代白玉蟾於〈平江鶴會升堂〉中以詩敘述呂洞賓生平時言：「大笑歸從投子山，片言勘破黃龍老」，可見白玉蟾認為這場佛道交鋒是呂洞賓勝出。〔註103〕明代伍沖虛在《仙佛合宗語錄·伍太一十九問》中也說呂洞賓早在唐代於黃鶴龍飛升，已超脫出天地五行之外，怎會再問道於凡人黃龍，故此故事是僧人誑言，是謗仙之惡口。〔註104〕

〔註101〕【明】馮夢龍：《醒世恆言·呂洞賓飛劍斬黃龍》（海口：海南出版社，1993年5月），頁365～375。

〔註102〕【宋】普濟著，蘇淵雷點校：《五燈會元》（北京：中華書局1984年10月），頁497～498。

〔註103〕【宋】白玉蟾述，彭耜等編集：《海瓊白真人語錄·卷三·平江鶴會升堂》，收入《中華道藏》第19冊，頁566。

〔註104〕【明】伍守陽撰，【明】伍守虛注，【清】汪東亭輯：《仙佛合宗語錄》，清光緒三十二年成都二儒庵版《重刊道藏輯要》，第159冊，頁107～108。

　　雖然道教徒極力澄清、辯解呂洞賓敗於禪師一事，但其影響有限，馮夢龍與鄧志謨以呂洞賓參黃龍傳聞為小說題材時，仍沿用佛典中的結局，不過其鬥法原因、過程及宗旨並不相同。在〈呂洞賓飛劍斬黃龍〉中，成仙後的呂洞賓度人屢不成功，遇傅氏時，怒於對方批評道教不如佛教的言論，進而挑戰禪師，在參理與神通兩場比試中皆落敗後，認黃龍為師。這些內容反映出明代佛、道相爭與融合的現況，然馮夢龍借傅氏之口斥責道教只重視自我肉體超脫而不重視眾生心靈淨化的部分，幾乎是將《五燈會元》中呂祖參黃龍故事整個移植，立場是崇佛貶道的。至於《飛劍記》中呂洞賓在採陰補陽時被黃龍禪師識破，他憤而尋仇，但技不如人而被奪劍，又因自身行為不當被禪師要求重修自省。小說中兩人鬥法皆以神通為主，並無參禪論理與拜師求教的部分，最後又回歸呂洞賓度人成仙之事，因此《飛劍記》仍以「修行」、「度人」為宗旨，這可看出鄧志謨的立場偏向道教。

　　〈呂洞賓飛劍斬黃龍〉在呂洞賓與慧南長老（黃龍禪師）論道一段，為了呈現禪門好以詩歌形式闡述佛理意趣的風尚，除引用典籍外也自創詩句，如：

> 長老曰：「老僧今年膽大，黃龍山下紮寨。袖中揚起金錘，打破三千世界。」……先生道：「住，貧道從來膽大，專會偷營劫寨。奪了袖中金錘，留下三千世界。」眾人聽得，發一聲喊，好似一風撼折千竿竹，百萬軍中半夜潮。眾人道：「好個先生答得好！」長老拿界方按定，眾人肅靜。先生道：「和尚，這四句只當引子，不算輸贏。我有一轉語，和你賭賽輸贏，不賭金珠富貴。」去背上拔出那口寶劍來，插在磚縫裡雙手拍著，「眾人聽貧道說：和尚贏，斬了小道；小道贏，要斬黃龍。」先生說罷，諕得人人失色，個個吃驚。只見長老道：「你快道來！」先生言：「鐵牛耕地種金錢，石刻兒童把線穿。一粒粟中藏世界，半升鐺內煮山川。白頭老子眉垂地，碧眼胡僧手指天。休道此玄玄未盡，此玄玄內更無玄。」先生說罷，便回和尚：「答得麼？」黃龍道：「你再道來。」先生道：「鐵牛耕地種金錢。」黃龍道：「住！」和尚言：「自有紅爐種玉錢，比先毫髮不曾穿。一粒能化三千界，大海須還納百川。六月爐頭噴猛火，三冬水底納涼天。誰知此禪真妙用，此禪禪內又生禪。」……〔註105〕

〔註105〕　【明】馮夢龍：《醒世恆言‧呂洞賓飛劍斬黃龍》，頁370～371。

除了呂洞賓「鐵牛耕地種金錢」一詩原出自《純陽真人渾成集》〔註106〕外，其餘皆是馮夢龍所創。他將原來公案中的句子嵌進了詩中，呈現呂洞賓與黃龍之間的機鋒相對，也借佛、道辯論，展示各自的言語技巧，這種作法雖發揮了佛教文字禪特色，但其中旨卻不易理解被理解。鄧志謨於《飛劍記》中亦自創詩句，但多是描述人物心理或情節發展，如第五回中：「被翻紅浪鴛鴦戲，花吐清香蛺蝶尋。女貌郎才真可羨，春宵一刻抵千金。」〔註107〕是配合夜宿牡丹的內容所作，文字淺易直白，意義明確，讀者能藉由詩句勾勒出場景，加深對情節的印象。

（三）《韓仙傳》與《韓湘子全傳》

　　八仙中除了呂洞賓外，以韓湘子為題材的故事也相當受到歡迎，元、明兩代代有不少戲曲描寫韓湘子仙事，在小說方面主要有明代的《韓仙傳》與《韓湘子全傳》。

　　《韓仙傳》最早載於元末明初陶宗儀《說郛》卷一百十二下，明萬曆時陳繼儒的《寶顏堂秘笈》亦有收入。前者名為《韓仙傳》，《四庫全書總目》稱：「舊本題唐瑤華帝君韓若雲撰」〔註108〕，後者為《陳眉公訂正韓仙傳》，下題「唐瑤華帝君韓若雲自撰，明繡水後學陳桌謨、陳上選仝校」。〔註109〕《韓仙傳》以自述體的形式講述，從文中稱先祖為江南刺史韓仲卿，父為韓會，叔父為韓愈，且多次以「湘」自稱來看，《韓仙傳》即是韓湘子故事，而韓若雲即是韓湘。

　　《韓仙傳》全文約八千餘字，主要敘述韓湘出身、得道、度叔的經過。韓若雲自稱本是東漢時期的鶴仙，於唐貞元年間獲呂純陽鐵丸而化於人道，投胎韓家，得呂洞賓賜名為湘。之後呂洞賓化身宮無上為韓湘之師，晝訓以修身治國之道，夜則授其神仙之事，韓愈發現後逐呂出韓府，韓湘亦隨之遁去。韓湘

〔註106〕《道藏》本《純陽真人渾成集》有辛亥歲閏十月望日條陽清真道人何志淵之序，雖然辛亥年沒標皇帝年號，但從「閏十月」推定其為元憲宗元年（1251），即南宋理宗淳祐十一年。所以《純陽真人渾成集》最遲成書於南宋。詳見柳存仁：〈讀蜂屋邦夫《金代道教の研究》〉，《中國文化研究所學報》新2期（1993年1月1日）。

〔註107〕【明】鄧志謨：《呂祖飛劍記》，頁30。

〔註108〕【清】永瑢、紀昀等：《四庫全書總目》第4冊，（臺北：藝文印書館，1969年03月），頁2906。

〔註109〕【唐】韓若雲：《韓仙傳》，收入《藏外道書》第18冊，（成都：巴蜀書社，1994年12月），頁802。

離家後，受美色、厲鬼、猛虎等七試皆合格，故呂洞賓引予雲房鍾離翁、西城王翁、火龍鄭翁，共同教授，越一百二十有四日而成道。成道後，韓湘被天帝告知其叔為神仙甫沖和後身，令他下凡度之。韓湘在韓愈面前盡展神仙變化之術，以百計論之，然韓愈終不悟。韓愈被貶且受病痛折磨，韓湘助之痊癒，並以竹杖化作韓愈之軀體，使其死臥於席，事實上韓愈隨韓湘入山修道，後送於崑崙為使者。

　　韓湘故事自《酉陽雜俎》以來，多是圍繞造酒開花、雪擁藍關、度叔成仙等情節展開，元代雖有韓湘子與韓愈的雜劇，但劇本皆亡佚，因此無法確定當時韓湘子故事是否成系統。〔註110〕《韓仙傳》串聯了各種韓湘子傳說，構成一個完整且情節豐富的故事，最特別處是它結合傳說與史實，如寫叔姪兩人在藍關見面後，韓湘隨叔入潮，溪有鱷魚為患，韓愈寫文祭之，韓湘勒神殺之；又韓愈於長慶四年病死於長安靖安里的宅邸，門人李漢葬之，然死者並非韓愈本人而是竹子所幻化的身體，〔註111〕此種以事實合理化仙蹟的手法，易使讀者認同此書。

　　《韓仙傳》文白夾雜，常見宗教性語言，如上帝命呂洞賓下凡時說：「延康立極，赤明開圖，仙當用薦，厥補神都。用救汝無量大通神霄仙卿呂喦，遍訪塵寰，超淩上品，以佐太上無為元元至化，惟卿勿怠。如敕恪行。」〔註112〕使上下文產生斷裂，造成閱讀時的障礙，這是因為《韓仙傳》並非純粹小說，而是請仙降筆寫成的宗教書籍。自道身世是扶乩的慣例〔註113〕，人們請仙降筆時，乩仙們通常會略述身世後才回，答問題，有些乩仙會明確且詳細說明自己家世與經歷，當他們談及成道成仙過程時，往往著重鋪敘種種挫折與困難，以鼓勵信徒堅定道心。信徒們將乩仙言談整理後出版，本是希望以此吸引信眾，但因內容曲折離奇，極富故事性，故被當作通俗小說閱讀，《韓仙傳》或許就是在這種情況下出現的。

　　《韓湘子全傳》又名《韓湘子十二度韓昌黎全傳》、《韓湘子得道》，據書末正文，亦名《第八洞神仙韓湘子十二度韓文公藍關記》，現存最早版本為明天啟三（1623）年金陵九如堂刻本，正文書題為「新鐫批評出相韓湘子」，卷

〔註110〕元代有《韓湘子三度韓退之》、《韓湘子引度升仙會》與《韓湘子三赴牡丹亭》，此三劇劇本皆亡佚。
〔註111〕【唐】韓若雲：《韓仙傳》，收入《藏外道書》第18冊，頁811、813。
〔註112〕【唐】韓若雲：《韓仙傳》，收入《藏外道書》第18冊，頁804。
〔註113〕許地山：《扶箕迷信的研究》，頁23。

前署「錢塘雉衡山人編次」、「武林泰和仙客評閱」二行，卷首有序署「天啟癸亥季夏朔日煙霞外史題於泰和堂」。〔註114〕雉衡山人為明浙江錢塘人楊爾曾，其字聖魯，鄭振鐸認為他「殆為杭地書肆主人，或代書肆輯書者之一人」〔註115〕，龔敏由其編修的小說判斷他為明末人〔註116〕。作品除了《韓湘子全傳》外，尚有《東西晉演義》、《仙媛紀事》九卷、《海內奇觀》、《圖繪宗彝》八卷等書傳世。

　　《韓湘子全傳》全書三十回，主要講述韓湘子修道成仙及入凡度家人二事。書中敘述韓湘本為東漢女子靈靈，抑鬱而卒後轉生為白鶴，在衡山中與香獐同修數百年，後受鍾、呂二仙度化，投胎為韓會之子韓湘。韓湘七歲時，韓會夫妻俱亡，由韓愈夫妻撫養，並為他娶林盧英為妻，然湘不讀詩書不慕名不貪色，一心向道樂山林，又得鍾、呂二仙至韓府為師，授以長生祕訣。鍾、呂二仙離開韓府後，韓湘亦離家前往終南山尋師訪道，土地得鍾、呂二仙所託，以金錢、女色、猛虎、鬼判等幻境考驗，皆不動其道心。道成後，又奉玉帝之命度韓愈，韓湘利用仙家神通，以點石成金、南台祈雪、身立雲中、頃刻開花造酒等奇術點化韓愈，然韓愈終究不悟。後韓愈被貶潮州，韓湘與藍采和沿途化身魚樵、美女點化，終使其悟道修仙。韓湘後隨韓愈入潮，以尸解法助他脫去形骸，入卓偉山修行，道成後回歸仙界，復居舊職。韓湘又與呂洞賓、藍采和度韓愈妻、韓湘妻與林圭，三人亦回歸仙班。最後總結全書，點明「一人得道，九族升天」的緣果。

　　王漢民認為《韓湘子全傳》的內容是脫胎於明萬曆年間的傳奇《韓湘子九度文公升仙記》〔註117〕，吳光正則說是它根據當時道情曲〈十二度韓門子〉唱本改編而來。〔註118〕王漢民的判斷應是根據情節的相似性，因為兩者皆有仙鶴投胎、父母雙亡、遇仙修道、諫獻佛骨、官貶潮楊、修道成仙等內容，但這些早在《韓仙傳》就已經出現，因此《韓湘子全傳》的內容應屬《韓仙傳》

〔註114〕佘德餘：〈前言〉，收入【明】楊爾曾撰，佘德餘標點：《韓湘子全傳》（上海：古籍出版社，1990年8月），前言頁4。

〔註115〕鄭振鐸編：《劫中得書記·海內奇觀》，收入《西諦書話（上）》（北京：三聯書店，1983），頁327。

〔註116〕龔敏：〈《東西晉演義》與《東西兩晉志傳》關係考〉，收入龔敏《小說考索與文獻鉤沈》（濟南：齊魯書社，2010年9月），頁25～26。

〔註117〕王漢民：《八仙與中國文化》，頁188。

〔註118〕吳光正：《八仙故事系統考論：內丹道宗教神話的建構及其流變》，頁359～360。

故事系統，而其依據的底本應同吳光正所說與道情有關。

《韓湘子全傳》與道情的關係，煙霞外史於序中曾提及：

> 有仙湘子，係出昌黎，際唐憲宗之盛時，為韓文公之猶子。術解三
> 真，方明八石；外珍五曜，內守九精。雲裝解斂，馴登無上之仙梯；
> 煙駕飛亀，圓證一真之道果。第名不載於家乘，事不外於傳記，閱
> 公之文集，有祭十二郎文而無其人；參公之題詠，有雲橫秦嶺句而
> 虛其目。只以矇師瞽叟，執簡高歌；道扮狂謳，一唱三歎。熙熙然
> 憸愚眠村嫗之心，洋洋乎入學究蒙童之耳，而章法龐雜舛錯，諺詞
> 詰屈聱牙。以之當榜客鼓枻之歌，雖聽者忘疲；以之登騷卿鑒賞之
> 壇，則觀者閉目。〔註119〕

由煙霞外史之言可知道情傳唱是韓湘子故事傳播的方式，因此楊爾曾所蒐羅
的資料，必有當時流傳的道情曲。又《韓湘子全傳》中採用許多唱詞，如第十
三回以【駐雲飛】描繪韓愈壽誕大小官員皆來祝賀的盛況：

> 不說湘子辭了出朝。且說退之過得數日，正當壽旦。那五府六部、
> 九卿四相、十二台官、六科給事、二十四太監，並大小官員，齊來
> 慶壽。有《駐雲飛》為證：壽旦開筵，壽果盤中色色鮮。壽篆金爐
> 現，壽酒霞杯豔。嗏，五福壽為先。壽綿綿，壽比岡陵，壽算真悠
> 遠。惟願取，壽比南山不老仙。壽靄盤旋，壽燭高燒照壽筵。壽星
> 南極現，壽桃西池獻。嗏，壽雀舞蹁躚，壽萬年。壽比喬松，不怕
> 風霜剪。惟願取，壽比蓬萊不老仙。壽祝南山，萬壽無疆福祿全。
> 壽花枝枝豔，壽詞聲聲羨。嗏，海屋壽籌添，壽無邊。壽日周流，
> 歲歲年年轉。惟願取，壽比東方不老仙。壽酒重添，壽客繽紛列綺
> 筵。壽比靈椿健，壽看滄桑變。嗏，得壽喜逢年，壽彌堅。壽考惟
> 祺，蟠際真無限。惟願取，壽比崑崙不老仙。〔註120〕

第二十三回以【雁兒落】、【山坡羊】宣揚神仙思想：

> 吟罷，又聞得唱道情云：
>
> 【雁兒落】下一局不死棋，談一回長生計，食一丸不老丹，養一日真
> 元氣，聽一會野猿啼，悟一會參同契。有一時駕祥雲遊遍了五湖溪，

〔註119〕 【明】楊爾曾：《韓湘子全傳》（上海：古籍出版社，1990年8月），頁1～2。
〔註120〕 【明】楊爾曾：《韓湘子全傳》，頁123。

誰識得神仙趣？得清閒，是便宜。歎七十古來稀，笑浮名在那裡？

　【山坡羊】想人生，光陰能有幾？不思量把火坑脫離。每日價勞勞碌碌，沒來由爭名奪利。無一刻握牙籌不算計。把元陽一旦都虛費，直待無常，心中方已。總不如趁早修行，修行為第一。〔註121〕

甚至將人物對話與唱曲交雜來發展劇情，如第十八回叔姪兩人對話：

　退之道：「你這些話忒惹厭，且聽我道來：

　【寄生草】你休得再胡言，勸修行徒枉然。俺官居禮部身榮顯，俺君臣相得人爭羨；俺簪纓奕世家聲遠，俺朝朝優笏上金鑾。誰肯呵棄功名，忍饑寒去學仙？」

　湘子道：「叔父你說便這般說，只怕君下一朝不相得起來，有些跌蹄，沒人救你。」〔註122〕

以歌曲烘托場景、警醒世人、闡述道理、發展情節，是說唱藝術的特色，且唱詞中常有第三人稱中夾雜第一人稱的代言情形，這是因為說唱道情多由一人演出，演出者須因應劇情切換角色。從這些特徵來看，《韓湘子全傳》改編於道情曲的可能性是相當大的。

　　作者在刻畫韓湘時，會刻意加強他的形象與能力，如第十回描寫對湘子下山時：

　將頭上九雲巾捲在花籃裡面，頭挽陰陽二髻，身上穿的九宮八卦跨龍袍，變作粗布道袍。把些塵土搽在臉上，變作一個面皮黃瘦、骨格伶仃、風魔道人的模樣，手拿著漁鼓、簡板，一路上唱著道情。……湘子打動漁鼓，拍起簡板，口唱道情，呵呵大笑。那街坊上人不論老的、小的、男子、婦人，都哄攏來聽他唱。見湘子唱得好聽，便叫道：「瘋道人，你這曲兒是那裡學來的？再唱一個兒與我們聽。」

　湘子道：「俗話說得好，寧可折本，不可餓捐。小道一路裡唱將來，不曾化得一文錢買碗麵吃，如今肚中飢了，沒力氣，唱不出來。列位施主，化些齋糧與小道吃飽了，另唱一個好的與列位聽，何如？」

　眾人齊聲道：「酒也有，齋也有，只要你唱得好，管取你今朝一個飽罷。」〔註123〕

〔註121〕　【明】楊爾曾：《韓湘子全傳》，頁240。

〔註122〕　【明】楊爾曾：《韓湘子全傳》，頁181。

〔註123〕　【明】楊爾曾：《韓湘子全傳》，頁88～89。

唱道情以乞錢，為傳說中藍采和的形象，在這裡成了韓湘子遊歷凡間的裝扮。手中拿的魚鼓與簡板，為民間道人唱道情的裝備，作者有意讓它成為主角的特徵，也因此在第二十一回時韓愈遇虎時，聽聞魚鼓聲傳來，便知道是韓湘子前來搭救了。此外，在第九回各路神仙前赴玉帝的蟠桃會，因遲到故被鎖在天門外，無法進入：

> 眾仙道：「湘子，玉帝怪我等來遲，分付把天門鎖住，不容進去，如
> 之奈何？」湘子：「眾師請過一邊，待弟子用手指開天門，同眾師進
> 去。」鍾師道：「汝有這般手段麼？」湘子乃禹步上前，將先天真氣
> 一口吹去，吹落了天門金鎖，眾仙齊登金殿。〔註124〕

被擋在天門外的眾仙中，也包含了鍾離權與呂洞賓，兩人皆是韓湘子之師，連他們都對鎖住的天門束手無策時，韓湘子以吹氣落鎖為眾仙解決赴宴的問題，這是作者有意凸顯其神通已勝過兩位師父，使讀者對其產生尊敬、偏愛之情。

《韓湘子全傳》另一特色是對韓愈的塑造。韓愈故事中是被度者，以往並不會刻意刻畫韓愈的性格與作為。到了《韓湘子全傳》時，作者安排了韓湘少孤長於韓愈膝下的情節，兩人從情感從叔姪深化為父子，加重故事中親情倫理與出家修道間的衝突。兩人性格與經歷也形成對照，韓湘一心向道，但韓愈卻是個汲汲功名，篤行儒家思想且排斥佛老之人。任京官時，湘子多次勸解，皆不能使韓愈放棄世俗牽絆，直至他被流放潮州，一路上經歷坎坷艱辛，獨剩一人於途中，在性命垂危之際，才勘破紅塵轉而修道成仙。韓愈對功名利祿的執著與不捨、對神仙道化抱著實用與否的心態以及遭受人生苦難後醒悟的經歷，較一心向道而成仙的韓湘子，更貼近一般人真實個性與生活。他由盛而衰的遭遇，則能合理解釋其從入世到出世的行為轉變，故此書雖是敘述韓湘成仙度人，但韓愈的個性與行為，更能引起讀者共鳴，這是《韓湘子全傳》的受人歡迎原因之一。

二、清代八仙小說

清代以八仙為主角的小說有《呂祖全傳》、《三戲白牡丹》與《八仙得道傳》，前二者以呂洞賓為主角，後者則全面描寫八仙出身與事蹟。

〔註124〕【明】楊爾曾：《韓湘子全傳》，頁76。

（一）《呂祖全傳》

《呂祖全傳》現存主要版本有清康熙元年（1662）刊本、清咸豐九年（1859）寶賢堂藏本與清光緒十一年（1885）重刊本。康熙刊本為殘本，現藏於哈佛大學漢和圖書館。此版為汪象旭所刊刻，首頁題名《呂祖全傳》，下署「題「唐弘仁普濟孚佑帝君純陽呂仙撰，奉道弟子憺漪汪象旭重訂，同道何應春、費欽、鍾山、吳道隆、鄭汝承、查宗起同校」。寶賢堂本現藏於北大圖書館，封面正中央書題《呂祖全傳》四字，右上角有「華亭高味卿校對」字樣，左下角為「上洋道前寶賢堂藏版」，最上頭則有「咸豐九年春鐫」。光緒重刊本在《中國小說通俗書目改定稿》與《增補中國通俗小說書目》二書中稱為鄭振鐸舊藏，後收入北京圖書館中。此本封面書題為《神仙傳》〔註125〕，右上角有「純陽呂仙洞賓輯」，上行為「上海二馬路」，下行為「千頃堂內簡玉山房發兌書籍」，左下角屬名「清隱居士」，其內容與版式、字樣都與寶賢堂藏本相同。〔註126〕

《呂祖全傳》成書的過程，汪象旭在〈憺漪子自紀小引〉這樣說：

> 一日於故麓得祖師鸞筆所著本傳，文詞近俗，披閱間忽有得，遂謀廣之，以為好道者證。並錄祖師普度古今諸事，附於其後。暨余平日聽覩所及，即筆記之，彙為《霓玄碎事》，合刻成集。〔註127〕

按汪象旭所言《呂祖全傳》是他輯錄呂祖降鸞所書之個人傳記、古今度人諸事及平日所聞見呂祖顯化事蹟而來。但有不少學者認為《呂祖全傳》作者就是汪象旭，如蕭相愷於《呂祖全傳·前言》中說：「呂純陽撰云云，純係偽託，作者殆即汪象旭象旭。」〔註128〕吳光正從汪象旭「得祖師鸞筆」等語，推測純陽呂

〔註125〕 楊明於碩士論文《呂祖全傳研究》中認為，葛洪有《神仙傳》一書，而此藏本封面應是收藏者在裝訂時發生錯誤，造成頁面的錯簡。但筆者有另一種看法，因為封面雖題書名《神仙傳》，但又有「純陽呂仙洞賓輯」字樣，若是錯簡的話，其誤用的封面也不會是葛洪的《神仙傳》，而是與呂洞賓乩筆有關的書籍。還有一種可能，此書利用扶乩資料，以第一人稱述說呂洞賓成仙的過程，故以重刊者將此書改名為《神仙傳》，封面的「純陽呂仙洞賓輯」與他既為主角又為作者的身分相當。

〔註126〕 楊明：《呂祖全傳研究》（臺北：國立政治大學中國文學研究所碩士論文，2002年7月），頁30～36。

〔註127〕 【清】汪象旭：《呂祖全傳·憺漪子自紀小引》，收入哈佛燕京圖書館、國家圖書館出版社編：《哈佛燕京圖書館藏齊如山小說戲曲文獻彙刊》第2冊（北京：國家圖書館出版社影印清康熙汪氏蜩寄刻本，2011年），頁178。

〔註128〕 蕭相愷：〈《呂祖全傳》前言〉，收入《古本小說集成》第1輯第32冊《呂祖全傳》（上海：古籍出版社，1994年1），頁II。

仙是汪象旭的假託，汪象旭實為《呂祖全傳》的作者。〔註129〕王漢民持不同看法，他從寶賢堂刊本《證道碎事》與後面《呂祖全書》所記載呂祖生日不同，斷定原作者並非汪象旭，汪氏只是重訂刊行並對小說進行了文字上的改造加工。〔註130〕王漢民所言雖有理，但據〈憺漪子自紀小引〉中汪象旭所說《呂祖全傳》應有兩部分，一部分是抄錄檢閱道書及平日所聞見呂祖顯化度人事蹟之《覈玄碎事》（寶賢堂本作《證道碎事》），另一部分呂祖降鸞所書之個人傳記。前者是汪象旭整理彙集編成，後者是他據鸞筆所寫，兩者依據的材料不同，呂祖的生日也因此出現了差異。神仙降鸞自述身世時，有時與道經、仙傳中的記載不同，如臺灣鐵拐李誕辰據典籍與降乩的不同，而有四月八日、四月十一日、四月十四日等說法，〔註131〕《證道碎事》與《呂祖全書》紀載呂祖生日不同，可能是汪象旭在彙集、改寫資料時，忽略了道經與鸞筆的差異，不能因此否認他擴寫資料增補情節的可能，故《呂祖全傳》作者為汪象旭之說是可信的。

　　汪象旭本名淇，字右子，號憺漪，學道後改名象旭，號右子居士、憺漪子、殘夢道人。祖籍安徽休寧西門，汪洪信自徽遷杭居於杭州錢塘後才出生，在杭州以業書治生、自娛，有《證道書》、《詩學辨體》、《尺牘》、《謀野集》、《士商要覽》、《小學順》、《文字學會編》行世，〔註132〕曾以「還讀齋」、「蜎寄」為

〔註129〕 吳光正：《中國古代小說的原型與母題》（北京：社會科學文獻出版社，2002年10月），頁191。

〔註130〕 王漢民：《八仙與中國文化》，頁189。

〔註131〕 據筆者所見資料，臺灣鐵拐李誕辰有個種說法，農曆四月八日與四月十一日二說最常見，臺灣乞丐祭祖時間也多在這兩天。《中國地方誌民俗資料彙編：華東卷（下）》則以四月十日為為仙祖李鐵拐誕辰。劉還月《臺灣歲時小百科（上）》中，則將乞丐祭祖（十一日）與鐵拐李生日（十四日）兩天分開。臺中沙鹿的仙祖廟碑文記載，鐵拐李生日為四月十二日。如果按古籍記載，四月十四日應該呂洞賓誕辰，至於鐵拐李生辰不見記載。道教神仙與民間信仰關係較密切，當道教文獻沒有明確記載某位神仙生日，民間或依傳說，或依扶乩來定此神仙之壽誕，這或許是造成鐵拐李生日之說不同說法的緣故。詳見丁世良、趙放：《中國地方誌民俗資料彙編：華東卷（下）》（北京：書目文獻出版社，1995年2月），頁1589。劉還月：《臺灣歲時小百科（上）》（臺北：臺原出版社，1992年5月），頁287～288、296。

〔註132〕 【清】汪惟憲《積山先生遺集・先考妣神像識後》：「府君諱𤅬，字暘生，先世居徽州府休寧縣之西門。其自西門遷錢塘，則曾王父同陽公始，家世業儒為諸生，無有顯者。先王父憺漪公，負高致，不屑屑應試，著書自娛，有《證道書》、《詩學辨體》、《尺牘》、《謀野集》、《士商要覽》、《小學順》、《文字學會編》行世。」收入《四庫未收書輯刊》第9輯，冊26（北京：北京出版社，1997年影印清乾隆三十八年汪新刻本），頁792～793。

坊名刊印眾多書籍，是明末清初杭州著名刻書家。汪象旭所刊刻的書籍，品類
繁多，其中包含詩集、醫書、書信與科考用書，而小說只有兩本，即《呂祖全
傳》與《西遊證道書》。汪象旭童年多病，十六歲那年，忽患沉疴，夢中見呂
洞賓以棕扇拂首，醒後病癒，因此皈依呂祖，但因世故紛綸，因循悠忽，又以
力攻舉子業，直至花甲之年才悔悟宥於舉業、治生等俗務，此後致力修道，而
《呂祖全傳》就是他晚年所出版，目的為「以為好道者證」、「使知古今有其理，
實有其事、有其人，實有其應」〔註133〕。

　　《呂祖全傳》全文以第一人稱視角敘述，主角自言「呂姓，諱巖，字洞
賓」，貞觀二年八月初四呂生於襄陽，當時異香十里，紫氣繞戶。巖自幼聰
慧，燈火三年便將墳典百家熟爛於胸。及長，奉父母之命與劉校尉女成婚，
但不曾與其圓房。父七十壽辰時，鐵拐李、鍾離權、張果老化身乞丐來訪，
勸巖同行乞討，遭呂家人驅逐後，留下邯鄲道再會之語後，便飄然離去。巖
入京應試，於途中遇到各式各樣的人規勸出家，皆無動於衷，後遇一道長與
之談道，仍不悟。道人與一竹枕並留下「三岐亡羊，墨子悲焉，今子幾亡羊
矣」〔註134〕後離去。至旅店，店主正炊黃米，巖感神思困頓，臥枕入夢。
夢中金榜題名，娶丞相女為妻，因戰功封王爵，榮蔭父母子女，當期享名利
雙收、富貴榮華之際，卻因錯失軍機且遭讒臣進言，全家盡戮。巖聞家人呼
叫聲而夢醒，醒後回思道長之語方大澈大悟，後尋道人修行。道長又令巖就
枕入夢，夢中入地獄，見開腸、剖肚、刀山、油鍋等景，醒後道心愈堅。此
時巖之書僮見主人久睡不醒，以為身故，自縊柳下。巖二次夢醒後不見道人，
經樵夫指引後得知道人為金重，便前往尋之。途中途中經虎狼、飢餓、美女、
斥責等十次考驗，金重道人才願收徒。一日，鐵拐李、張果老來訪，從他們
口中得知金重為鍾離權所化，之前種種惡境乃鍾離權為試呂巖道心所幻化。
道成，巖奉師命返家，得知父母雙亡，妻子劉氏出家，呂巖刻意戲之，見劉
氏道心甚堅，遂以丹藥度之成仙。後降伏書僮化成的柳妖，與之四處雲遊，
施符救難，度化僧、道。終奉師命前往萬仞高山摘桃，藉落江溺死藉此脫去
血肉之軀而成仙。

〔註133〕【清】汪象旭：《呂祖全傳・憺漪子自紀小引》，收入《哈佛燕京圖書館藏齊
　　　　如山小說戲曲文獻彙刊》冊2，頁178。

〔註134〕【清】汪象旭：《呂祖全傳》，《古本小說集成》本，（上海：古籍出版社，1990
　　　　年），頁142。

　　《呂祖全傳》以呂洞賓之口，敘述其求道、歷練、降妖、度人等經歷，其中黃粱夢、雲房十試、度柳精等情節皆取材於舊籍，但並不完全沿用，而是加以改造。如黃粱夢部分，改寫成入夢前、夢境中、二次入夢和夢後再試等，詳細且有邏輯地描繪呂洞賓功名之念成灰，家鄉之思斷絕的過程。又如度柳精一事，最早見於《呂洞賓三度城南柳》，柳精為千年柳樹所化，投胎成為岳陽樓酒家的少東後，經呂洞賓度化而成仙。但在《呂祖全傳》中，柳精是呂巖書僮自縊後入魔所化，被收服而追隨。至於度妻劉氏一事，在過往的呂洞賓故事未見，應是吸收韓湘子度妻的情節而來。

　　同為取材自鸞書的小說，《呂祖全傳》與《韓仙傳》一樣，穿插於大量的詩、詞、歌、賦發展劇情，其包含寫景、詠物、言志、抒懷等內容，然以闡發道家義理者居多，如：

> 笑你把名利來空牽擾，世事多機巧。巴積萬兩金，心上還嫌少，苦奔忙碌碌的，頭白了。〔註135〕

> 也沒個陰與陽，也沒個長與短，也沒個前旋坤倒分消長，也沒個古去今來柔與剛，煉就咱一粒金丹也，石爛江枯性自長。〔註136〕

> 不逐趨炎一派流，隴頭便性自清幽。香韻暗從風裏度，玉肌微像月中浮。

> 味將濃處烏偷眼，花欲飛時笛倚樓。回首羣英皆退遜，孰爭先後共為儔。〔註137〕

以上詩歌，或批判人們一生汲汲於追名逐利，永不滿足的醜態；或勸戒排除世間比較與不平等之心，修道成仙才能逍遙於天地之間；也有藉著對梅花冰肌玉骨、經寒不衰特性的歌詠，引導「出奪胎投舍，永不絕種」〔註138〕、「根荄固而子產玉爐，則不但出類拔萃，而長生永世，脫形去殼，終為天地間之完秀」〔註139〕的修煉法則。這些勸人擺脫世間煩擾與計較，效法天地自然以悟道修真，終而成仙獲得形軀與精神自主的出世思想，是道教重要的宗旨，也是教徒們努力不懈的目標。除了詩歌外，《呂祖全傳》也運用了拆

〔註135〕【清】汪象旭：《呂祖全傳》，頁127。
〔註136〕【清】汪象旭：《呂祖全傳》，頁141～142。
〔註137〕【清】汪象旭：《呂祖全傳》，頁221。
〔註138〕【清】汪象旭：《呂祖全傳》，頁222。
〔註139〕【清】汪象旭：《呂祖全傳》，頁222。

字、隱語等技巧，增加了文章趣味性與耐讀度，如將「呂」拆成「口口」、「李」拆成「子下木頂」〔註140〕、「鍾」拆成「金重」〔註141〕，以「鼎」隱喻人體、「龍虎」、「龜蛇」隱喻煉丹用礦物、藥材、以黃婆說婚姻隱喻煉丹融合藥物等〔註142〕。

　　汪象旭生活於杭州，行文間難免會使用吳語發音的口白，如「乞人全勿介」〔註143〕、「叫我儂耽盡子萬千愁」〔註144〕、「只怕你儂做子個下場頭」〔註145〕等。「儂」是典型的吳語，吳人自稱我儂，稱別人為他儂、渠儂、個儂；〔註146〕「勿介」在吳語中代表著不在意、不以為意〔註147〕。文章中穿插吳語的情況，在明代崑曲與彈詞中就已出現，雖然運用有限，但已成為當地文人的創作特色，汪象旭此書即是。之後清乾隆、嘉慶年間張南莊也運用了大量吳地方言、俗語撰成諷刺小說《何典》，不過因使用過多地方語言，導致其無法流通，也不受到重視，直至韓邦慶《海上花列傳》、張春帆《九尾龜》等書出現，吳語小說才受到重視，進而在官話地區流傳。

　　《呂祖全傳》與《韓仙傳》另一個共同點有是內容文、白夾雜，不過前者行文用字較後者典雅、流暢，即使部分情節襲用舊有傳說，但作者獨創的內容更多，藝術性與文學性較之前的八仙中長篇小說高出不少。

（二）《呂純陽三戲白牡丹》（《三戲白牡丹》）〔註148〕

　　《呂純陽三戲牡丹》為晚清無名氏作品。譚正璧《古本稀見小說匯考》考述《呂純陽飛劍記》後曾說：「坊間又有《呂純陽三戲牡丹》小說，但文字

〔註140〕「音響漸遠，形跡勿睹，遺下一案，授一口偈。偈曰：『口口聽吾言，切莫去朝天。邯鄲急急轉，同我食霞煙。子下木頂訣示」【清】汪象旭：《呂祖全傳》，頁127。

〔註141〕「李云：『子知師為誰？』予曰：『金重師父。』三人大笑拍掌。李云：『汝師乃漢將鍾離昧也。』吾方悟得金重為鍾。【清】汪象旭：《呂祖全傳》，頁228。

〔註142〕【清】汪象旭：《呂祖全傳》：「龍虎鼎中，不用擒拿而自然降伏；龜蛇爐內，何須鍛鍊而暗裡陶融。……津之玉液丸泥赤府，黃婆何必以說合婚姻？」頁241～242。

〔註143〕【清】汪象旭：《呂祖全傳》，頁118。

〔註144〕【清】汪象旭：《呂祖全傳》，頁131。

〔註145〕【清】汪象旭：《呂祖全傳》，頁131。

〔註146〕易中天：《大話方言》（上海：上海文化出版社，2006年7月），頁38。

〔註147〕許寶華、宮田一郎：《漢語方言大詞典》（北京：中華書局，1999年4月），頁779。

〔註148〕此處以齊魯書社的《中國神怪小說大系》排印本《三戲白牡丹》為主。

頗多猥褻，故罕見流傳。」〔註149〕孫楷第《中國小說通俗書目》與阿英《晚清小說目》中亦無此書的著錄，可見此書在當時不受學者重視。目前可見版本有《呂純陽三戲白牡丹》小說有清末上海石英書局石印本《新編呂純陽三戲白牡丹》初集四卷十六回、續集四卷二十回、三集四卷十六回，共五十二回。此版本最遲在光緒二十四年前寫成，三者行款皆相同，目前初集只見卷二卷、三兩冊各十一頁，續集卷二一冊十二頁，至於三集有四卷十六回，約42129字。〔註150〕二為上海新文化書社鉛印本《三戲白牡丹》七十二回本，目次內一、十七、三十三、四十九回前分標《初集》、《二集》、《三集》、《四集》，通篇回目連貫。陳穎將《初集》、《二集》、《三集》與《新編呂純陽三戲白牡丹》比較，認為鉛印本是據石印本改寫而來，成書時間不遲於光緒三十四年，故稱「鉛印本是石印本之別本」。《四集三戲白牡丹》末有一段話稱：「看下集中小石猴大鬧楊府，古明月與小石猴對（鬥）法等許多節目，光怪陸離，俱在《五集》中詳解。請閱者諸君注意。」可見鉛印本《三戲白牡丹》應該有續集。〔註151〕三為重編本《三戲白牡丹全集》，全書七十二回，現存民國二十七年上海廣益書局鉛印本，書頁署「編者韜漢」，但事實上是對《三

〔註149〕譚正璧、譚尋：《古本稀見小說匯考》（杭州：浙江文藝出版社，1984 年 11月），頁 293。

〔註150〕目前筆者所見清代石印本《呂純陽三戲白牡丹》的回數說法不一，吳光正認為有十六回本與五十二回本兩種，石昌渝據張穎、陳速《通俗小說書目補遺及其他》說該書有清刊石印本，三集七十四回，四冊，題《新編呂純陽三戲白牡丹》。但筆者據張穎、陳速：〈《呂純陽三戲白牡丹》的原作、改編和成書年代〉發現吳光正所說的五十二回是《呂純陽三戲白牡丹》初、續、三集的總目，而十六回應是指三集一書中的回數。又王清原《小說書坊錄》著錄的：「上海石英書局石印《呂純陽三戲白牡丹》初集四卷十六回，續集四卷二十回。」寧稼雨〈古代濟公小說敘錄〉稱：「上海石英書局石印《呂純陽三戲白牡丹三集》」張穎、陳速：〈《呂純陽三戲白牡丹》的原作、改編和成書年代〉言：「《呂純陽三戲白牡丹三集》凡四卷十六回……行款與《初集》、《續集》的半頁十六行，行三十六字版式皆屬一致。」可見清末石印本《呂純陽三戲白牡丹》初、續、三集皆由上海石英書局出版，共五十二回。詳見張穎、陳速：〈《呂純陽三戲白牡丹》的原作、改編和成書年代〉，收入吳光正：《八仙文化與八仙文學現代闡釋》，頁 638～644。王清源、牟仁隆、韓錫鐸：《小說書坊錄》（北京：北京圖書館出版社，2002 年 4 月），頁 201。寧稼雨〈古代濟公小說敘錄〉收入《文學與文化》第八集（天津：南開大學出版社，2008年 6 月）頁 262～266。

〔註151〕張穎、陳速：〈《呂純陽三戲白牡丹》的原作、改編和成書年代〉，收入吳光正：《八仙文化與八仙文學現代闡釋》，頁 640。

戲白牡丹》翻印。〔註152〕目前出版的《三戲白牡丹》小說據鉛印本而來，皆為未完結本，但王漢民以京劇《三戲白牡丹》有三本，而前兩本與小說內容相同，認為《三戲白牡丹》小說應有全本，只是目前未得見。〔註153〕

　　《三戲白牡丹》寫呂洞賓在王母壽宴上調戲嫦娥，嫦娥凡念已動須下凡應劫。在南極仙翁的協助下，嫦娥轉生為白富貴之女白牡丹，因生前受冤，故出生時啼哭不止，幸有南極仙翁下凡點化，並告知白富貴其女為嫦娥投胎，若能修道回歸仙界，必能澤被雙親。及長，白牡丹奉父母之命，拜在黃龍真人門下。呂洞賓自思醉酒而導致嫦娥被貶，故下凡欲度其成仙，來到白家藥店「萬全堂」以買藥為名刁難店主，卻因此與白牡丹相識。牡丹見呂洞賓形貌，知其並非凡人，賣藥時挑逗對方，欲趁機盜竊他的元陽，正當呂洞賓為白牡丹神昏顛倒之時，黃龍真人傳喚白牡丹，欲讓她侍寢，獲其陰精。呂洞賓得知，將山雞化作白牡丹形貌服侍黃龍，自己則與白牡丹同寢三日，成就魚水之歡但不泄元陽。後何仙姑與鐵拐李相偕而至，授牡丹取純陽精元之法，果成。後黃龍真人知白牡丹與呂洞賓私通，不肯善罷，邀來四海龍王與八仙爭鬥，卻為呂洞賓飛劍所殺。八仙因殺黃龍、燒東海、佔龍宮等行徑已違天規，故天帝下令責罰八仙，派遣趙元帥追捕呂洞賓、斬白牡丹。在太白金星、南極仙翁協助下，呂洞賓成功幫白牡丹伸冤，讓她投胎至花錦家為花牡丹，趙元帥亦下凡贖罪，轉生為尚書之子楊思文。花牡丹於七歲時得呂洞賓仙藥，一個月便長成二八佳人，楊思文見之欲強娶牡丹。牡丹得呂洞賓、鐵拐李等人相助，以椿樹為其化身，嫁入楊家並大鬧婚禮，而牡丹則是入尼姑庵修行。楊家因受椿樹精之辱，糾結黃髮道人、悟塵禪師、小石猴等欲復仇，花家雙親因此而亡，幸有東嶽大帝之助而還陽。後牡丹前往飛來峰修煉，得封百花之王而昇天，白富貴與花錦俱封為真人。小石猴因戰敗逃走被二郎神所殺，楊文思知道後，親自前往五雲山拜毛真人為師。〔註154〕

　　白牡丹與呂洞賓之間的故事，可能在金代就已出現，元代有《呂洞賓戲白牡丹雜劇》、明代有《呂洞賓戲白牡丹》，然內容皆亡佚。賈仲明《呂洞賓桃柳

〔註152〕張穎、陳速：〈《呂純陽三戲白牡丹》的原作、改編和成書年代〉，收入吳光正：《八仙文化與八仙文學現代闡釋》，頁644～645。

〔註153〕詳見王漢民：《八仙與中國文化》，頁193。

〔註154〕目前的《三戲白牡丹》小說皆據鉛印本而來，皆是未完結本。但京劇《三戲白牡丹》有三本，前兩本與小說內容相同，王漢民據此認為《三戲白牡丹》小說應有全本，只是目前未得見。詳見王漢民：《八仙與中國文化》，頁193。

升仙夢》雖有「朝向酒家眠，夜宿牡丹處」之語〔註155〕，但只能從中瞭解呂、白有交情，無法瞭解兩人互動的過程，直到《東遊記》、《飛劍記》、《韓湘子全傳》等小說中，才明白寫出呂洞賓與白牡丹是因「情慾」產生關連，不過三書中的白牡丹皆為凡人。到了《三戲白牡丹》中，白牡丹成了嫦娥轉世。嫦娥在文人的筆下常被用來形容美女，宋代有女子拜月以求貌美如嫦娥〔註156〕，小說《混唐後傳》內玄宗也曾言：「人言月裡嫦娥美貌無比，今可使朕得見乎？」〔註157〕直到現在，某些地方禁止男子願月（拜月），認為他們看到嫦娥，會被其美貌所勾引，頓生異心，不守本分。〔註158〕嫦娥的美貌，使呂洞賓動心而調戲之，甚至下凡後仍對她魂牽夢縈，作者曾借何仙姑等人之口說：「她（白牡丹）原是嫦娥降世，故而生得如此美貌，無怪乎純陽被他勾引。」〔註159〕除了美貌外，嫦娥與神仙或凡人的情慾糾葛也常見於小說中，如《西遊記》中的天蓬元帥、《女仙外史》的天狼星，《聊齋》的宗子美等，嫦娥風流的形象能合理解釋她為何輕易動凡念，張果老曾說：「只因嫦娥前世好淫，奔走月宮，屢次謫下凡塵，不能改過，今又在瑤池勾引真仙，致令純陽思凡下界。」〔註160〕由此可見，作者將呂洞賓戲女之舉怪罪於嫦娥，甚至後來與黃龍真人、楊思文的鬥爭，也皆由白牡丹、花牡丹的美色而起，故「美色誤人」可說是貫穿全書的重要理念。不過作者撰寫此書並非為了傳道說教，他在文中未對好色者有所誅伐，更多的是以此為引子，大膽進行虛構想像，鋪敘出一場又一場精采的鬥法，讓此書高潮不斷。

　　《三戲白牡丹》以呂洞賓與白牡丹的愛情故事為框架，結合八仙過海、大

〔註155〕【元】賈仲明：《呂洞賓桃柳升仙夢》，收入王季思編：《全元戲曲》第5冊，頁514。

〔註156〕金盈之《新編醉翁談錄・八月》：「中秋京師賞月之會，異於他郡。傾城人家子女，不以貧富，自能行至十二三，皆以成人之服服飾之。登樓，或於中庭焚香拜月，各有所期。男則願早步蟾宮，高攀仙桂，所以當時賦詞者有：『時人莫訝登科早，只為常娥愛少年』之句。女則澹竚妝飾，則願貌似常娥，員如皓月。」見【宋】金盈之著、周曉薇校點，《新編醉翁談錄》（瀋陽：遼寧教育出版社，1998年12月），頁16。

〔註157〕【明】鍾惺：《混唐後傳》，收入諸聖鄰等編撰：《秦王逸史》（北京：北京燕山出版社，2007年3月重印），頁385。

〔註158〕尉遲從泰：《民間禁忌》（鄭州：海燕出版社，1997年5月），頁176。

〔註159〕佚名著，楊愛群校點：《呂洞賓三戲白牡丹》（濟南：齊魯書社，1990年4月），頁66。

〔註160〕佚名著，楊愛群校點：《呂洞賓三戲白牡丹》，頁66。

鬧龍宮的傳說敷演而來，這些皆是當時盛行的傳說，因此書中也有拼湊、抄襲
的痕跡。王漢民曾比較《三戲白牡丹》與《東遊記》，發現前者許多內容都照
抄後者，如呂洞賓經歷完全因襲《東遊記》中〈洞賓店遇雲房〉、〈雲房十試洞
賓〉、〈鍾呂鶴嶺傳道〉、〈洞賓酒樓畫鶴〉四回；八仙火燒東海、占龍宮至觀音
調和二者，除了導致事件發生的原因外，過程與發展大致是根據《東遊記》內
〈八仙火燒東洋〉、〈龍王投奔南海〉、〈龍王水灌八仙〉、〈觀音和好朝天〉等回
而寫成。除了內容，其他相關語言亦有不少抄襲之處，因此他判斷《三戲白牡
丹》作者對《東遊記》有極大的依賴。〔註161〕《三戲白牡丹》雖然與《東遊
記》有許多相似之處，但它也有不少創新的部分，如上述所說的白牡丹為嫦娥
轉世、二次投胎為花牡丹、牡丹狀告天帝與陰司的設定，及楊文思、黃髮道人、
小石猴等反派人物的創造，讓此書比《東遊記》豐富有趣，藝術價值也較高。

（三）《八仙得道傳》

　　《八仙得道傳》一名《八仙全傳》，目前所見版本以1935年上海大眾書局
初版鉛印本最早，隨後於1937年再版，現在所通行的版本皆是依此二者排印。
正文前有許廑父序，述說《八仙得道傳》由來與出版源由，其開頭便言：「《八
仙得道傳》，峨嵋無垢道人所著。」〔註162〕無垢道人生於四川，父死母改嫁後
流落成都，後入清雲觀志元法師門下，法師親授道家經旨，至中年時已得至元
之學，是一位能數月不進煙火、知過去未來的異人。無垢道人寓居京師時，與
陸敬甫最善，其前往海外之時，將所著經文與《八仙得道傳》稿贈之。陸敬甫
雖將《八仙得道傳》整理付梓，然卒以事不果，在因緣際會下，許廑父於陸家
藏見此書，驚嘆為曠逸古今之奇文，故與徐枕亞合作整理校訂後出版。

　　為何要撰寫《八仙得道傳》？無垢道人於書中序言說：

> 後之學者，容有數典而忘祖者，是道家之憂，亦吾身之責也。故就
> 老祖以來，迄於近代諸仙祖得道始末，與夫修道情形，著為《八仙
> 得道傳》一書。為便利初學起見，特仿稗乘體裁，用尋常方言記載。
> 良以道統衰落，道流多不通文義，此作既為通俗，求其廣博，固無
> 取於高深也。〔註163〕

〔註161〕王漢民：《八仙與中國文化》，頁193～194。
〔註162〕許廑父：〈序〉，收入【清】無垢道人撰，許廑父、徐枕亞整理校訂：《八仙得
　　　　道傳》第一集（上海：大眾書局，1935年），序頁1。
〔註163〕【清】無垢道人撰，許廑父、徐枕亞整理校訂：《八仙得道傳》第一集〈原序〉，
　　　　頁1～2。

無垢道人身為修道者且道家傳承為己任，因見後學數典忘祖的情況，故整理近代諸位仙祖修道的始末，以較通俗的文字寫成此書，以宣揚「凡人成仙」、「道教至上」等思想。為何小說以八仙為傳主呢？據第一回開頭所述：

> 自來神仙甚多，而神仙中最為世人所共知共聞，人人敬仰的，尤莫如八洞神仙。今人大概簡稱他們為八仙。著書人自幼好道，曾經讀過許多世不輕見的天庭祕籍、海上奇書，肚子中著實收藏了許多神仙故事。怎奈人事太生疏了，說將出來，未必動人信仰。還是摭舉八仙得道始末，和種種實事顯蹟來談論一下。此等事蹟，或為婦孺所詳，或有古跡可憑，顯見著書人不是撒謊兒哄人罷！〔註164〕

也就是說無垢道人選擇八仙，是因為眾仙中以八仙事跡最廣為人知。以他們為主角，一方面可證明作者並非空口白話，另一方面是借八仙之聲名使著作旨意更為人所接受。

《八仙得道傳》以上古舜帝時期二位龍君作為開場，先寫孝子袁和平在飄渺真人的協助下取珠、化龍，錢塘篯龍為火龍真人收服，投胎為胡秀春之女飛龍，兩龍因言語不合相鬥，震驚天庭，當其將被二郎神斬殺之際，飄渺與火龍真人前來相救，在兩位真人的對話中，引出「將有八大金仙於三千年內，陸續出世成道，為玉帝輔弼之臣。」隨即開始敘述八仙得道的經過。此時已出世但尚未成人的是袁和平之友——大老鼠精，此鼠在水患時曾救了許多百姓的性命，在吃了文美真人的桃子後，化成蝙蝠精。蝙蝠精後來轉世成孫傑與田螺女之子仙賜，並取伯小姐為妻，後被文美真人引入天臺山修道。一千多年後的周代，孫傑投胎張家，仙賜再次下凡轉生為張果。

張果與其父在文美真人弟子通慧指點下，共同決心修道，終道成結丹。孫傑之妻田螺女，得龍王之助，在海中修煉千年有成，張果父子聞訊前往螺殼中道場，而主持道場者為玉帝殿上司香吏轉生的跛腳道人。司香吏再轉生九世之後，第十世投胎洛陽為李玄，十多歲時受太白金星的點化，回憶起九世前塵，其中一世因救人之故而碰壞了馬大姑娘的一雙腿，雖其魂魄經龍王之手為何蘭仙，但他仍對此事感憾不已。李玄求助太白金星引渡，修道於華山腳下，道法大成。後神魂出殼，前去渡何蘭仙出家，歸來時發現軀殼已被弟子楊仁所焚化，故附身餓莩。

〔註164〕【清】無垢道人撰，許廑父、徐枕亞整理校訂：《八仙得道傳》第一集正文，頁1～2。

　　何蘭仙七歲時，九天玄女化身為道婆指點，使其一心修道，後又得鐵拐李指引而成正果，為何仙姑。時老君青牛亂世，荼害凡間女子，何仙姑在上元夫人協助下，成功捉拿。又奉玄女之旨入世，途中遇鐵拐李，共同指點看牛童子轉世的鍾離權。鍾離權遇神獸白額虎，伏往東華帝君住處並成為帝君之徒，帝君則留下「到你修道成功，將來自可度我上天也」之語。鍾離權又奉帝君之命前往幽州，與鐵拐李、何仙姑、費長房等人相見，拯救孟姜女與范杞良，並從鐵拐李口中得知姜、范兩人原是嫦娥與披髮仙，兩人有著可望不可及的婚姻約定，後兩人分別轉生為王月英與藍采和。兩人再次結髮，藍采和醉心功名，王月英再三勸夫修道，夫妻後受胡氏姊弟陷害被迫投河，得鐵拐李、何仙姑之助而逃過一劫，自此看破紅塵，隨鐵拐李入道，經歷各種考驗後成仙。

　　東華帝君降生為呂家為呂洞賓，鍾離權為其啟蒙，並點化他出家修道。奉師命前往廬山途中，收伏作怪王家的犬妖，念及其為二郎神之犬，欲放歸卻反遭咬傷，得知覺和尚丹藥材才得以痊癒，最終託月老，請來二郎神帶回犬妖。又遇小金子訴苦，為懲戒姦夫淫婦，而被小鬼們丟入洞中，並在洞中遇何仙姑，傳授火龍真人所創之天遁劍法，三年後劍法大成。之後前往湘江，遇白鶴、嫦娥，受贈雌雄二劍，再隨鍾離權前往纖雲崖修煉，五年後通徹因果，成大羅仙體。成道後，又隨師父雲遊各處多年，曾於玄宗時救助在京城遇難的張果；三試小金子投胎的白牡丹，助其成仙；點化韓湘子、曹國舅，使其入道修真等。

　　玄珠子本為靈霄殿秘書郎，奉旨前去勘查錢塘江妖氣。當地有大蛟應劫出世，化作書生王誠夫與何春瑛結為夫妻。鍾離權奉東華帝君法旨，收伏蛟龍。蛟龍雖伏法，但它放水成災，害了不少人的性命，玄珠子也因監察不力而被罰成為湘江邊上的白鶴，五百年後再由東華帝君與鍾離權共度成仙。五百年後，白鶴轉生為韓湘子，自幼聰敏，然無心功名，一心向道。曾受洞賓化身的呂朋谷指點道家修煉之法，離家十數年後，因叔韓愈奉旨乞雨，化身老道降霖雨顯神通，又以造酒、借花點悟韓愈，不悟，又於藍關、潮州等處多次度化韓愈，終使韓愈悟道修煉。

　　八仙皆成仙後，遨遊塵世百餘年，洽值王母壽宴，八仙度東海時，龍王之孫摩昂、摩閏為奪藍采和落下的花籃，與藍采和、何仙姑兩仙相鬥而亡，龍王欲為孫復仇，與八仙大戰東海，龍王夫婦因此亡故。八仙將此事告知玉帝，並在玉帝等人的調和下，與龍王之子敖廣在眾仙祖前叩謝。

　　《八仙得道傳》與《三戲白牡丹》相同，是以《東遊記》的故事為依據加

以改寫，不過無垢道人刪去《東遊記》中一些累贅、不合理的部分，以八仙歷劫、修煉為主軸，融合其他神仙故事與民間傳說完成此書。融合民間傳說是明清小說創作常見的方式，但很少如《八仙得道傳》般，將眾多本來完全無關的故事藉由八仙為樞紐而陶鑄成一體者，如藍采和的三世情緣，是匯聚了嫦娥奔月、孟姜女哭長城等情節而成，其中孟姜女與范杞良投胎為藍采和與王月英夫妻，兩人雙雙成仙的設計，不但圓滿了民眾對這對有緣無份夫妻的不捨，也使藍采和脫離了賣唱行乞形象成為少年公子，吻合他在民眾心中的印象。〔註165〕此外，田螺姑娘、寶蓮燈、干將莫邪、徐福東渡、東方朔偷桃、漢高祖斬白蛇、白蛇水淹金山寺、鬼打牆、趕屍術、重九登高、割股療親等術數與民間習俗，皆被作者穿插在作品中，由此串聯天、地、人三界，納入了仙、神、人、鬼、妖等眾多人物，使整體故事情節多元且統一。

在寫作技巧上，作者也別出心裁，如雌、雄雙龍大鬧天庭、破壞靈霄殿、私掘地脈等，本應不再被天庭所錄用，但卻被飄渺、火龍二真人救下，並成為水晶宮的主人。雙龍雖曾在八仙歷劫期間給予協助，但最終仍亡於八仙之手，這種以龍王始龍王末的安排，形成了一個首尾相應的圓形敘事結構，凸顯因果循環的必然性。其次正、反是時間線，神仙或民間傳說發生的故事年代並不相同，有些甚至沒有明確的時間，因此作者以大禹治水為一個時間點，往前敘述鐵拐李、何仙姑等人前世與成道過程，之後再按周、秦、漢、魏、晉、唐、宋等順序，讓八仙成為引導者或旁觀者，依序與費長房、孟姜女、徐福、東方朔等人產生關係，如此安排使情節更加緊湊，環環相扣且合情合理。再者，無垢道人著此書有宣揚道教的宗旨，因此他時常於文字中添入道家義理，如第三十七回中何仙姑見秦王多行不義，趙高等一批小人又多方導之為惡，弄得四海鼎沸，人民轉徙流離不知死所，因此生悲憫之心，自恨「不能除暴安良，救盡天下千萬苦人，消彌人間無數煩恨。」〔註166〕此為道教救世情懷抒發。又如第四十回鐵拐李所說：「小孩子家要怎地活潑才好，我們道家考究個沒有機心，像他現在的時候正是全沒機心的當兒，……也最重無為，無為就是沒機心，機心一生，變作便多，安能無為而治呢？所以修仙了道也貴從小出家，通竅達玄，

〔註165〕藍采和在清代戲曲中有女旦男扮的情況，這也導致戲曲中的藍采和相貌俊俏，甚至被誤認為是女仙，這也導致在俗畫中有年輕化的現象。詳見本文第二章第四節。
〔註166〕【清】無垢道人撰，許廑父、徐枕亞整理校訂：《八仙得道傳》第四集，頁573。

比成年之人容易得多哩！」〔註167〕這是道教注重「本真」修行的闡述。此外，輕名利、重倫常、重功德等宗教思想，也都是無垢道人想表達的，但他並非直接了當地訓誡，而是配合情節、場景讓書中人物順勢說出，因此《八仙得道傳》說教性雖濃厚，卻能使讀者自然瞭解並接受。

　　清末西方思想陸續傳入中國，道教因為外來文化與科學而受到極大的衝擊與挑戰，因此如何調和道教與科學，也是無垢道人的目的。在五十二回中，文美道人用劍光傳遞書信給張果，鐵拐李笑稱若以電力，即使在極東極西，也能快速地傳達語言或書信，因此引起了群仙的驚駭。〔註168〕身為道士，無垢道人未一味否認西方科學，反而認同利用科技能更快、更便利地達到目的，故他在書中偶會解釋科學現象，不過仍以神仙道術為基礎，如第八十四回仙姬解釋月亮為何能普照大地以外的大千世界，是因為星主們借用大地四周的星球，讓它們同月亮般繞行太陽，「得其反光，發為月色，如此方可照遍寰宇。」〔註169〕無垢道人以月球反射太陽發光為由，將引力導致星球繞太陽公轉的現象，解釋為星主法力所為，這巧妙融合了道家法術與自然科學的敘述，一方面傳播新知，一方面也維持神仙術法的地位，這在中國神魔小說中相當少見的。

　　其他除了上述中、長篇的小說以八仙為主角外，明清時有不少長篇小說穿插八仙故事，或以八仙為重要配角，以下按時代簡要介紹這些小說中相關內容。

（一）《三寶太監西洋記通俗演義》

　　《三寶太監西洋記》全稱《新刻全像三寶太監西洋記通俗演義》，又名《三寶開港西洋記》、《三寶太監西洋記通俗演義》、《西洋記》。此書版本眾多，以明萬曆年間步月樓刊本較早，書有二十卷一百回，版式半頁十二行，行二十五字，首頁第一行均題「新刻全像三寶太監西洋記通俗演義卷次」，下署「二南里人編次」、「三山道人繡梓」，而「二南里人」即為羅懋登，也是本書作者。〔註170〕書一至七回為一段落，寫燃燈古佛與摩訶薩、迦摩訶等尊下凡就東土

〔註167〕【清】無垢道人撰，許廑父、徐枕亞整理校訂：《八仙得道傳》第四集，頁606。
〔註168〕【清】無垢道人撰，許廑父、徐枕亞整理校訂：《八仙得道傳》第五集，頁793～794。
〔註169〕【清】無垢道人撰，許廑父、徐枕亞整理校訂：《八仙得道傳》第七集，頁488～489。（此書於第六十一回後，又重新編頁）。
〔註170〕詳見黃仕忠：《戲曲與俗文學研究（第3輯）》第3卷（北京：社會科學文獻出版社，2017年1月），頁145～147。

之難，燃燈古佛投胎金家，出家為碧峰禪師，有降魔、掃妖之舉。八至十四回
寫張天師興道滅僧，碧峰禪師與之鬥法數次皆勝，永樂以兩人為國師，與鄭和
一齊下西洋尋寶。第十五回以下，則描寫太監鄭和掛印，王景宏為其副手，招
兵出海，途中張天師封贈白鱔精、祭祀白龍精、三戰羊角大仙、降番將姜金定
等，碧峰禪師則協助張天師收服羊角大仙、擒王神姑、抗驪山老母等。鄭和與
國師們共平服三十九國，最終船隊回朝，獻上各種珍寶，諸國入貢，而鄭和也
被建祠祀之。〔註171〕

　　《三寶太監西洋通俗演義》雜採民間野史傳聞，如魯班造船、公冶長識鳥
語、鯉魚精戲秀才、玉通禪師私紅蓮等故事，其中與八仙有關者，為第十一回
〈白城隍執掌溧水　張天師怒發碧峰〉與第四十四回〈老母求國師講和　元帥
用奇計取勝〉。前者情節、用字與《飛劍記》雷同，不過加入呂洞賓與白牡丹
生子的後續：

　　　　卻說白氏女叫做個白牡丹，得了純陽的至寶，月信愆期，身懷六甲，
　　　　懷了二十個整月，方才分娩。生下一個娃娃來不至緊，只見頂平額闊，
　　　　天倉飽滿，地角方圓，雖則初然降生，就像個兩歲三歲的模樣。〔註172〕

至於第四十四回則是講碧峰禪師見驪山老母以西嶽華山阻擋船隊，召請神祇
下凡劈山：

　　　　只見一陣信風吹下八位神仙來，齊齊的朝著佛爺爺行一個禮，第一
　　　　位漢鍾離，第二位呂洞賓，第三位李鐵拐，第四位風僧壽，第五位
　　　　藍采和，第六位玄壼子，第七位曹國舅，第八位韓湘子。佛爺爺道：
　　　　「這三座山是驪山老母掉下來的。既有列位大仙在此，何不與我劈
　　　　開它來？」八位神仙齊齊的答應一聲「是」，一擁而去。這八仙各人
　　　　用一番仙力，各人設一番仙術，各人搬出一班仙家寶貝，只指望一
　　　　戰成功。哪曉得勞而無用。內中有一位神仙高叫道：「列位都不濟事，
　　　　不如各人散了罷。待我來設出一個妙計，撞倒這三座高山。」眾人
　　　　起頭一看，原來是個呂純陽洞賓先生。他說了這一句大話，即時間
　　　　取下背上的葫蘆，把海裡的水灌滿了，一直站著山頭上澆將下來，
　　　　就像五六月的淫雨一般，傾盆倒鋪，晝夜不停。好個呂純陽，卻又
　　　　借將海裡的水，望上長起來，若是等閒的山，一撞便倒。老母這個

〔註171〕 【明】羅懋登：《西洋記》，湖南：嶽麓書社，1994年2月。
〔註172〕 【明】羅懋登：《西洋記》，頁76。

山其實的有些厲害哩！任你這等的大雨，山頂上的石子兒也不能衝

動了半個；任你這等的大水，山腳下的柴兒草兒也不能衝動了半毫。

呂純陽也沒奈何只得回覆了佛爺爺。〔註173〕

此回中八仙有心相助，卻劈山為果，即使呂洞賓拿出葫蘆以水克之，仍功敗垂成。故作者是以八仙襯托驪山老母之能，引出碧峰求助彌勒佛的情節。

（二）《警世通言》與《醒世恆言》

　　《警世通言》為馮夢龍的「三言」之一，目前有兼善堂本、衍慶堂本及三桂堂本，最早者為天啟四（1624）年刊行的兼善堂本。此刊本有四十卷，右面大書「警世通言」，左有識語，識語之後題「金陵兼善堂謹識」。書中第二十七回〈假神仙大鬧華光廟〉寫雌雄兩龜精假冒呂洞賓、何仙姑名色，賦詩誘魏宇雙修，魏宇因此肌膚銷爍，飲食日減。魏父請道士裴守正除妖失敗，又與魏宇同窗至華光廟請五顯靈官相助。靈官顯靈，言洞賓先生已飛劍斬雄龜精，拘禁雌龜精，並告知可以雄龜精腹殼入藥。魏父按言行之，魏宇病果然痊癒。〔註174〕又《醒世恆言》〔註175〕第三十四回〈一文錢小隙造奇冤〉亦以呂洞賓遊世度人事蹟入話，內容先敘述呂洞賓拒向鍾離權學習點石成金之術，修煉丹成後，以回道人之名混跡塵途，發誓必度盡天下眾生。他來到長沙，持一小瓦罐乞錢，並言：「我有長生不死之方，有人肯施錢滿罐，便以方授之。」一僧人推一車子錢前來，錢入罐都未滿，僧怒破其罐竟未見錢，只見有字紙一幅，上有詩四句道：「尋真要識真，見真渾未悟。一笑再相逢，驅車東平路。」後僧人果於東平路上遇道人歸還錢財，才知道人為呂洞賓，懊悔無及。〔註176〕

　　此兩則小說諷刺意味濃厚，〈一文錢小隙造奇冤〉化用《太平廣記·狐媚兒》〔註177〕，將「狐媚兒」改成了呂洞賓，且主旨從凸顯幻術神奇變成了測

〔註173〕【明】羅懋登：《西洋記》，頁320。

〔註174〕【明】馮夢龍：《警世通言·卷二十七·假神仙大鬧華光廟》（海口：海南出版社，1993年9月），頁315～322。

〔註175〕版本見本節《飛劍記》與〈呂洞賓飛劍斬黃龍〉一段。

〔註176〕【明】馮夢龍：《醒世恒言·卷三十四·一文錢小隙造奇冤》，頁590～592。

〔註177〕【宋】李昉：《太平廣記·卷二八六·幻術三·狐媚兒》：「貞元中，楊州坊市間，忽有一妓（技）術丐乞者，不知所從來。自稱姓胡，名媚兒，所為頗甚怪異。旬日之後，觀者稍稍雲集。其所丐求，日獲千萬。一旦，懷中出一琉璃瓶子，可受半升。表裡烘明，如不隔物，遂置於席上。初謂觀者曰：「有人施與滿此瓶子，則足矣。」瓶口剛如葦管大。有人與之百錢，投之，錚然有聲，則見瓶間大如粟粒，眾皆異之。復有人與之千錢，投之如前。又有與萬

驗世人愛財之心。呂洞賓以長生術考驗有誰不愛錢，不愛者可度為神仙，然而連和尚都極為重視金錢，錯失成仙的機緣。〈假神仙大鬧華光廟〉改編自南宋《夷堅志》的〈周氏子〉〔註178〕，諷刺時人雖有慕道修行之心，卻不能辨別真假神仙，欲藉雙修得仙氣成仙體，反受妖精所害。

（三）《初刻拍案驚奇》

凌濛初《初刻拍案驚奇》版本眾多，明代存世有明刊本尚友堂原刊初印四十卷足本和尚友堂原刊後印三十九卷本，清代則有覆尚友堂本、消閒居本、富文堂本萬元樓精刊本、同人堂本、鱣飛堂本、松鶴齋本、同文堂本、文繡堂本、聚錦堂本、覆消閒居本、覆萬元樓本等十二種。《初刻拍案驚奇》完稿於明熹宗天啟七年（1627年），次年（明崇禎元年）由尚友堂本刊行，封面右下角有方印白文曰「尚友堂印」，扉頁右上角一行題曰「即空觀評閱出像小說」，中行四大字曰「拍案驚奇」。內文每葉版心下部均刻有「尚友堂」三字，半葉十行，行二十字。〔註179〕尚友堂刊行時，最初稱《拍案驚奇》，崇禎五年（1632）《二刻拍案驚奇》刊行後，此書再版改名為《初刻拍案驚奇》。

本書第七回〈唐明皇好道集奇人　武惠妃崇禪鬥異法〉敘述玄宗與張果

錢者，亦如之。俄有好事人，與之十萬二十萬，皆如之。或有以馬驢入之瓶中，見人馬皆如蠅大，動行如故。須臾，有度支兩稅綱，自揚子院，部輕貨數十車至。駐觀之，以其一時入，或終不能致將他物往，且謂官物不足疑者。乃謂媚兒曰：「爾能令諸車皆入此中乎？」媚兒曰：「許之則可。」綱曰：「且試之。」媚兒乃微側瓶口，大喝，諸車轆轆相繼，悉入瓶，瓶中歷歷如行蟻然。有頃，漸不見，媚兒即跳身入瓶中。綱乃大驚，遽取撲破，求之一無所有。從此失媚兒所在。後月餘日，有人於清河北，逢媚兒，部領車乘，趨東平而去。是時，李師道為東平帥也。」頁2278～2279。

〔註178〕【宋】洪邁：《夷堅志‧支庚‧卷七‧周氏子》：「鄱城周氏子，未娶，獨寢處門下一室讀書，抗志勤苦。一夕，夜過半，有隱士著道服，杖策窺戶，稱姓名修謁，其狀奇古，美鬢髯，對坐相襃賞，良久乃去。如是踰月，不以風雨輒來。忽挾一女子至，容色舊麗，衣履華好，立侍於側。隱士笑曰：「吾嘉君少年而力學若此，前程未可量，故攜小女來奉伴。」於是三人鼎足坐，隱士旋引去。女令周吹燈，解衣登榻。隱士絕跡，而女夜夜來。嘗持一物饋周曰：「是熊膽也，服之最能明目，可夜觀書。」周受而食之。出入期年，形體消瘦。父疑而詰之。始諱不肯言，加以怒罵，乃備述底蘊。父即日挈之徙舍，招醫拯治。云：「元氣耗矣，更月十日，將不可為。」遂進以丹補煖之藥，歷時乃安。是歲紹興辛酉也。」頁1189～1190。

〔註179〕趙紅娟：〈「兩拍」版本考述〉，《湖州師範學院學報》，2002年2月第1期。

事，情節與《明皇雜錄》、《新唐書》等書同，作者再加以鋪張，使內容更有邏輯，如飲菫汁與尚公主本是二件事，凌濛初將其結合稱玄宗見張果不允親事，心下不悅，便與高力士商量，以劇毒菫汁試驗張果，一方面為報復張果，另一方面試驗其是否為真仙。〔註180〕

（四）《百家公案》、《龍圖公案》

《百家公案》今見最早為明萬曆二十二（1594）年刊本，書名《新刊京本通俗演義增像包龍圖百家公案》，卷首題名《新刊京本通俗演義全像百家公案》，下署「錢塘散人安遇時編集　書林朱氏與畊堂刊行」，版心刻有《包公傳》，上圖下文，有插圖五百一十幅。版心題《包公傳》，半頁十三行，每行二十四字。

《龍圖公案》　又名《龍圖神斷公案》、《包公奇案》、《包公案》、《包公七十二件無頭奇案》，十卷一百則，不題撰人，此書約成於明末應是目前明代公案小說中最晚成書的一本。現存主要版本有多為清代刊本，如所見乾隆四十一年（1776）金閶種樹堂刊本，全稱《新鐫繡像善本龍圖公案》，前有〈龍圖公案序〉、〈龍圖公案目錄〉，正文半頁十行，行二十二字、圖十幅。

《百家公案》四十九回〈當場判放曹國舅〉與《龍圖公案》六十一則〈獅兒巷〉皆敘述曹國舅事，內容極為相似，大致為：秀士袁文正攜妻挈子進京，為曹二國舅所見，二國舅誘三人入曹府，殺害袁文正父子，迫張氏為妾。袁文正不甘，冤魂化為旋風鬼告狀於包拯。拯從曹府花園井中撈獲袁秀才父子屍首，並放置東廊下。知國舅遷居獅兒巷，前去作賀，反遭郡太夫人羞辱。張氏逃出曹府，至開封欄轎告狀，然誤認曹大國舅為包拯，被其用鐵鞭打昏，丟在僻巷，為王婆所救。後張氏得見包拯，告知冤情，拯大怒，下令捉大國舅，又假大國舅之名作家書與二國舅，稱郡太夫人病重，騙其回京，復拘之。郡夫人聞知二子被捕，哭訴於宋仁宗與曹皇后，仁宗親至開封為國舅求情，拯仍不准，先殺二國舅，待午時將問斬大國舅時，遇仁宗降下召赦眾罪人，方釋大國舅。大國舅道因逃一死，還官誥，入山修行，得遇真人點化，入了仙班。〔註181〕

〔註180〕【明】凌濛初：《初刻拍案驚奇》卷之七〈唐明皇好道集奇人　武惠妃崇禪鬥異法〉，（保定：河北大學出版社，2004年1月），頁75～81。

〔註181〕【明】佚名：《龍圖公案》，（北京：群眾出版社，1999年7月），頁186～190。

（五）《歷代神仙演義》

《歷代神仙通鑒》，又名《三教同源錄》、《新刻黃望先生評訂神仙鑒》、《歷代神仙演義》，二十二卷一百九十四節，為敘述眾多神仙得道的過程。此書刊本現存最早為康熙間原刊本，殘存一、三、四、五，凡四卷，內封豎三欄，右欄偏上方鐫「龍虎山張真人、南海別庵、繹堂二禪師鑒」，中間題《三教同源錄》。之後上海江東書局印行本（二十四冊），署「江夏明陽宣史徐道述，汝南清真覺姑李理贊」，又卷十八至二十二署「新安融陽亦史程毓奇續，鳳翔尚一貞王太素贊」。〔註182〕全書從盤古開天闢地前寫起，記五老、三才、東皇西母、女媧神農至迄於明季的各個神仙故事，內容雜採神話、民間傳說、歷代歷史事件乃至「朝廟器用之制、鳥獸草木之名」等雜糅連綴成。其中比較特別的，是作者將基督宗教也納入其神仙體系之中，如卷九第二節「嚴子陵高屈光武，瑪利亞貞產耶」，敘述東漢遠西國羌人的宗教傳說，文中有耶穌誕生、受洗、傳教、遇害、升天等事蹟，〔註183〕與《聖經》所述大致相同，應是當時基督教已進入中國，在民間有一定影響力，徐道以耶穌傳說入書，可窺其揉合各宗教之意圖。

《歷代神仙演義》關於八仙的情節，被分散在各章節中，如卷五第一節〈李凝陽易體成仙　關尹喜受經證道〉寫鐵拐李成仙事，其中元神出竅、身軀被焚、附身餓莩等情節，與《東遊記》雷同。〔註184〕

卷八第二節〈淮南王師事八公　漢武帝爵授張果〉講漢武帝拜中條客張果為侍中，張果因孫搏有清才，亦薦之為侍中，時謂二仙侍中。〔註185〕

卷九第七節〈趙威伯楫脯款友　鍾離權燈引逢師〉言上古黃神氏托生為鍾離權，奉召北征，遭梁冀忌之，只予弱兵兩萬。夜逢羌人襲營，權敗入山谷，遇夏黃公所化碧眼僧燈引拜少陽君為師而得道。〔註186〕

卷十三第一節〈寶志公建康混跡　張果老六合聯姻〉寫園叟張老以五百緡太平真君錢聘得韋恕女，婚後恕令長男訪之，見其居如仙境，又得張老言於賣

〔註182〕 詳見石昌渝主編：《中國古代小說總目‧白話卷》（太原：山西教育出版社，2004年9月），頁311。

〔註183〕 【明】徐道撰，周晶等點校：《歷代神仙演義》（瀋陽：遼寧出版社，1995年4月），頁480～481。

〔註184〕 【明】徐道撰，周晶等點校：《歷代神仙演義》，頁241～243。

〔註185〕 【明】徐道撰，周晶等點校：《歷代神仙演義》，頁426。

〔註186〕 【明】徐道撰，周晶等點校：《歷代神仙演義》，頁513～514。

藥王老藥鋪得錢十一萬緡，再尋張老不復得，始知其為神仙。〔註187〕

　　卷十四第二節〈孫思邈劇論天人　周隱者明知福禍〉與第三節〈十試不折鶴嶺遊　四韻俱成馬當助〉寫呂洞賓得道事。稱古聖王皇覃氏托生為呂紹先，此子天資聰穎，骨相不凡，三舉進士不第後，路遇鍾離權，與一枕頭，做黃粱夢而覺悟。紹先欲拜鍾離為師，鍾離以親情、美色、金錢等十試之皆不折，知其道心堅定，遂收為徒，攜之遊終南鶴嶺，並為其改名呂岩，號洞賓，傳授法訣。因鍾離權被上帝令為九天金圈選仙使，洞賓回歸凡間修煉，又得火龍真君傳天道劍法，點化郭上灶。〔註188〕第三節末亦寫何泰女遇仙食桃、夢神人教餌雲母粉，遂誓不嫁。往來山谷，輕身飛行。每朝出暮歸，得山果歸遺其母。至是應召赴京，中路復失去。〔註189〕第四節〈大梵寺慧能說法　靈虛殿柳毅傳書〉敘洞賓遊江淮斬長蛟，至洞庭湖登岳陽樓獨酌。年六十四，上朝元始、玉皇，賜號純陽子。始遇零陵何氏女，傳以修養，復與金丹服之，引見鍾離，攜入蓬萊，拜木公金母。金母帶回閬苑，令掃蟠桃落葉。〔註190〕第七節〈捐暴戾汞鉛立交　嫌朽衰須齒重易〉與第八節〈顯神咒戲驚三藏　學隱形怒斬羅公〉敘張果老仙事。張果奉召入京，玄宗以堇汁試之，齒皆焦黑。果命侍童取鐵如意擊齒盡落，隨收於衣帶中。葉法善冒死告知玄宗：「混沌初分，有黑白二編蝠，寢殿喚鬼之鍾進士，黑者所化，此老是白者修成。」言畢，立死。玄宗請果恕之，果以水噀其面，即時復活。帝狩於咸陽，獲一大鹿，果見之稱於漢武帝元狩時已見此鹿。〔註191〕

　　卷十六第七節〈陳黑老瓜圃傭工　田先生桑林判獄〉前有回道人受書王琚子姪四郎事。〔註192〕後講韋丹好道，曾到徐州，請教張果老仙僕陳黑老指點。黑老稱須受人間富貴。待合得時，才當來迎妝。丹任江西二十餘年，一日黑老忽來，密談竟夜。第二日，丹無疾而終。〔註193〕第九節〈藍關道聖侄相逢　金刀下高人獨脫〉敘述韓愈有侄湘，弱冠後，往洛下省骨肉，乃慕雲水不歸。二十年後忽歸長安，展卓錢、染花等奇術，宣唱道情。後韓愈上表諫迎佛骨，被

〔註187〕　【明】徐道撰，周晶等點校：《歷代神仙演義》，頁701～712。
〔註188〕　【明】徐道撰，周晶等點校：《歷代神仙演義》，頁778～783。
〔註189〕　【明】徐道撰，周晶等點校：《歷代神仙演義》，頁784。
〔註190〕　【明】徐道撰，周晶等點校：《歷代神仙演義》，頁790。
〔註191〕　【明】徐道撰，周晶等點校：《歷代神仙演義》，頁805～807。
〔註192〕　【明】徐道撰，周晶等點校：《歷代神仙演義》，頁932。
〔註193〕　【明】徐道撰，周晶等點校：《歷代神仙演義》，頁933～934。

貶為潮州刺史，行至商山，見韓湘相迎，得避瘴氣藥，至潮州立政救民。〔註194〕

　　卷十七第二節〈聽良言閉戶避災　顯小道梯雲取月〉提韓清夫欲召叔墨子後身韓愈歸山。後有陳季卿離家遠遊，遊青龍寺遇「終南山翁」事。〔註195〕三節〈寰瀛圖泛舟歸里　藍橋驛搗藥成姻〉講陳季卿登舟赴京考試，復遊青龍寺，再見山翁擁褐而坐。試後再尋見仙翁，遂拜為弟子。〔註196〕第六節〈馬自然吟詩秦望　軒轅集證道羅浮〉與第七節〈金可記煉真子午　悟達師洗孽茶䜑〉，先寫馬自然與純陽子邀軒轅集，劇談暢飲，離開前純陽以詩贈之。又純陽北至趙州，自號「呂翁」，息邯鄲道邸舍，以青瓷枕授書生書生盧英。盧英於夢中經歷榮華富貴與生離死別，醒後覺悟，求呂翁相度。呂遂攜往閬苑，令代何仙姑掃葉，而仙姑升任東海青霞洞真大元君。〔註197〕

　　卷十八第三節〈海蟾子棄官修仙　伊用昌題名示世〉首敘劉操平昔好談性命，欽崇黃、老，經鍾離權點化後頓悟，棄官修仙，改名玄英，號海蟾子。〔註198〕第九節〈回先生諸方顯化　曹國舅二祖傳經〉敘呂洞賓化名回道人，遊秦州天慶觀、訪岳陽樓以詩贈滕子京。〔註199〕何仙姑化女嬰見帝於便殿，教之以孝治國。〔註200〕國舅曹景休，恥弟景植恃勢妄為，為包拯誅之，遂隱跡山岩，葛巾野服，矢志修真。一日，遇鍾、呂二師，授以還真秘旨，精煉，未幾道成。二師引入商山，見師祖王君。〔註201〕

　　三集卷十九第二節〈王荃得術不得財　邵子知數難知道〉有呂祖遊武昌市墨、與黃龍禪師論道、見韓琦、贈詩警惕巴陵太守、同子遊與于路約期前往安樂窩、教授邵雍卜算易理等事。〔註202〕第六節〈謝潤夫仙傳測字　張珍奴秘授道情〉敘張紫陽往太華訪劉海蟾，同謁鍾、呂二師，謂本紫薇天官號九皇真人，因校劫運之籍不勤，往人間歷劫。凡當為人者十世，今九世矣，若能覺悟，庶幾返原。〔註203〕呂祖遊至吳興，見妓張珍奴堅心出世，遂授太

〔註194〕【明】徐道撰，周晶等點校：《歷代神仙演義》，頁943～944。
〔註195〕【明】徐道撰，周晶等點校：《歷代神仙演義》，頁961～962。
〔註196〕【明】徐道撰，周晶等點校：《歷代神仙演義》，頁962～963。
〔註197〕【明】徐道撰，周晶等點校：《歷代神仙演義》，頁988～990。
〔註198〕【明】徐道撰，周晶等點校：《歷代神仙演義》，頁1023。
〔註199〕【明】徐道撰，周晶等點校：《歷代神仙演義》，頁1065～1067。
〔註200〕【明】徐道撰，周晶等點校：《歷代神仙演義》，頁1068。
〔註201〕【明】徐道撰，周晶等點校：《歷代神仙演義》，頁1069～1070。
〔註202〕【明】徐道撰，周晶等點校：《歷代神仙演義》，頁1078～1083。
〔註203〕【明】徐道撰，周晶等點校：《歷代神仙演義》，頁1104～1105。

陰煉形丹法，並告知唱道情曲能使湖州太守判其脫籍。之後珍奴自是佯狂，丐於市，投僻地密修，逾二年尸解。〔註204〕第七節〈真豪傑兵敗逢師　假神仙吐液殞命〉敘姚平仲遇漢鍾離授以還丹之訣，令其混跡於俗，務積功行，庶成大道。〔註205〕又道明家富，善玄素術，常蓄少女十人，尤好誇誕大言，自稱與神仙交遊。呂祖詭為丐者，道明卻當面不識，自是鬱鬱不樂，未幾吐膏液如銀者數斗而亡。〔註206〕第九節〈蕭然山元照羽化　捷（犍）為郡崔綏神還〉講劉法真見呂洞賓，延之入觀，並告知道觀歷史與出家原由。〔註207〕徐神翁見呂祖，兩人論道後，遂別去。〔註208〕

　　卷二十第一節《孚中翁終南受道，空同會諸子譚經》敘王中孚矢心報國，武舉中甲科。逮和議成，乃獻賦春官，離言其非，因忤旨而黜。遂解而歸，棄妻屏子，拂衣塵外，遊於終南。至甘河鎮橋，遇正陽、純陽，因遇二師時當九陽，故賜號「重陽」。〔註209〕第二節《馬半州夫婦雙修　王員外貴賤一體》講江陵傅道人升，事洞賓像甚謹，遇客方巾道服，與語真仙事蹟。客言裴氏家族修行積善而成仙及王員外點石成金事，並教以能視細物之丹方。別去後，傅道人追思客貌，宛似呂仙像，奉事益誠。〔註210〕又回道士與太常王綸弈棋，道士告知蒯杏儒生事，使綸有所悟，問道士姓名，稱「蓬萊倦客呂先生」。〔註211〕

　　卷二十二第三節《承溫旨金鑾飛跡　制獰龍赤水安瀾》敘八仙過海，國舅擲拍板一片，化成寶筏浮載。眾真凌波徐步中流，起陣旋風，拍板忽陷，童禮俱失，原是龍王太子劫寶。八仙與之相鬥，互有勝負，兩方各請幫手協助，最後慈航大師施甘露制火龍，兩方說和。〔註212〕

　　《歷代神仙演義》內容龐雜，作者據已有的神仙故事略加改寫，再依事件發生先後，重新連繫各仙事蹟與關係，雖時序有顛倒、捏合者，但卻引用失傳已久的《竹書》、《龜鑑》等文獻，整合歷代神仙資料，可供宗教研究者參考。

〔註204〕【明】徐道撰，周晶等點校：《歷代神仙演義》，頁1108～1109。
〔註205〕【明】徐道撰，周晶等點校：《歷代神仙演義》，頁1110～1111。
〔註206〕【明】徐道撰，周晶等點校：《歷代神仙演義》，頁1115。
〔註207〕【明】徐道撰，周晶等點校：《歷代神仙演義》，頁1115～1117。
〔註208〕【明】徐道撰，周晶等點校：《歷代神仙演義》，頁1118～1119。
〔註209〕【明】徐道撰，周晶等點校：《歷代神仙演義》，頁1131。
〔註210〕【明】徐道撰，周晶等點校：《歷代神仙演義》，頁1146～1148。
〔註211〕【明】徐道撰，周晶等點校：《歷代神仙演義》，頁1148～1149。
〔註212〕【明】徐道撰，周晶等點校：《歷代神仙演義》，頁1262～1265。

（六）《隋唐演義》

《隋唐演義》有二，一為明代徐文長所作，一為清代褚人穫編匯，此處所言為後者。《隋唐演義》現存以康熙三十四（乙亥）年四雪草堂刊本最早，有二十卷，一百回，圖五十葉。半葉十行，行二十三字。版心有「四雪草堂」字樣，正文卷端題「四雪草堂重訂通俗隋唐演義」，署「劍嘯閣齊東野人等原本，長洲後進沒世農夫彙編，吳鶴市散人鶴憔子參訂」。〔註213〕「齊東野人」是《隋煬帝豔史》作者，「長洲後進沒世農夫」則為褚人穫，又褚人穫於自序稱此書是他參考袁于令所藏《逸史》，且「合之《遺文》、《豔史》，而始廣其事，極之窮幽仙證，而已竟其局。其間闕略者補之，零星者刪之，更采當時奇趣雅韻之事點染之，匯成一集，頗改舊觀。」〔註214〕知他綜合舊書記載而成書，雖內容有源筆記小說者，但仍有不少作者創新處，如第八十四回〈幻作戲屏上嬋娟　小遊仙空中音樂〉中描述張果，大部分沿用《明皇雜錄》，但葉法善言張果身世時，尚未提及其為蝙蝠精，就昏絕於地。又寫張果以腰間絲縧化成彩橋，引玄宗遊月宮。〔註215〕第八十五回〈羅公遠預寄蜀當歸　安祿山請用番將士〉寫張、葉兩人以棋試羅公遠，反被公遠戲之，兩人驚異，各起身致敬。張果、葉法善以公遠道術殊勝兩人，具疏堅請還山。後玄宗因秦國夫人之死，遂命輔繆琳往王屋山迎請張果老，他若不肯復來，便往訪葉法善。二人之中，必得其一。繆琳率了聖旨，帶著僕從車馬，出京趕行，忽聞路人傳說：「張果老先生，已死於揚州地方了。」原來是果老知玄宗相尋，詐死揚州避之。〔註216〕第一百回〈邅西內離間父子情　遣鴻都結證隋唐事〉寫楊通幽遇果老、葉法善、羅公遠三人，果老為通幽講述玄宗與楊貴妃姻緣的前因後果。〔註217〕

（七）《狐狸緣全傳》

《狐狸緣全傳》又名《青石山狐狸緣全傳》，簡稱《狐狸緣》、《仙狐竊寶錄》。據王清原《小說書坊錄》載，最早刊本為敦厚堂光緒二年刻《狐狸緣》，

〔註213〕 詳見文革紅：〈《四雪草堂重訂通俗隋唐演義》版本考辨〉，《明清小說研究》2008年第2期。傅劍平：〈褚人穫四雪草堂《隋唐演義》初刻本疑年考辨〉，《華南師範大學學報（社會科學版）》2008年第2期。

〔註214〕 【清】褚人穫：《隋唐演義（一）》，《古本小說集成》第3輯第75冊，（上海：古籍出版社，1994年11月），頁1～4。

〔註215〕 【清】褚人穫：《隋唐演義（五）》，第3輯第79冊，頁2127～2142。

〔註216〕 【清】褚人穫：《隋唐演義（五）》，第3輯第79冊，頁2147～2171。

〔註217〕 【清】褚人穫：《隋唐演義（五）》，第3輯第79冊，頁2506～2521。

有六卷二十一回。但目前可見者以光緒十四年（1888）敦厚堂刊本、文西堂刊本、善成堂刊本、漱石山房刊本較早，除了敦厚堂刊本為五卷二十二回，其餘皆為六卷二十二回，作者均署「醉月山人」。此刊本扉葉署「繡像狐狸緣全傳」，版心亦鐫《狐狸緣全傳》。正文前有像八幅，其中雲蘿仙子、鳳簫公主二幅有圖無贊，其餘六幅皆圖、贊各半葉。

全書講述江寧波青年書生周信與修行九百餘年化名胡芸香的九尾玉面狐仙姑相戀，兩人幽會時被僕人延壽撞破，玉面仙姑遂將其吞食。延壽之父李忠，延請道士王半仙捉怪，反被青石山眾妖狐打得滿身傷痕。南極壽星聞之，召呂洞賓入凡捉妖。洞賓規勸妖狐，反被揭發嘲笑棄儒入道、岳陽樓貪杯濫醉及戲牡丹等事。呂純陽與之鬥法失敗，又召請二郎神、哪吒與托搭天王等天兵協助，青石山眾妖皆遭焚死，玉面狐也為天將所擒，現出原型。周信見之，頓生不忍之心，誠意自責，並要求呂仙赦狐。洞賓見狐女有改悔之意，便施法使延壽重生，放了玉面狐。但因人狐塵緣未盡，狐女投生為光祿大夫女李玉香，並與高中魁元的周信結為夫妻。〔註218〕

（八）《七真祖師列仙傳》、《七真因果傳》、《金蓮仙史》

《七真祖師列仙傳》，別名《七真傳》，據孫楷第《中國通俗小說書目》載：「《七真祖師列仙傳》，光緒十八（1892）年刊本，清無名氏撰。」〔註219〕但如今所見，以為光緒二十九（1903）年刻本為主。分上、下兩卷，不題作者。書前有三篇序，分別為：〈重刻（七真祖師列仙傳）序〉，題「時維光緒十九年歲次癸巳（1893）季秋上元吉旦，龍門弟子濮炳增、楊明法謹識」；〈重刻（七真列仙傳）序〉，署「光緒二十九年清和月朔，回道人序於鎮邑南屏新院」；〈七真祖師寶誥〉，署「光緒二十九年清和月上浣，鎮邑周祖道附錄」。無圖，正文半葉八行，行二十字，不分回。

此書分兩部分，分別敘述描寫王重陽及七位嫡傳弟子全真七子修行、傳道與成仙事。前半部敘述鍾離權、呂洞賓化作二丐，度屠父王重陽，叮囑斬斷恩愛。王重陽十二年後成道，受太白金星之令，前往山東度人。但恐世人難度，藏於鄠縣乾河，又誤闖地府，被雷神所擊而重回現世後，又遇鍾、呂二仙命他度化七子。後半部寫孫不二、劉處元、郝太古、譚處端、王處一等人相繼飛升，

〔註218〕【清】醉月山人：《狐狸緣全傳》，古本小說集第3輯第130冊，上海：古籍出版社，1994年11月。
〔註219〕孫楷第：《中國通俗小說書目》（臺北：木鐸出版社，1983年7月），頁206。

丘處機則留世廣收門徒開宗立派、見元順帝、助元朝退敵、與佛教禪師打賭鬥勝事蹟，尸解後被葬於白雲觀。〔註220〕

　　黃永亮《七真因果傳》，又名《七真傳》，版本眾多，今見以清光緒三十二（1906）年廣東文在茲善書坊刊本較早。此書分兩卷二十九回，題煇庵黃永亮編著。半頁九行，行二十五字。書前有〈新刊七真因果傳序〉，署「光緒癸巳年菊月吉日　龍門後學黃永亮謹序」，癸巳年為光緒十九年，可見此書最早刊本應是在此時。又序中稱舊籍「文不足以達其辭，趣不足以輔其理，使觀者恐臥而聽者走，終年置之案頭不獲一覽，人皆視為具文」，所以他「窮窮七真之事，得其精微，終日草稿，編集成書，名曰《七真因果》。以通俗語言鼓吹前傳，以人情世態接引愚頑，以罪福醒悟人心，以道妙開化後世，其於勸善懲過不為無助。」〔註221〕可見《七真因果傳》是黃永亮認為舊籍文辭艱澀，所以收集七真事蹟，改寫成書。

　　此書講述咸陽縣大魏村孝廉武舉王喆，遇乞丐金重、無心昌，送別時，兩丐賜與七朵蓮花，稱「花有七位主者──丘、劉、譚、馬、郝、王、孫是也」，與王喆有師徒緣分。又說：「會期原不遠，只在兩個三。」後王喆悟出二人為鍾離權與呂洞賓後，於第二年三月初三，來到與二丐分別時的橋邊，與兩仙重逢，並拜其為師。二仙以全真道授之，並命他道成後前往山東度化七真。王喆歸家隱居，十二年後道成，自號重陽，移居終南山。又得太白金星傳玉帝旨，封為開化真人，讓他速往山東度化全七子。七子成道後又度世人，最終七真成正果升天，標名紫府，共赴瑤池慶壽。〔註222〕

　　《七真祖師列仙傳》與《七真因果傳》，作者皆以第三者的視野，敘述王重陽與七真修行經過，有時會添進一些地方傳說，增加趣味性。雖然《七真因果傳》內容與《七真祖師列仙傳》大同小異，但前者刪去過於神怪的部分，用常理補入七真度世等事，增添七真事蹟的可信度。

　　《金蓮仙史》今見較早者為光緒三十四（1908）年翼化堂刊本，四卷二十四回，內封框內中欄大字題「金蓮仙史」，右欄題「光緒二十四年歲次戊申刊」，然光緒戊申年為1098年，所以二十四年應是三十四年之誤。書前有〈金蓮仙

〔註220〕詳見【清】佚名：《七真祖師列仙傳》，古本小說集成第4輯第85冊《飛跎全傳》與《七真祖師列仙傳》合刊本，上海：古籍出版社，1994年11月。
〔註221〕【清】黃永亮編定，川蓬子校勘：《七真傳》（北京：團結出版社，1999年11月），頁1。
〔註222〕【清】黃永亮編定，川蓬子校勘：《七真傳》。

史原序〉，署「光緒甲辰（1904）歲季秋望日　台南清陽道人潘昶明廣自序」，知作者為清人潘昶，最早的刊本也可能出現在此時。書後有跋，署「光緒三十四年秋月，常寶子敬跋」。正文半葉九行，行二十一字。

潘昶序中稱：「見舊本《七真傳》，非獨道義全無，言辭紊亂，兼且諸真始末出典、仙跡一無所考，猶恐曳害後世，以假認真。因是遍閱鑒史寶誥，搜尋語錄丹經，集成是書，共記四卷二十四回。其中以重陽所度七朵金蓮為重，名之曰《金蓮仙史》」。〔註223〕知此書如《七真因果傳》般，都是蒐羅舊籍中全真教王重陽師徒資料，加以編匯、改寫而成。

全書結構可分兩部分，首先敘述東華度鍾離權、鍾離權度呂洞賓，再寫二仙試驗、點化王重陽事。王重陽原名王喆，更名中孚，後又更名世雄，二十四歲中舉，因議秦檜陷害岳飛之事而被罷官。回家後於重訪道終南甘河鎮，遇鍾、呂二師授還丹之訣而，故自號「重陽」。次年，重陽別妻赴醴泉觀，途中鍾、呂二仙以美女、金錢、猛虎試其道心，不折。復授金丹真旨，又攜之見金光七朵金蓮結子後，二仙離開。重陽回轉咸陽，於「活死人墓」修行，道成後再度七真。七十九歲時，白鶴青鸞、仙儀隊仗來迎，在眾人眼前升仙。後半部續說王重陽歸真後，七真諸人修行度試之蹟，如孫不二三井顯神通、譚長真出神除妖魅、丘長春御前說玄功等，最終七真「功高德廣」、「道備神全」而仙籍標名。升天後，正陽、純陽二仙率領諸仙朝拜玉帝，玉帝傳旨加封正陽為金闕上相，純陽為玉清內相，薩守堅為天樞內相，劉海蟾為天機右相，張伯端為東華侍詔仙官，王知明為飛雨妙化輔極真人，丘處機為天仙狀元，孫不二為女仙領袖上仙。〔註224〕

此書以紀年方式敘述，場景行橫跨天、地兩界，詳述國家大事與仙家事蹟，但也參雜了神仙生平與法術神通，故此兼有演義與神怪兩種性質，且文言、白話交叉出現，主、客觀視角不時改變，內容較為雜蕪，但卻是一部豐富的金元道教史。

（九）《蕉葉帕》

《蕉葉帕》現有嘯月軒刊本、清坊刊本，四卷十六回，不題撰者。此書據明人單本傳奇《蕉帕記》改編，講述西施轉世為狐仙，愛慕東吳書生龍驤才貌，而龍驤傾倒胡章之女弱妹，狐仙長春子欲得龍裏精元修行，故化作弱妹與之相

〔註223〕【清】潘昶：《金蓮仙史・金蓮仙史原序》，古本小說集成第1輯第134冊（上海：上海古籍出版社，1994年11月），頁3～4。
〔註224〕【清】潘昶：《金蓮仙史・金蓮仙史原序》，古本小說集成第1輯第134冊。

戀。後龍驤托人向胡家提親，胡家卻要求以各種稀世珍寶為聘禮，狐仙施法攝來秦檜妻之寶予龍驤，使其順利與弱妹成婚。婚後，龍驤方知狐仙與弱妹不是一人。龍驤在長春子協助下，習得呼風喚雨、召神驅怪之法，並考中狀元。秦檜惱怒龍驤奪孫狀元之位，遂命龍驤帶兵出征，欲借金兵之力殺之。龍驤得長春子暗助，打敗金兵，活捉劉豫，救出胡章，翁婿得勝回朝。胡章為兵部尚書，妻朱氏封韓國夫人；子胡連授錦衣衛正千戶；狀元龍驤進翰林學士，妻胡氏封秦國夫人。而天目山狐仙封白衣元君，有司立廟崇祀。最後呂洞賓帶領長春子與柳仙，為胡家與龍驤講述前世今生之因果。〔註225〕

（十）《活財神》

《活財神》冬青著，八回，宣統元（1903）年上海六藝書局出版。目次右方寫「滑稽小說」，正文末有「澹雲齋主謹識」，正文半葉十二行，每行三十字。此書敘述玉皇大帝與佛祖賭博輸了四千萬萬鎊款，故召財神設法籌錢還款。財神找來其他神仙請來商議，眾仙推託，毫無進展。財神受灶司指點尋城隍，而城隍又讓他尋土地，土地告知蓬萊道士呂純陽有點石成金之術，能助他解決難題。財神前往蓬萊尋呂純陽未果，決定在塵世混跡數天，期間入安樂窩、夜總會等場所，被凡人消遣、恐嚇，驚覺世情詭詐，不願滯留凡間，回到天上所居處後，才發現忘了求助呂純陽。故再至蓬萊見呂純陽借款，然呂純陽自稱錢不借官場及酸秀才，財神身在官場，故不願借他錢。經財神一再央求，純陽念國家窘急，答應助力，於是將洞府外的假山亂石化為黃金，並令八萬四千搬運鬼運到南天門。財神見事成，先行離開，不料搬運鬼為凡間繁華所迷，入塵世做了商客。〔註226〕

上述小說中八仙大多是以道教宗師的身分出現，即使在諷刺小說《活財神》中，呂洞賓也是象徵著願救國難的商人，所以明、清小說中，八仙大多是正面的存在。

第三節 明清小說中八仙形象特色

明、清小說中的八仙，其身世、事蹟上與之前筆記小說、道教典籍雖略有

〔註225〕【清】佚名：《蕉葉帕》，古本小說集成第 2 輯第 102 冊，上海：上海古籍出版社，1994 年 11 月。

〔註226〕【清】冬青：《活財神》，上海：六藝書局出版，1903 年 6 月。

差異，但仍以舊記載為基礎，不過在人物性格方面，就有較大的變化，其中最顯著者為呂洞賓。自宋代以來，呂洞賓傳說數量就較其他七仙多，目前可見的元代九部雜劇中，有八部有出現呂洞賓的身影，在充足的資料下，呂洞賓也成為明清小說作者們著重描寫的仙人。元代以前，呂洞賓在世人眼中是位捨離嗔、色的仙人，但明代小說中，嗔、色反成了呂洞賓的性格特色。在色慾部分，《東遊記》、《飛劍記》與《三寶太監西洋記通俗演義》三書皆有呂洞賓受白牡丹美色誘惑而生情慾的情節，如：

《東遊記》

洞賓思曰：「廣寒仙子、水月觀音，吾曾見過，未有如此妖態動人者。傾國傾城，沉魚落雁，信然矣。」不覺心動，前近問之乃歌舞名妓白牡丹也。……於是自化為絕樣才子，以劍作隨行童子，丹點白金一錠，竟往牡丹之家，納其物而拜之。那女子露朱唇以答禮，啟皓齒以陳詞，更兼洞賓少年美貌，天稱其心，注意頻觀，妖態畢露；含情凝笑，百媚俱生。比乍遇之時，又增十倍矣。……洞賓忘卻仙凡，不覺大醉。醉而就寢，牡丹媚態百端，洞賓溫存萬狀，魚水相投，不為過也。〔註227〕

《飛劍記》

卻說純陽子一日來至金陵地方，駕著雲躡著霧，自由自在，迤邐而行。正行之際，猛聽得一派歌聲，宛轉清亮，遂拔開雲頭望下瞧著，只見百花巷裡一所花園，花園之內一個閨女領著幾個丫鬟行歌互答。……純陽子聽得這些歌兒，說道：「小鬼頭春心動也。」此時純陽子初做神仙，心中還拿不定些，就按下雲頭，落在花園之內。純陽子本是標致，再加變上了一變，越加齊整，真個是潘安之貌，子建之才，縱是個鐵石人也意惹情牽了。你看他，頭戴的紫薇折角巾，身穿著佛頭青縐紗直裰，腳穿的白綾暑襪，並三箱的綠緞履兒，竟迎著那閨女兒求見。……純陽子從容說道：「小生一介儒流，幸接丰采，此三生有幸。今日小娘子若容侍立妝台，小生當以心報。」……這女孩兒家一則是早年喪了父親，母親嬌養了些，二則是這幾日母親往王姨娘家嬉耍去了，三則是禁不得那個秀才的溫存，四則是吃

〔註227〕【明】吳元泰：《新刊八仙出處東遊記》，頁119～121。

廝了這些丫頭們攛掇，就輸了個口，說道：「妾乃千金之體，君子苦苦戀我，勿使我有白頭吟可矣。」純陽子道：「小娘子今肯見憐，小生敢不以心報。」那閨女又說道：「妾乃半吐海棠，初發芙蓉，嬌姿未慣風和雨，分付東君好護持。」純陽子道：「小生自有軟軟款款的手段，從從容容的家數。」於是那幾個知趣的丫頭，就把門兒關上，各自散去。正是與人方便自己方便。純陽子就與那個閨女攜雲握雨，倚翠偎紅，睡了一晚。此正是：被翻紅浪鴛鴦戲，花吐清香蛺蝶尋。女貌郎才真可羨，春宵一刻抵千金。〔註228〕

《三寶太監西洋通俗演義》

當原日中八洞神仙前赴西池王母大宴，那七位神仙去得快爽些，獨有呂純陽駕著雲，驂著霧，自由自在，迤邐而行。……呂純陽聽知這些歌兒，心裡說道：「小鬼頭春心動也！待我下去走一遭來。」便自按住雲頭，落在花園之內。呂純陽本是標緻，再加變上了一變，越加齊整，真個是潘安之貌，子建之才。……好個純陽，裝著個嘴臉兒，趲上前去，賠一個小心，唱一個喏。那閨女沒奈何，也自回了一拜。純陽說道：「小娘子休怪。」……這個丫環聽著個秀才咳拔，倒不領他到書房裡去，反又領他到臥房兒裡面來。這個女孩兒，一則是早年喪了父，嬌養了些，二則是這一日母親到王姨娘家裡去了，三則是禁不得那個秀才的溫存，四則是吃廝了這些丫頭們的攛掇，故此呂純陽就得了手。自後日去夜來，暗來明去，頗覺稔熟了。〔註229〕

《東遊記》與《飛劍記》呂洞賓調戲白牡丹並與之結合，其中很重要的原因就是為了「採陰補陽」。「採陰補陽」是道教房中術的一種修煉方法，而房中術在道教創立時，就是作為一種「興國廣嗣」的術法，《後漢書・方術列傳》云：「甘始、東郭延年、封君達三人者，皆方士也，率能行容成御婦人術。」〔註230〕所以道教創始時並沒有女色的戒律。到了南北朝，道教人士對房中術產生逆反心理，批評男女合氣之道，元代全真教是道教中的堅忍學派，更是要求道士們修心禁慾，如《純陽真人渾成集》云：「切戒色兮切戒色，色心纔

〔註228〕【明】鄧志謨：《呂祖飛劍記》，頁28～30。

〔註229〕【明】羅茂登：《西洋記》，頁74～75。

〔註230〕【劉宋】范曄撰，【唐】李賢等注：《後漢書》（北京：中華書局，2000年5月），頁1857。

起元神滅。自然夫婦玉堂中，一點精神千丈雪。」〔註231〕規勸教徒戒色；〈長春祖師語錄及垂訓文〉有：「夫男，陽也，屬火；女，陰也，屬水。唯陰能消陽，水能克火。故學道之人，首戒乎色。夫經營衣食，則勞乎思慮，雖散其氣，而散之少；貪婪色慾，則耗乎精神，亦散其氣，而散之多。」〔註232〕呂純陽身為全真祖師之一，戒色修身是理所當然。明代時，因皇室喜好道教及對房中術的需求，加上左派王學人士對禁欲思想的批評，使「清淨陰陽，雙修雙成」的思想受到道士與民眾所重視。這種風氣影響明代小說創作，作者時會引用道家典故、人物、術語描書房中術之內容與行為，且在《肉蒲團》、《燈草和尚》、《杏花天》等大量描述雙修密法的情色小說中，作者常以「道人」自稱，知當時房中術成了道教雙修術法的象徵。因為社會風尚，房中術也成為民眾喜歡的題材，《東遊記》、《飛劍記》出現於此時，創作者自然會在作品中加入雙修內容。然在八仙中，只有呂洞賓與女色有關，除了原有度脫妓女傳說外，他夜宿牡丹的傳聞亦在當時盛行，作者們便以呂洞賓與白牡丹為對象，並以道教雙修理念解釋兩人的風流情事，如《東遊記》中呂洞賓稱：「此婦飄飄出塵，已有三分仙氣，觀其顏色豔麗，獨鍾天地之秀氣，而取之大有理益。」〔註233〕《飛劍記》說：「原來呂純陽人人說他酒色財氣俱全，其實的全無此事。這場事分明不是貪花，只是采陰補陽之術。」〔註234〕兩說解釋呂洞賓戲白牡丹並非見色起欲，而是以「採陰」來增進修為，這不但減低色欲與修行間的矛盾，使呂洞賓宿牡丹一事不過份突兀，也解釋了呂洞賓從戒色到慕色的變化，他也成為人們心中的風流色仙。

　　呂洞賓「慕色」的形象，並不受到好道者的認同，並認為此有損呂祖的身分，因此常有人為呂洞賓辯誣，如明代李日華《紫桃軒雜綴》：

> 俗傳洞賓戲妓女白牡丹，乃宋人顏洞賓，非純陽呂祖。蓋三峯內御之術，其源出於老狐，假令精之，正足齒天曹之劍，安可汙我上聖耶。〔註235〕

〔註231〕【唐】呂純陽：《純陽真人渾成集》，收入《中國道藏》第 26 冊，頁 262。

〔註232〕【金】丘處機：《丘處機集》（濟南：齊魯書社，2005 年 6 月），頁 137。

〔註233〕【明】吳元泰《新刊八仙出處東遊記》，頁 120。

〔註234〕【明】鄧志謨：《呂祖飛劍記》，頁 31。

〔註235〕【明】李日華：《紫桃軒雜綴》，收入《四庫全書存目叢書》子部 108 冊（臺南：莊嚴文化事業有限公司，1995 年 9 月初版，據復旦大學圖書館藏明末刻清康熙李琚重修本影印），頁 5。

清初王崇簡《冬夜箋記》：

  俗傳洞賓戲妓女白牡丹，乃宋人顏洞賓，非純陽也。〔註236〕

李日華、王崇簡等人認為呂洞賓戲白牡丹一事是宋代顏洞賓所為，世人是以訛傳訛，污辱了呂祖清修之名。劉恕全在《呂祖全書》中，也極力批評呂洞賓戲牡丹傳說的不當，他說：「俗傳白牡丹等事，皆屬後人假挵」，呂祖曾言「吾道雖房中得知，但卻非御女之術」，所以「以偽亂真，皆呂祖之罪人」。〔註237〕劉恕全以此來告誡眾人，戲牡丹故事之荒謬，阻止信徒繼續傳布。

  道教徒雖極力阻止呂洞賓戲牡丹故事的流傳，但效果甚微，因此無垢道人將「三戲」改成了「三試」，並解釋這件事形成的前因後果。他稱呂洞賓與白牡丹的緣分是因小金子救命之恩，因此小金子投胎為白牡丹後，呂洞賓刻意與之成為情人，趁機試其良知、膽量與誠心，以度她成仙。呂洞賓為點化白牡丹的苦心設計，卻因韓湘子與藍采和一時遊戲，將此事編成名為「呂純陽三戲白牡丹」的神仙趣史傳播，後人竟信為真實，將呂祖作為世所豔稱的風流神仙。雖然無垢道人以「報恩」、「度人」與「神仙遊戲」解釋世間呂洞賓戲牡丹傳說的由來，欲改變他「慕色」的形像，但對一般讀者來說，呂洞賓是否慕色、是否是為採陰補陽，都非他們所在意的，他們感興趣者為這風流韻事帶來的刺激，因此「戲牡丹」故事仍持續流傳，清末更出現了以兩人愛情為故事主軸的小說《三戲白牡丹》，從上海廣益書局鉛印本多次再版的情況可知〔註238〕，這個故事相當受民眾歡迎。

  除了「色」外，「嗔」也是呂洞賓在明代小說中另一個特徵。在〈呂洞賓飛劍斬黃龍〉中，他因論道不及黃龍法師忿而「飛劍脅之」；《飛劍記》中他以採陰補陽為目的與白牡丹交媾，黃龍法師授白牡丹破解法使其喪失元陽後，暴怒欲斬白牡丹與黃龍；最能充分表現他因嗔誤事的，則是《東遊記》擺天門陣一事。《東遊記》中〈鍾呂下棋鬥氣〉回中兩人談及酒、色二事：

〔註236〕【清】王崇簡：《冬夜箋記》，收入《四庫全書存目叢書》子部 113 冊（臺南：莊嚴文化事業有限公司，1995 年 9 月初版，據甘肅省圖書館藏清康熙刻說鈴本影印），頁 620。

〔註237〕【清】劉體恕彙編、羅圓吉續編：《呂祖全書》卷一〈傳聞正誤〉（成都：巴蜀書社，1992 年 8 月），頁 73。

〔註238〕廣益書局鉛印本《三戲白牡丹全集》民國二十七年出版社，分別於二十九年、三十六年、三十七年再次印行。見張穎、陳速：〈《呂純陽三戲白牡丹》的原作、改編和成書年代〉，收入吳光正：《八仙文化與八仙文學現代闡釋》，頁644。

鍾謂呂曰：「汝曾記岳陽樓貪戀白牡丹之事乎？」洞賓答曰：「嗜欲
之心，人皆有之，而遇美色，猶為難禁。彼時弟子尚且（未）脫胎
換骨，其如花似朵，絕世無雙，頓覺留意，雖得採其英華，然不免
為其迷戀。以此觀之，凡人之流溺，無怪其然也。」鍾又曰：「此固
然也，黃鶴酒肆，汝留飲半年何也？」呂曰：「雖是飲酒，本為欲踐
昔日度盡世人之言，故久留人間，借此以迷人耳目，亦為煉氣存神
之助耳。」鍾離笑曰：「飲酒戀花，二者並用，鐵拐諸友笑汝為仙家
酒色之徒。非虛語也。」〔註239〕

呂洞賓認為自己遇美色難自禁是因當時尚未脫胎換骨成仙，成仙後流連黃鶴
樓酒肆則是為迷人耳目以度盡世人，但他卻因二事遭仙友嘲為「仙家酒色之
徒」，氣憤仙家們以「甘酒悅色目我，是以我為無道行也」〔註240〕，故下凡逆
天助遼：

師父謂推之氣數，龍祖必勝，是自逞其先見之明也。我今不若私降
凡間扶佐蕭后以敗宋兵，一見氣數不足為憑，一見酒色不足為累，
不將杜師父之口於無言，眾仙之笑於不爭乎。〔註241〕

遼宋會兵九龍谷，此戰已註定宋勝遼敗，呂洞賓卻因憤怒仙家的嘲弄，意氣用
事，欲借己力扭轉氣數，他以女性裸體、孕婦生命來佈陣，可說是為勝利不擇
手段，完全已失去仙人消災度厄的形象，然這些作為最初只是師徒間言語相戲
引起的鬥氣罷了！

　　無論是怒斬黃龍或懷怨降凡布陣，呂洞賓皆是個性急且易怒存在，並因此
失寶、犯錯，此與他在宋、元時的瀟灑無拘的形象有相當大的差異，但為何小
說中會如此描寫他呢？林保淳認為因為呂洞賓最初有劍俠的形像，而劍俠神
祕詭異、任性妄為，容易引起民眾的驚恐心理，這形像後來雖被淡化了，但俠
客隨意性與叛逆性仍被保留，故在若干傳說中呂洞賓仍會有嗔怒褊狹之舉，這
也導致佛教徒以他為斬黃龍故事中嗔心未除的代表人物，小說作者也為他設
計因嗔壞事的情節。〔註242〕

　　除了呂洞賓之外，其餘七仙在明清小說中也有人性化現象，如鐵拐李因呂

〔註239〕【明】吳元泰：《新刊八仙出處東遊記》，頁138～139。
〔註240〕【明】吳元泰：《新刊八仙出處東遊記》，頁141。
〔註241〕【明】吳元泰：《新刊八仙出處東遊記》，141～142。
〔註242〕林保淳：〈呂洞賓形象論——從劍俠談起〉，《淡江大學中文學報》，第3期，
　　　　1996年12月。

洞賓下凡逆天而破口大罵，何仙姑與仙友嬉戲調笑、藍采和偷牽果老驢遊玩、韓湘子為呂洞賓編故事等等，可見小說作者有意使八仙的性格更符合一般民眾，雖然此舉淡化八仙的宗教性，但也因接近現實人性而更讓他們更受歡迎。

結語

　　唐至北宋是八仙的萌芽時期，筆記小說中所記載多為八仙個人軼事奇行，雖然篇幅短小、內容簡略，但它們是後人建構八仙敘事文學的重要依據。南宋與元代，八仙事蹟大量出現，除了生平軼事外，濟世與度人神蹟也越來越多，因為被全真教視為祖師，使他們的傳說有宗教倫理化的傾向。明清兩代，八仙信仰已相當成熟，筆記中八仙傳說除了承襲宋元舊聞或據其改寫外，也不乏時人記載八仙顯化救人之事，特別的是明、清時信乩成風，八仙成了持壇之仙，故筆記中有不少他們降乩度世的記載，其性質也回歸到傳說形成初期具有的民俗性，甚至被眾多民間宗教奉為祖師或重要神明。

　　八仙本出於民間，即使成為道教正神，他們的事蹟無論正面或負面，仍在百姓間口耳相傳。明、清小說家，以舊有的傳說、戲曲為基礎，整合、改寫八仙故事，雖然情節仍脫離不了羽化升仙、濟世度人、善惡報應等道教思想，卻又逐漸擺脫了教規、教義的束縛，而更趨世俗化，呈現出生動鮮活的特性。明、清小說中的八仙，已非宗教上論道說理的祖師，而是有凡人的個性與缺點，會吵嘴鬥氣或犯錯，但也因此使他們更貼接近市井小民，具真情實感。總之，無論在筆記或小說中，八仙皆具有高超的法力與熱於助人的性格，成為人們祈福降吉、免禍消災的希望寄託，滿足了民間宗教的實用性與功利性，即使他們有不少負面傳聞，也絲毫不減他們在人們心中的地位。